アメリカ古典大衆小説コレクション 10

クローテル

大統領の娘

Clotel; or, The President's Daughter

亀井俊介／巽 孝之 監修

★★★★★

ウィリアム・ウェルズ・ブラウン

William Wells Brown

風呂本惇子 訳・解説

松柏社

序文

アフリカ西海岸から奴隷を乗せてやって来た船が、ヴァージニア植民地のジェームズ川の岸辺に初めて到着してから二百年以上が経過しました。一六二〇年[*1]に奴隷を受け入れて以来、イギリスの支配から植民地を分離した時期までに、その数は五十万人に増えております。現在ではほぼ四百万人にのぼります。三十一の州のうち十五州で、憲法により奴隷制は合法とされ、数州が団結して連合を形成しております。

星条旗のはためく土地のどこであろうと、黒人は、いかなる白人であれなんら罰を受けることなく捕らえてよい共有財産と見なされているのです。北部でも南部でも、合衆国の全白人人口が、憲法への誓約と「逃亡奴隷法」[*2]への同意により、逃亡奴隷を追いつめて請求者に連れ戻すこと、そして体力で自由を獲得しようとする奴隷たちのあらゆる努力を抑えることを余儀なくされているのです。二千五百万の白人が、四百万の黒人を束縛しておくための厳かなる秘密会議《コンクラーヴェ》に所属しているのです。奴隷を所有、あるいは売買する人々は社会のどの階層においても存在します。何百人も所有できる政治家や神学者から、たった一人しか買えぬ者に到るまで。

高い地位にある人々が、特に聖職にたずさわるキリスト教徒たちが、奴隷を所有することによってこの制度に信望を与えることがなければ、奴隷制はとっくに廃止されていたでしょう。身分の高い人々の影響力が「不正に権威を与え、したがって懲罰を無用にする」[*3]のです。奴隷にとって真の友たる人々の偉大な目的は、この制度の実態を暴露し、世間の注目をそれに集め、賢い人々、分別ある人々、敬虔な人々にそれへの支持を撤回せしめ、その命運を尽きさせることでありましょう。より高い領域で活躍する人々の罪が何も問われないかぎり、奴隷商人、誘拐者、雇われ親方、残忍な監督などに対して嫌悪の語調で抗議しても、解放運動にはほとんど役に立たないのです。

アメリカの植民地がイギリスの支配下に置かれていた間に奴隷制が導入されたという事実を考えれば、イギリス人はその廃止に強い関心をもって然るべきでしょう。そして今や、機械の発明という英知により両国は非常に近くなったうえに、両国は同じ言語と文学をもつのですから、イギリスの世論の影響力は新大陸の人々に対して非常に大きいのです。

もし、以下の頁に繰り広げられるできごとが、同様の書物を通して既に一般の人々に与えられた情報に何か新しいものを加えられるなら、そしてアメリカの奴隷制にイギリスの影響を及ぼす助けになるなら、この作品の書かれた主要な目的は果たされたことになるでしょう。

W・ウェルズ・ブラウン

ロンドン、ストランドのセシル・ストリート二十二番地にて

原注

＊1　オランダ商人は早くも一六一九年にヴァージニアのジェームズタウン植民地へ奴隷を連れてきている。その奴隷たちの多くは、それより前に既に新大陸に到着していた。

＊2　「一八五〇年の妥協」を成立させる法案の一つである「逃亡奴隷法」は、逃亡奴隷を援助した者に罰金を課し、州および連邦政府当局に逃亡者の追跡に手を貸すことを命じた。

＊3　シェイクスピア作『ジュリアス・シーザー』四幕三場、一三―一四行。

目次

◆**注について**

（1）＊は原注番号を、▽は訳注番号を示す。

（2）原注と訳注はそれぞれ、各章の終わりに掲載している。

（3）原注の中で、訳者による補足説明は【訳者補注】として示している。

■**訳語について**

negro / colored / colored man / colored people / black / black people は基本的にすべて「黒人」と訳した。二、三の例外を除いて negro の原語に対しては初出にのみ「ニグロ」とルビを振り、その他についてはすべて、原語をカタカナ表記してルビとした。

クローテル

大統領の娘

第一章　黒人《ニグロ》の競売

「なぜ競り売り台のそばに立っているのだ、
　あんなに若くて色白の娘が？
なんの用があってあの娘はこの陰欝な場所へ来たのだ、
　どうしてあそこで泣いているのだ？[*1]」

アメリカ南部の州における奴隷人口が増加するにつれ、混血の人間は恐ろしく増えている。たいていの場合、父親が奴隷所有者で母親は奴隷である。ムラートの子供をひざにのせて座り、その子の母を奴隷として自分の椅子の後ろに立たせておく男を見ても、世間は顔をしかめもしない。故ヘンリー・クレイは数年前、人種の混血が黒人奴隷制度の廃止をもたらすだろうと予言した。[*2]ヴァージニア州の名のある奴隷所有者で政治家としても高名なジョン・ランドルフは、州議会で行なった演説のなかで、「アメリカ最初の政治家の血が南部の奴隷の血管に流れている[*3]」と述べた。奴隷州のあらゆる市や町で、生粋のというか、混じりけなしの黒人は奴隷人口の四人に一人に過ぎない。この事実そのものが、アメリカ合衆国における主人と奴隷の関係がいかに堕落した不道徳な状況にあるかを示すなによりの証拠である。

すべての奴隷州で法律はこう明言している。「奴隷は法律上、解釈、意図いずれにしてもあらゆる点で、その名義上の所有者と事実上の主人、および彼らの遺言執行人、管財人、譲り受け人の取り扱う動産[*4]として考えられ、売買され、査定され、判断されるものとする。奴隷は彼が所属する主人の支配下にある。主人は彼を売り、その身体、勤勉さ、労働力を譲渡してかまわない。奴隷は何をすることもできず、何を所有することもできず、何を得ることもできず、主人の所属物でしかない。奴隷は完全に主人の意のままになり、主人は彼に戒めや体罰を与えてかまわない。もっとも、不具にしたり手足を切り落としたり、命を失う危険にさらしたり、死を招いたりといった異常な厳しさで当たらないようにしなければならない。奴隷は、奴隷の身でいるために、主人がその力に訴えることがないように分別を働かせねばならない。[*5]」

奴隷が法律によって、身も魂も所有財産であると主張する者の完全な支配下に置かれている土地では、社会が堕落しきった状況に陥るのも当然であろう。創造主によって人間に与えられたもっとも古くもっとも神聖なしきたりである婚姻関係にしても、合衆国の奴隷法においては確認も承認もされていない。奴隷州では道徳的、宗教的な教えのほうが、法律よりましであると言えたらどんなにいいだろう。ところが悲しいことに、そうは言えないのだ。二、三年前のことだが、まだ夫や妻が存命中であるのに奴隷たちに別の夫や妻と暮らさせていいのだろうかと、内心少し不安になった奴隷主たちがいて、宗教上の指導者に助言を求めた。この深刻で重要な問題がどのように扱われたかは、以下の通りである。

「主人によって夫や妻が遠方の地に売られた召し使いは、再婚を許されるべきか？」

この質問は委員会にゆだねられ、委員会は次のような声明を出した。そして討議ののち、採択されたのである。

「この国の召し使いたちが置かれている状況にかんがみて、このような状況にある召し使いが新しい夫や妻を持つのを許すほうがよかろうという意見に、委員会は満場一致で賛成する」

これが「シャイロー・バプテスト協会」の委員会からの回答であった。そして質問をした人々は、光明を与えられるどころか、いっそう深い闇のなかにつき落とされたのだ！

同様の質問は「サヴァンナ川協会」[*6]にも出され、それに対する回答も以下に見る通り、すでに挙げたものと実質的に変わらなかった。

「やむを得ぬ離別で、将来夫婦の交わりを持つ見込みがまったくない場合、当事者たちは再婚を許されるのが良いか否か」

回答はこうである。

「わたしたちの奴隷が置かれているような状況において、離別は民法上の死別である。神の見地からしてもそのように見なされるであろうと思われる。こうした場合に再婚を禁ずることは、当事者たちをより大きな困難や強い誘惑にさらすのみならず、主人に忠実であろうとしてとる行動を教会の非難にさらすことになるであろう。奴隷に対し、またキリスト教徒の婚姻を統制している戒律の精神に対し、互いに相反するような規則に主人が同意することを期待するわけにはいかない。奴隷は自由行為者ではない。したがって、彼らの承諾もまったくなく、彼らに制御する力もないこのような離別は死別と等しいのである」

ここに示されているように、奴隷所有者たちは婚姻を大事な問題、あるいは自分の奴隷に対して拘束力を持つ問題とは思っていない。しかし、奴隷たちの多くは婚姻を神聖な義務と見なし、これに関する神の戒律に進んでしたがう意志を示している。その事実を無視したままでは、このおとしめられた階級に対して不公平になるであろう。実際、婚姻とは、人類の最初にしてもっとも重要なしきたりであり、あらゆる文明と文化の基礎であり、教会と国家の根本である。それは人間同士の間で形づくられてきたもっとも個人的な心の誓約である。そして多くの人にとって真に人間らしい感情を覚える唯一の関係である。それは人間のあらゆる美徳を発揮する場となる。というのも、それらの美徳は、婚姻関係にみなぎる愛と信頼から育まれるからである。婚姻は、人生を高貴で美しいものにするすべて――同情、親切な意志と行為、感謝の念、献身、繊細で親しみのこもったあらゆる感情――を一体化する。真の教育を与える唯一の場として、婚姻は人間の文化の最初にして最後の聖域である。夫と妻は互いを通じて完全な人間性、人間のあらゆる感情、人間のあらゆる美徳を意識するようになる。同じように子供たちも、自分たちに対して共に優しい関心を示してくれる両親の間に情愛のこもった誓約が存在することに気づけば、自由な愛で結ばれた人の持つ完全な人間性のイメージとはどういうものかを、見いだすことになる。両親の間にみなぎる愛の精神は、若い心に創造的な力をもって働きかけ、内なるあらゆる良き芽を目覚めさせる。親の人生からの、こうした目に見えぬ計りしれない影響は、学問、教訓、説教といったあらゆる教育にもまして、子供に働きかける。もし婚姻というしきたりの美点が持つ大きな影響の、本来あるべき姿がこういうことだとしたら、婚姻を否定されている彼らの道徳的低下は、避けられないのではないだろうか? 奴隷所有者は、婚姻関係のより高尚で、より神聖な喜びのすべてを奴隷たちから奪うだけでは事足りず、彼らの魂をおとしめ穢し、惨めさのわずかな軽減、法と世論で守られた婚姻から生じるそうした軽減すらも否定するのだ。合衆国における奴隷制度の影響はかくも強く、いわゆる自由州ですら、牧師たちは世間一般の感情を矯正するどころか、ただ同調しているだけなのである。

わたしたちは、以下に描く奴隷の物語に対し、読者に心の準備をしてもらうために、アメリカにおける現在の動産奴隷制度が、人間の社会状況全体を徐々に悪化させていることを示すのが賢明であろうと考えたのだ。この制度がなければ幸福と繁栄の国であるというのに。

南部諸州の大きな町ではどこでも、ある種の奴隷たちには、自分で自由に使える時間を所有主から借りることが許されている。もっとも、借り賃として高い値を払わなければならないが。それはムラートの女性、あるいはよく知られているようにクァドルーンで[*7]、際立って魅惑的な美貌の女性たちだ。たいていは、もっとも器量よしの女性がもっとも高い値を払って時間を借りる。こうした女性の多くは、所有主にその金を支払う手立てを講じてくれる人物の寵愛を受け、なかには大変ぜいたくな身なりをしている者もいる。読者よ、奴隷たちの間では美徳の周りになんの防御柵も巡らされておらず、奴隷の女性たちが貞潔を保持する動機などなんら存在していないという事実を考慮に入れてほしい。そうすれば、北部諸州の市や町では考えられないような形で南部諸州の都会に不道徳と悪徳がはびこっていることを話しても、驚かないであろう。実際、奴隷の女性のほとんどは、誰か白人男性の情婦になってきれいに着飾ること以上に高尚な望みは抱かない。そして黒人の舞踏会やパーティで、もっとも人を引きつけるのは、たいていこの種の女性たちなのだ。

その年の暮れが近づいた頃のこと——ヴァージニア州の首都リッチモンドで発行されているある新聞に

次のような広告が掲載された。「お知らせ――十一月十日月曜日十二時、故ジョン・グレイヴズ氏所有の黒人全三十八人の競売あり。健康状態良好、壮年者数名。職工、丈夫な畑奴隷、牛馬引きの少年、乳飲み子つきの女、なかにきわめて多産の者あり、自家用に、強くて健康な多数の召し使いを育てたい人にはめったにない好機。またまれに見る質の高いムラートの娘も数人、うち二人は極上もの。購入を希望する紳士淑女はどの奴隷でも一週間無料でお試しあれ」[*8]。

売られるこの奴隷たちのなかに、カーラーと彼女の二人の娘クローテルとアルシーサがいた。この二人が、広告のなかで「極上もの」と書かれた娘たちであった。カーラーはこのとき四十歳に近かったが、感じの良い容姿の、利発なムラートの女性だった。彼女は自由に使える時間を二十年以上も借り続け、その間リッチモンドで暮らしていた。若い頃、カーラーはある若い奴隷所有者の家政婦をしていた。しかしのちには洗濯婦として働き、リンネルの仕上げにかけては相当にこだわる女性という評判を得ていた。彼女が家政婦として仕えていた紳士はトマス・ジェファソンである。彼との間に二人の娘をもうけたのだが、ジェファソンが政府の任務を果たすためにワシントンに呼ばれ[*9]、カーラーは置いていかれてしまった。そうした次第で、彼女は洗濯の仕事につき、その稼ぎで主人のグレイヴズ氏に金を支払い、かつ自分と子供二人の暮らしを立てていたのである。主人が亡くなったとき、カーラーの娘クローテルとアルシーサは十六歳と十四歳だったが、共に、当時のほとんどのアメリカの女性と同様、年のわりには充分大人になっていた。カーラーは自分の娘たちを、彼女が言うところのレディに育てようと早くから決めていた。したがって娘たちにはほとんど何も仕事をさせなかった。娘たちが成長するにつれ、カーラーは娘たちが自由に使える時間の借り賃として要求された値も支払わなければならなくなった。だが第一級の洗濯婦としての評判のおかげで、カーラーは洗濯料金を特別に高くし、母と娘たちは比較的豊かに暮らすことができた。クローテルとアルシーサが、ことに舞踏会やパーティで人目を引くように育てることがカーラーの大きな目的だった。「黒人舞踏会」はこうした集まりのほとんどに使われる呼び名であるが、出席者の大多数はたいていい白人である。南部諸州の都会における黒人パーティのほとんどすべてが、クァドルーンやムラートの娘たちと白人男性とで成り立っている。これは民主的な集まりで、紳士、店主、そこの事務員も皆、完全に平等な立場で参加する。しかもこうした社交の集まりには、奴隷州における似たような白人の集まりにもひけをとらぬ、ある程度の品の良さと礼儀正しさがある。リッチモンドの裕福な紳士の息子、ホレイショ・グリーンがクローテルに初めて紹介されたのはこのようなパーティにおいてであった。青年は大学を終えて帰郷したばかりで、二十二歳だった。クローテルは十六歳、黒人白人《カラード》を問わず、この都市でもっとも美しい娘と皆に認められていた。青年がその晩ずっとこのクァドルーンの娘にとても丁重にふるまっていたので、皆がそれに気づき、話題にするほどであった。カーラーは娘が青年の心を征服したことに、非常に喜びを感じているようであった。その晩から青年グリーンはカーラーの家を頻繁に訪れるようになった。まもなく彼は、できるだけ早くクローテルを買い取って、彼女自身の家の女主人にすることを約束した。そしてカーラーは娘が解放され自由になるときが来るであろうと、誇らしげに待ち望んだ。暑さの厳しい地域に暮らす人たちが皆、わずかながらも新鮮な空気を求めてしきりにあえぐ八月の、美しい月夜の晩のこと、ホレイショ・グリーンは、カーラーの小さな家の裏手の小さな庭に愛する人と並んで座っていた。ホレイショが印刷されたばかりの新聞をポケットから引っ張り出し、先程触れたカーラーと二人の娘のことが載っているあの奴隷の競売広告を読み上げたのは、この場所であった。その晩の訪問を終えて帰るとき、彼はクローテルに言った。

「君をまもなく自由の身に、君自身の家の女主人にしてあげるよ」

予想された通り、競売日には売り物を競ろうと、めったにないほど大勢の人々が集まってきた。市場用の奴隷を育てることを商売にしている農夫もいた。奴隷商人や投機家もたくさん来た。その群れのただなかに、他のどの見物人よりも競売の結果に深い関心を抱く一人の人物がいた。青年グリーンである。約束通り彼はポケットに白紙の小切手をしのばせてやってきて、美しい奴隷娘の競り手として加わるのを今か今かと待ち構えていた。価値が低いと見なされた奴隷たちが先に、次々と競り売り台にのせられ、一番高い値をつけた競り手に売り渡された。奴隷制以外のどんな人生の場面でも考えられないような無関心さで、夫と妻は引き離され、兄弟姉妹はばらばらにされた。母親は連れ去られる子供をこの世の見納めとして見送った。

カーラーとその娘たちが競売の場へ押し出されたのはその日も遅くなってからで、一番たくさんの人々が集まっていると思われたときだった。カーラーが最初に競り売り台に立つよう命じられ、彼女は震える足取りでそこへ上がった。この母親奴隷を買い取ったのは奴隷商人だった。美しさでは姉にほとんどひけをとらぬ妹のアルシーサも、その同じ奴隷商人に一千ドルで買い取られた。クローテルが最後で、予想通り、その日の競りのどれよりも高い値がつけられた。競り売り台の上にクローテルが現れると、群衆の間に大きなどよめきが起こった。そこに立つ彼女の顔の白さは、この女性を買いたいと願って待っていた人々の顔の色とほとんど変わらなかった。その目鼻だちは生粋のアングロサクソン女性の誰にも劣らぬみごとなものだった。波打つ長い黒髪はこのうえなくきちんと結ってあり、丈高く、からだつきは優美で、彼女の容姿全体が奴隷という身分に侵食されていないことを物語っていた。競売人は次のように言って、競りを始めた。

「最後はとっておきのミス・クローテル。もっとも値打ちがありますからね。旦那衆、さあ、いくらになさる? どなたにとっても情婦に最適の、本物の白子《アルビノ》だ。健康だし、気立ても良い。さあ、いくらになるかな?」

「五百ドル」

「このような娘にたったの五百ですと? 旦那衆、この娘はそんなはした金じゃ取引できませんよ。今競っている代物《しろもの》の価値がお判りでないようですな。旦那衆、ほら、わたしがこうして手に持っているのは、この娘が道徳もそなえた人柄だという証明書ですぞ」

「七百」

「ああ、旦那衆、そうこなくちゃ。証明書にはこの娘がとても頭が良いとも書いてありますぞ」

「八百」

「敬虔なキリスト教徒で、完全に信頼できるのですぞ」

「九百」

「九百五十だ」

「千ドル」

「千百だ」

「千二百」

ここで値がぴたりと止まった。競売人は競りをやめ、辺りを見回すと粗野な態度で、奴隷の競り売りにまつわる逸話をいくつか、自分の目で見たことだと言って披露し始めた。この重大事に、それは実にちぐはぐな光景であった。笑ったり、冗談を言ったり、罵ったり、タバコを吸ったり、つばを吐いたり、しゃべったりと、群衆の間に絶え間ないざわめきが続いていた。その間、奴隷の娘は目に涙をためて立ち、ときに母や妹のほうを見たり、ときに自分を買い取ってほしい青年のほうを見たりしていた。

「この娘は純潔ですぞ。母親の監督の目からはずれたことは一度もないですからね。貞節なる女子《おなご》ですぞ」

「千三百」

「千四百」

「千五百」

「千五百ドル」と競売人が叫び、その乙女はこの値段で手を打たれた。これが南部の競売であった。十六歳の若いレディの骨、筋肉、腱、血、神経が五百ドル。道徳的な人柄が二百ドル。磨かれた知性が百ドル。キリスト教徒の精神が四百ドル。そして貞潔さと美徳がもう三百ドルで売られたのだ。しかも、天を指すあまたの信号のように見える尖塔がついた教会があちこちにいっぱいあるこの都市で！　そこでは牧師たちが奴隷制は神の定めた制度[*10]だと説教しているのだ！

いかなる言葉を使えば、啓蒙されたキリスト教徒に、高貴な任務の立場からこのような犯罪を薦めるその教理の非人間性、暴虐性、不道徳性を語ることができようか。そのような制度を存続させるためにあらゆる力を発揮する政府と人民に対して、全世界から向けられるいかなる怒りも、当然のものではないだろうか。人間の本性がそれを憎悪する。時代がそれを嫌悪する。それなのにキリスト教の教義は忍耐強さを総動員してそれを許しているのだ。

クローテルは千五百ドルで売られた。だが彼女を買ったのはホレイショ・グリーンであった。かくして、アメリカ独立宣言の起草者にして偉大なる共和国の大統領の一人であるトマス・ジェファソンの娘二人が、最高の値をつけた競り手に売却されてその競売は終わったのだ！

「おお神よ！　わたしの心のあらゆる琴線が叫ぶのです、

キリスト教徒の土地だと自慢されているこの土地の
このような光景をあなたは見ておられるのですか、
そして真実が語られねばならないのですか？

恥じなさい、キリスト教徒よ、恥じなさい！　なぜなら未開の、
無教育の異教徒にすらわかるのです
あなたの節操のなさが。そしてご覧なさい！
彼らはあなたの神とあなたを軽蔑しています！[*11]」

原注

*1　ウィリアム・ウェルズ・ブラウン編『反奴隷制のたて琴』（*The Anti-Slavery Harp*, 1848）のなかの作者不明の詩「奴隷競売――ある事実」（"The Slave-Auction—A Fact"）の第一スタンザ。

*2　ブラウンはクレイの意見を、文脈からはずして紹介し、本来の意味を変えている。クレイは実は「混血」を、奴隷制廃止論者たちが合衆国に課そうと望んでいる悪夢のような、しかし避けられない結果と見たのである。クレイは黒人をアフリカに植民させることを提唱したが、それはまさに彼が黒人を白人より劣るものと信じ、黒人と白人の結

婚は「不自然」だと信じたからである。それは一八三九年二月七日の上院における彼の演説を見ればわかるであろう。その演説で彼はワシントンD・Cにおける奴隷制廃止に反対しているのだが、理由は廃止論者たちが「混血に賛成であり」、「北部社会の勤勉な労働者階級を、嫌悪を催す黒の混ぜ物で汚染すること」を望んでいるからだとしている（*The Papers of Henry Clay*, vol. 9, ed. Robert Seager II and Melba Porter Hay [Lexington: Univ. of Kentucky, 1988, 282.]）。【訳者補注　ヘンリー・クレイは米国の政治家（一七七七―一八五二）】

＊3　ヴァージニア州政治指導者ジョン・ランドルフ（一七七三―一八三三）は、州権論の激烈な提唱者であり、ヴァージニア州最大の奴隷制農園の一つの所有者であった。にもかかわらず、彼は奴隷制反対を公式に表明し、遺言状により所有していた奴隷たちを解放した。文中の引用句は曖昧でおそらく出典の疑わしいものだが、その主張は、ランドルフがいつも自分が先住民の王女ポカホンタスの血を引いていることを自慢していた点と調和している。

＊4　所持品、家財などを指す。

＊5　奴隷法を混合したもの。特に一八二九年のノースカロライナ州における「州対マン」訴訟で「奴隷の従属を完璧なものにするために主人の力は絶対でなければならない」としたトマス・ラフィン（一七八七―一八七〇）判事の裁定をそのまま繰り返している。

＊6　「サヴァンナ川協会」も「シャイロー・バプテスト協会」も南部に拠点を持つキリスト教団体。

＊7　「クァドルーン」は一九世紀に使われた、黒人の血を四分の一引く者に対する呼称だが、より一般的には「クァドルーン」も「ムラート」も、混血の先祖を持つ肌色の薄い者を指すのに使われた。【訳者補注　ムラートは正確

には黒人の血が二分の一の場合の呼称】

＊8　この広告文はセオドア・ドワイト・ウェルド著『アメリカの奴隷制の実情』(*American Slavery As It Is*, 1839) に引用されたものを利用している。

＊9　ジェファソンは副大統領時代の一時期と、大統領時代の全期間、一七九〇年代末から一八〇九年にかけてワシントンD・Cに暮らしていたので、ここに提供された情報によれば『クローテル』のなかの出来事は一八一五年あたりから始まることになる。しかしそれでは、のちに小説で語られる一八三一年のナット・ターナーの反乱、一八四〇年の選挙、その他の歴史的事柄と合わなくなる。ブラウンは意図的に歴史的年代をゆがめているのである。

＊10　同様の奴隷競売光景を以前にも描写している。『反奴隷制支持者』(*Anti-Slavery Advocate*, Dec., 1852) に収められたブラウンの自伝「奴隷生活の実相」("A True Story of Slave Life") を参照。

＊11　ブラウン編『反奴隷制のたて琴』のなかの、作者不明の詩「奴隷競売――ある事実」より。

第二章　南部への旅

「我が国よ、汝はその栄誉ある名が、
　世界じゅうで非難の的になっても良いのか？
目覚めよ！　汝の名声を打ち砕くかのように
　かくも鋭い責め言葉が汝に投げかけられているのだ、
汝の頭上に揺れているのは、
　三百万人の奴隷を覆ってひるがえる旗なのだ[*1]」

カーラーとアルシーサを買った奴隷商人ディック・ウォーカーは、一緒に連れていく奴隷たちを集めるまで二人を牢に入れておいた。そして四十人集めたところでニューオーリンズの市場に向けて出発した。奴隷たちの多くはリッチモンドで育てられ、その町に親族が住んでいた。だからこの奴隷商人は、南部の市場に向かうとき、奴隷と親族友人との別離につきものの愁嘆場を見なくてすむように、早朝に町を出ることに決めていた。この計画はうまくいった。というのは、母と妹に会いに毎日牢を訪れていたクローテルでさえ、彼女たちが出発したのを知らなかったのだ。奴隷の集団は、ヴァージニア州の内陸部を通って八日間歩いたのち、オハイオ河の岸辺に到着した。そこで全員が蒸気船に乗せられ、すばやく目的地に向かって運ばれていった。

ウォーカーはすでにニューオーリンズの新聞に、日時を指定し、「畑作業向きの身体強健な奴隷多数、および十五歳から二十五歳までの極上もの数名」を連れてゆく、と広告を出していた。しかし、奴隷の売買で利益を得る商売にはよくあることだが、彼もしばしばかなり年配の者を買っては、いつも実際より五歳から十歳若いことにして売ろうとした。黒人の年齢などというものは、この人種を十分に知っていなければ、見ただけでわかる人はほとんどいないだろう。したがってこの奴隷商人はなんの罰も受けずにこうした詐欺行為をしょっちゅうやっていた。蒸気船が港を離れ、父なる河[*2]のかなり深い所まで来ると、ウォーカーは召し使いのポンピーを呼び寄せ、「黒人たちを市場向けに準備する」ための指示を与えた。四十人の奴隷のなかには、その外見からかなり年配で相当な労働に耐えてきたとわかる者が数名いた。白いものが混じる彼らの髪と頬ひげから、奴隷商人の広告に出ていた年齢以上であることがすぐに見てとれた。ポンピーは長らくウォーカーのもとにいたので、自分の仕事を心得ていた。そのことに喜びを感じてはいないにしても、主人にほめられるようにある程度きびきびと己の義務を果たした。ウォーカーが「ポンプ」と呼ぶこの男は、混じりけなしの黒人であり、自分のことをよく「まがいもんじゃねえ、ほんまもんよ」と言っていた。ポンピーは背が低く、丸顔で、この人種によく見られるような、真っ白くみごとな歯並びをしていた。目は大きく、唇は厚く、髪は短く縮れていた。ポンピーはあまりに長くウォーカーのもとで奴隷の売買を見慣れてきたので、毎日目の前で起こる胸を引き裂くような光景にも、まったく無関心になってしまっているようだった。蒸気船に乗って二日目、ポンピーは年配の奴隷たちから五人を選ぶと、彼らだけをある部屋へ連れていき、市場に出す準備を始めた。ポンピーはこの一団に向かって言った。「さて、と。俺はお前さんらがオーリンズの市場で旦那さまのためにいい値をつけてもらえるよう準備する係だ。お前さんはいくつだね?」彼が話しかけたのは、外見からは四十歳より下には見えない男だった。

「次にトウモロコシの種を蒔く時期まで生きていりゃ、四十五か五十五にはなるだろうが、どっちかわからんね」

「かもしれんね」とポンピーは答えた。「だけど今はお前さんはたったの三十だ。旦那さまがそう言ってなさるからな」

「それよりもっと上のはずだが」と、その男が応じた。

「それについては俺は何も知らん」とポンピーは言った。「だが市場に行って、誰かに歳を訊かれて、四十五などと言おうものなら、旦那さまはたちまちお前さんをしばり上げて鞭打ちをくらわすだろうよ。だがたったの三十だと言いさえすりゃ、そんなことはなさらねえ」

「そいじゃあ、訊かれたら、たったの三十になろう」と奴隷は答えた。

「お前さんの名前は？」とポンピーが尋ねた。

「ジームスだよ」と男が答えた。

「ああ、アンクル・ジムだね？」

「そうだよ」

「そいじゃあお前さんはその頬ひげをそり落とさなくちゃなんねえ。で、ニューオーリンズへ着いたら顔に油を塗ってぴかぴか光って見えるようにするんだ」

こういうことを言うときのポンピーの態度は、いかにも自分の仕事をわきまえているようだった。

「お前さんはいくつだ？」とポンピーは背の高い、強そうな男に尋ねた。

「この前のジャガイモ掘りの時期には二十九だった」

「名前は？」

「俺の名前はトバイアスだが、皆からは『トビー』って呼ばれているよ」

「ふむ、トビー、いやもしそっちのほうがお気に召すならミスター・トバイアス、お前さんは今二十三歳きっかりだ。わかったか？」

「わかったよ」とトビーが答えた。

ポンピーは奴隷の一人一人に、買い手に尋ねられたら何歳と答えるべきかを教えこんだ。それから主人に「年長組」の用意ができたと報告した。

三日目の晩の八時、遠くに別の蒸気船の明かりが見えた。それは明らかにたいそうな速度で近づいてきた。それはパトリオット《愛国者》号全体の興奮を誘発するきっかけとなり、今にも蒸気船の競争が始まろうとしていた。[*3]ミシシッピ河の蒸気船につきもののこの興奮をしのぐようなものは、まず他にないだろう。メンフィスに到着する頃には、二つの船は並び合い、それぞれ懸命に速度を上げ続けていた。夜空は晴れて月がこうこうと照っていた。二つの船は互いにすぐそばまで近寄っていたので、乗客たちが双方の船から声をかけ合うほどだった。パトリオット号の船上では、蒸気の力を最大限出させようと、かまたき係が薪と一緒に油、ラード、バター、それにベーコンまで使う始末だった。向こうの船でも黒い煙に炎が混じり、明らかに薪以外のものを燃やしていることがわかった。二つの船はまもなくからみ合ってしまい、双方の乗組員たちが船から船へ移って動き回った。乗客の間にも乗組員の間にも、激しい興奮がうずまいていた。このとき、パトリオット号の技師が、蒸気が逃げないようにと安全弁を閉める姿が見えた。これは実に危険なやり方だ。これを目撃した二、三の乗組員は、より安全な場を求めて船尾を離れた。

パトリオット号は客を乗せるために止まったが、蒸気の出口はふさがれたままだった。出航のときが来ると、冷たい水をボイラーに入れる装置が働いた。すると、予想が的中し、ボイラーの一つがたちまち爆発した。濃い煙幕が船じゅうに満ち、かなきり声、うめき声、叫び声があちこちから聞こえ、まもなく広間も船室も病院の様相を呈することとなった。この頃には船は港に着けられ、競争相手だった船コロンビア号が、破損した蒸気船に手を貸すために隣に並んだ。死者とやけどを負った者(十九名)は陸に運ばれ、ほどなくしてパトリオット号はコロンビア号に綱で引かれながら再び航路についた。

夜中の十二時になっても、乗客たちは眠るどころか、その大多数が広間で賭けを楽しんでいた。ミシシッピ河上の蒸気船では、ルイヴィルあるいはセントルイスからニューオーリンズまで行く間に、何千ドルもの金の持ち主が変わり、多くの男たちが、いやご婦人方でさえ、完全に破産してしまったりする。

「おい給仕、あの子を呼んできてくれ」とスミス氏はテーブルからカードを一枚ずつ拾いながら言った。二、三分すると、見たところ十五歳くらいの、顔立ちの良い、輝く目をした混血の少年がテーブルについている主人の脇にやって来た。スミスはその少年、つまり召し使いのジェリーがテーブルに近づいてくると、「あなたの賭けに応じましょう、もう五百ドル上乗せして」と言った。

「その子にいくらの値をつけるのかね?」とポケットから紙幣の束を取り出してジョンソンが訊いた。

「ニューオーリンズの市場へ行けば、いつだってこの子は一千ドルにはなりますよ」とスミスは答えた。

「じゃあその子をまるごと賭けると言うんだな?」

「そうです」

「じゃあ賭け金をそちらに合わせよう」とジョンソンは言いながら、テーブルに手持ちのカードを広げて見せた。

「あなたの勝ちですな」とスミスはそのカードを見るなり言った。足の周りに銀行小切手やドル銀貨を置かれ、テーブルの上に立たされていたジェリーは、テーブルから下りるよう命じられた。

「お前はわたしのものだということを忘れるな」とジョンソンは、若い奴隷がテーブルから椅子へ下りているときに言った。

「はい、旦那さま」と奴隷が答えた。

「さあ、寝床へ戻れ。明日の朝はわたしの服にブラシをかけたり、ブーツを磨いたりするのに間に合うように起きるんだ。わかったか?」

「はい、旦那さま」とジェリーは答え、涙をぬぐった。

スミスはポケットから売り渡し証明書を出し、それをジョンソンに渡しながら言った。「ジョンソンさん、わたしはその子を取り戻す権利を主張します。その子はわたしの成人の記念に父がくれたんですが、わたしはその子を手放さないと約束したんですよ」

「そりゃもちろんだとも。かっきり一千ドルを渡してくれたらいつでもこの子はお返しするよ」とジョンソンは答えた。

翌朝、乗客が朝食用の広間やデッキの柵に集まり、召し使いたちが主人に仕えようとして、あるいは主人を探して、走りまわっている姿が見られた頃、哀れなジェリーはブーツを抱えて新しい主人の特別室へ入っていった。

「お前は誰のものかね?」と、ある紳士が、立派な犬を連れてやってきたある年老いた黒人の男に声をかけた。その男は犬に食べ物をやっていた。

「昨夜寝るときはルーカス知事さんのものでした。だけど知事さんが一晩じゅう賭けをしておいでだったのを知ってますんでね。今朝は自分がどなたのものになってるんだか、わからねえですよ」

奴隷の立場とは、かくも不安定なものなのだ。夜寝るときは何年間も共に暮らした人の持ち物であっても、朝目覚めてみると、これまで会ったこともない誰かの奴隷になっているのだ！ 金、ピストル、長い鞘《さや》のついたボウイナイフ、その他もろもろを所狭しと置き六人ほどの男たちがカードをしているテーブルが蒸気船の船室に五、六台はあるというのが、ミシシッピ河上ではほとんど日常茶飯事なのである。

四日目、船がナチェズ[*4]に停泊して貨物や乗客を受け入れている間に、上陸して昔の顧客たちに会いに行っていたウォーカーが戻ってきたが、背の高い痩せた顔の男を伴っていた。黒い服と白い立ち襟のおかげでこの男が牧師であることはすぐにわかった。ウォーカーの奴隷たちが入れられている船室へ入ったとき、この客人は「家事をさせる善良で信頼できる女が欲しいのだが」と言い、商人は「そういう女がもちろんいます」と応じた。

「さあ、カーラー、立つんだ。この方のおめがねにかなうかどうか、お前を見たいとおっしゃっている」

立ち上がるカーラーのかたわらで、アルシーサがしがみついた。

「この女は類い希な料理人で洗濯の腕も良い。あなたの要望にどんぴしゃりだと保証しますよ」

「わたしをお買いになるなら娘も一緒に買ってやってくださいまし」と、ひどく興奮した様子でカーラーは言った。

「わしはうちで使うために一人欲しいだけで、他には要らないんだ」と黒衣の男は言いながら、商人と共に部屋を出ていった。ウォーカーと牧師は広間へ行き、話し合い、売り渡し書が書かれ、金が支払われ、牧師は女を家に送り届けてもらうことにして帰っていった。かわいそうなアルシーサは、人間の肉体を持った無慈悲な悪徳商人の手で母と引き裂かれたあとの二日間、死んでしまうのではないかと思われるほど泣きに泣いた。船がバトンルージュに着くと、ここでも客が乗船してきた。何人かは競馬に行ってきた人たちだった。賭けや飲酒は今や流行であった。ちょうど紳士淑女が夕食のテーブルに集まりかけていた頃、社交広間のほうで銃声が響いた。淑女たちは大いに不安を覚え、紳士たちはそちらへ集まっていった。だが何も深刻なことは起こっていなかった。賭け事のテーブルの一つで、ある男が袖にカードを隠そうとしたところを見とがめられ、座の一人がピストルをつかんで発射したのだ。幸い、発射寸前に銃身が突き上げられたので、弾丸は意図に反して当の男の頭ではなく上甲板を貫いた。まもなく事態はおさまった。その後は夜の間なにごともなく過ぎ、翌日十時に船はニューオーリンズに到着し、乗客たちはホテルへ、そして奴隷たちは市場へ向かった！

「われらの目は今なおアフリカ大陸に向けられ、
その無数の悪行を嘆く。
その地における残忍な奴隷商人を見、

足かせをはめられた犠牲者の祈りを聞く。
そして苦しむ者のもとへ救助に急ぐ。
われら自身の**奴隷売買**のことは忘れて。

大洋の悪魔のような**海賊**の姿は
報復の嵐の下に沈むべし、
そのはがねの心臓は
戦闘の騒音と破壊の轟音の前に打ち震えるべし、
悪漢は死ぬべし、と法は語った。
われら自身の**奴隷売買**は保護しておいて。

人間の悪賢いプロテウスのような心[*5]を
この世のどんな目がわざわざ調べるだろうか?
人間の魂の、マントで覆われた欺瞞を
どんな力強い手なら開いてみせるだろうか!
おお、どこにいるのか、これまでに

われら自身の**奴隷売買**の恐ろしさを探った者は。

光に目覚める目はある、
比類なき力を持つ手はある。
遅かれ早かれ、それらはこれから、
偽善のベールを引き裂くのだ。
さすればその中身は明らかになろう、
われら自身の**奴隷売買**を正当化する仮装の中身が。」

原注

＊1　ブラウン編『反奴隷制のたて琴』のなかの、R・C・ウェイットン作「自由の旗」（"Freedom's Banner"）より。

＊2　ミシシッピ河のこと。たくさんの支流を持つ本流であることからこう呼ばれる。

＊3　この後に続けて語られる不運な蒸気船の競争の話は、おそらくハドソン川上で一八五二年七月二十八日に蒸気船ヘンリー・クレイ号とアルメニア号の間で行われたと広く報じられた競争をタネにしたものである。その競争の結果、爆発が起こり、六十人以上の死者が出た（爆発の記事に関しては、一八五二年七月三十一日付の『ニューヨーク・ト

リビューン』を参照のこと)。

＊4　ミシシッピ州南西部の、ミシシッピ河に臨む港町。

＊5　ギリシャ神話では、プロテウスは自在に変身できる、海に住む老いた予言者であった。

第三章　黒人の追跡

ではここでナチェズに話を戻そう。カーラーがメソジストの牧師の手に引き渡された場所である。長年にわたって、ナチェズはこの地の住民の非人間性と野蛮性、ここでしでかされた残忍な行為で悪名が高く、南部諸州の他のどの町の追随も許さぬほどだった。次の広告は、その付近で発行されている新聞から引用したものだが、「すべての人間は本来自由の身に創られている」という教義を信じる黒人《ニグロ》奴隷を、住民がどのようにして捕まえるかを示していよう。

「**黒人用の犬**―わたくしこと、この度黒人用の犬一群（ヘイおよびアレン種の血統）を購入しましたので、逃亡黒人捕獲を申し受けます。料金は追跡一日三ドル、逃亡者を捕まえた場合は十五ドル。わたくしの住居はジョーンズ・ブラフ・ロード南寄りのリヴィングストンの北方三マイル半にあります。

ウィリアム・ギャンブレル

一八四五年十一月六日」

「**お知らせ**—当方、バイユー・メイソンからレイク・プロヴィデンスに通じる街道十六マイル、キャロル郡ホーズ・バイユーのキャロウェイ・レイクに住む者ですが、常時、逃亡黒人追跡用の一群の犬を用意しております。犬どもは充分に訓練されており、郡内でも知られております。プロヴィデンスのわたし宛てにお手紙を頂ければ、早速手配をいたします。条件は、捕まえても捕まえられなくても、臭跡捜査は一日五ドル。十二時間分の臭跡が証明されても捕まえられなかった場合は、無料となります。捕まえた場合は二十五ドルを頂きますが、追跡料金は無料となります。

ジェイムズ・W・ホール

一八四七年十一月二十六日」

こうした犬どもは主人の命令で黒人にとびかかり、食らいついて放さない。まさにブルドッグが野獣に食らいつくときのようだ。こういう犬どもがひとたび逃亡者の通った跡を見つけると、その逃亡者が生きて捕まるか死んで捕まるかは、多くの場合、賭けのようなものである。カーラーが到着した二、三日後にナチェズの近くで奴隷狩りが行なわれたせいで、その町の住民に対してカーラーは良い感情などとてももてなかった。二人の奴隷が主人の厳しい罰に耐えかねて脱走したのだ。その臭跡を探るべく犬どもがけしかけられた。奴隷たちは自分の臭いをかがされた犬どもが、水のなかを通ってまで追いかけてはこられないだろうという望みを抱いて、沼地へ入っていった。犬どもはまもなく沼地へやってきた。その沼地は丘と丘の間にあって、そのときは腰の深さまで水があった。ここでこの忠実な動物どもはほとんどずっと泳ぎながら、二人の逃亡者の、ねじれ、曲がり、くねるジグザグの行程をたどった。後でわかったことだが、逃亡者たちは道に迷ってしまったのだ。犬どもは、ときには二人が泥水からつかの間の避難場にした木を、そして別の場所では泥の深みにはまってもぎとられた靴の片方をも嗅ぎつけ、再び臭跡をたどるのにも時間はかからなかった。二時間半かけて四、五マイルほどを、男たちと犬どもはこの淮木だらけの陰鬱な沼をかきわけて進んでいった。恐ろしい顔をしたワニに囲まれながら。ワニのほうは、先祖代々の領土への侵犯を警戒の目で見ていたようだ。犬どもは、いったんは臭跡を失ったかと思えたが——再びゆっくりと半信半疑ながらそれを取り戻し、とうとうそれを探り当てることに成功した。気づいてみれば犬どもは川へと引き返していた。つまり、黒人たちは出発点の近くに戻り、自らの通った跡を通り越していったことがわかった。そうこうしている間に大雪が降り、臭跡は消されていた。彼らは今や少なくとも四マイル先へ行っていた。

このような障害を乗り越えるにはもっとも鋭い嗅覚と最高の血統が必要だということは、追跡者たちがよく知っていることだが、この忍耐強く賢い動物たちはすべての困難を克服した。奴隷たちはもう、四マイルほど離れたバトンルージュとバイユー・サラ・ロードへまっすぐに向かっていた。

朝のうち歩いたせいで空腹になり、喉も渇いていたのだろう、奴隷たちは街道から半マイルほど脇へそれた所へ行って、たっぷり、腹いっぱい、相当な量の朝飯を食べた。黒人だって他の人々と同じように食べずにはいられない。だがここで犬どもが告げ口をすることになる。犬どもは一瞬臭跡を失うが、すぐに謎を解き明かし、また街道に引き返す。そして、これまで驚異的な力と思えたものが、今や、ほとんど奇跡的な力となる。ここ、この公共の本街道で——周辺の地方一帯のための大通りで——恥も外聞もなく、牛馬が引く荷馬車、さまざまな一人歩きの旅人に衝突し、とりわけ驚くべきことに、お気に入りの獲物、つまり路上で働いていた黒人の一団の間を文字通りに駆け抜けて、犬どもは二人の逃亡者を追跡するのだ。奴らは平原の果てまで八マイルも走り、最後の一マイルで奴隷たちに近づいた。最初、奴隷たちはそれは鹿追いの狩人だろうと信じようとした。だが、吠える一群はどんどん近づいてくる。自分をだます幻想が消え始める。と、突然、稲妻の閃光のように真実がひらめく。奴隷たちの髪の毛が逆立つ。これは犬を連れたターボル[▽1]だ。臭いは次第に強くなる。不規則な叫び声であったものが、今や一つの絶え間ない轟音となり、容赦ない犬の群れが餌食たる人間に向かって走ってくる。それはアクタイオン[*1]とその犬どものことを脳裏に呼び起こす光景だ。奴隷たちは死に物狂いで街道から脇へそれる。追っ手を捲《ま》こうという無益な望みを持って。実際、無益な望みだ！　つかの間の中断は追跡に新たな熱気を加えるだけだ。叫び声は次第に大きくなる。かん高い吠え声は短く早くなる。獲物が間近にいることの確かな合図だ。追跡者のほうにとっては完璧な突進である。一方、黒人たちは疲労困憊した足にやれる限りのことをしてくれと請うのだが、足はよろめき、ふらつく。猟犬の息はほとんど彼らのかかとにかからんばかりである。それでも彼らはこの賢い動物から逃げるという無益な望みを捨てない。彼らはもう走れない。犬が襲う。彼らは急いで木に登ろうとする。二人目がかろうじて犬の届かぬ所まで登ったとき、捕獲犬が彼の足をくわえ、地面に引き下ろす。彼は大声を上げ、犬どもには退《ど》け退けと指令が出る。この男が捕まったあと、木に登ったほうの男は降りてこいと命じられた。彼は拒否するが、銃口が向けられたため、ほどなく気を変えた。地面に降りるや、逃亡者はもう一度とびあがり、再び追跡が始まった。しかし走ったところで無駄であり、まもなく彼は屈服した。縛られている間も、彼は許されがたいことをしでかした。抵抗したのである。このため、この男は元の場所に戻り次第、見せしめにされることになる。白人に対して手を上げるという厚かましい振る舞いをやらかした黒人を、どう処罰すべきか決めるために群衆が集められ、リンチ法廷*2が開かれた。リンチ法廷はこの男を杭にしばって火あぶりにすべきだと決めた。ナチェズの新聞『フリー・トレイダー』は、この話を載せて次のように書いている。

「その身体はユニオン岬と呼ばれるミシシッピ河の州《す》に連れてゆかれ、すぐさま一本の木に鎖で縛られた。それから小枝の束が集められ、彼のまわりに積み重ねられた。それに対して彼はまったく無関心のようであった。準備が整うと、彼は最後に言い残したいことを尋ねられた。すると彼は皆に自分を戒めとするよう警告し、周囲にいる皆の祈りを求めた。次に一杯の水を求め、それが手渡された。彼は水を飲むと、『さあ、火をつけろ――俺はおだやかに死ぬ用意ができている!』と言った。たいまつに火がつけられ、積み上げた小枝のなかに置かれると、小枝はすぐに燃え出した。彼は渦巻く炎が大きくなってゆくのを平静に見つめていたが、とうとう炎が彼の身体に巻きつき、侵食を始めた。すると彼は聞くに耐えがたい苦悶の叫びを上げ、誰か銃で頭を撃ち抜いてくれ、と懇願した。と同時に、鎖を木に固定していた股釘が（あまりしっかり固定されていなかったので）ぬけてしまうほど、ほとんど超人的な力を湧き立たせ、彼は燃える薪の山から飛び出した。その瞬間、いくつかのライフル銃の鋭い発射音が聞こえた。黒人の身体は死体となって地面に倒れた。二、三人がその身体を拾い上げ、再び火のなかへ投げ込むと、彼の身体はそのような者が存在していたことを示す跡形もないほど焼き尽くされた。[*3]」

この光景を目撃させるために、近隣の農園からほぼ四千人の奴隷が集められていた。その奴隷の大群衆に向かって、判事たち、牧師たちがたくさんの演説をして警告を与え、所有主に反抗的であることが判明した場合はこれと同じ運命が待っているのだと語った。

逃亡して森林のなかで暮らしている黒人は何百人もいる。人間が近づくことのあまりない沼地に避難する者もいる。あるナチェズの新聞は、捕らえられた奴隷の隠れ処《が》に関して次のような話を載せている。

「日曜日、ワシントン・スプリング近くの小さな森の一郭で、ある逃亡奴隷の隠れ処が発見された。そこからは二、三軒の家も見え、毎日絶えることなく人の通る街道や畑の近くだというのに、数カ月の間、非常に巧妙に地下に隠されていて、その発見はただの偶然に過ぎなかった。入り口は乾燥した松葉を積んで豚のねぐらのように見せて隠してあったが、松葉を取り除くと、落とし戸と階段があり、約六フィート四方の部屋に通じていた。天井を心地よく厚板で覆い、小さな炉もしつらえ、その煙道は精巧に地表に通じ、松葉で隠されていた。なかに住んでいた者たちは危険を察して脱出していた。しかしアダムス氏と彼の優秀な犬どもが臭跡をたどり、まもなく追い詰めて一人を捕まえた。この者は一年間ほど逃げていた黒人と判明した。彼はもう一人の住人はもっと長い間逃亡を続けてきた女であると述べた。隠れ処からは相当量のあらびき粉、ベーコン、トウモロコシ、ジャガイモなどと共に、さまざまな調理器具や衣類も見つかった。」

『ヴィクスバーグ・センティネル』一八三八年十二月六日号

カーラーは杭につながれた奴隷の処刑を目撃した一人であった。したがって、綿花栽培地域の人々に対し、彼女は高尚な気持ちなど持ちようがなかった。

原注

＊1　ギリシャ神話では、アクタイオンはアルテミスが裸で水浴しているところを見た罰として、アルテミスにより雄鹿に姿を変えられ、その結果自分の飼っている猟犬に殺された。

＊2　キャプテン・ウィリアム・リンチ（一七四二—一八二〇）に由来するこの言葉は、一般に略式の罰、普通は絞首刑を行なうことを群衆が決めることを指す。
＊3　ミシシッピ州ナチェズの『フリー・トレイダー』一八四二年六月十六日号。ブラウンは自分の『手記』の一八四八年版にもこれを引用している。

訳注

▽1　ボヘミアの町ターボルを拠点とした非常に戦闘的なフス派の集団。

第四章　クァドルーンの家庭

「活発に熱を放射しながら
　陽光はなんと心地よく丘の中腹で休んでいることか！
斜面にかぶさる木々の緑は
　その揺れ動くまばゆい光のなかでさらに濃くなる」

リッチモンドから三マイルほど離れた辺りに気持ちの良い平地があり、そこかしこに、木々に囲まれて人目につかない美しい小さな家々があった。[*1] そのうちの一つに、公道からずっと奥に退いた所でほとんど木々に隠れている家があった。それは田園の美しさの完璧な模範例だった。家を囲むベランダはクレマチスやトケイソウで覆われていた。タイワンセンダンの東洋風の葉と厳かなタイサンボクが混ざり合い、大気は花々の芳香に満ちていた。花々は隅々から顔をのぞかせ、うなずいて思いがけない歓迎の合図を送ってくれる。趣味の良い人為の手は、自然の持つありあまるほどの美や調和のとれた無秩序を模倣することを学びはしなかった。そうではなくて、人為と自然は友好的に共存し、調子を合わせて語らっていた。門はゴシック様式のアーチ型で、アーチの優雅な狭間飾りはてっぺんに十字架型の装飾がついた鉄細工。その周囲にあのもっとも軽くもっとも繊細なつる草であるマウンテン・フリンジがからまって揺れ動き、戯れていた。この小さな家はホレイショ・グリーンがクローテルのために借りたものであり、クァドルーンの娘はほどなくこの新しい家におさまった。

排斥された人種である自分との結婚が法的には認められず、したがって式を挙げたところでホレイショの忠誠を要求する法的権利は与えられないことはよく知っていたのだが、クローテルの繊細な良心は、母が心配していたことや、美徳に対して彼女自身が高い価値を置いていたこともあって、表面上の結婚を求めていた。だが、彼女の高度に詩的な気質は、ものごとの外観よりは実態を重んじた。そしてホレイショが冗談交じりに、僕が逃げ出したくなったら君はどうやって僕をつなぎとめるの、と尋ねたとき、こう答えたのである。

「互いに対する愛と、あなた自身の良心の命ずるところをもってしても、あなたをわたしの夫でいさせることができず、あなたの愛がわたしから離れるなら、わたしはたとえできたとしてもあなたを束縛するつもりは少しもありません」

実際、これはこの世では認められなくとも天に認められた結婚なのだった。若い二人はこの家で、世間から隔離されて暮らし、境遇の許す限り幸せなときを過ごした。クローテルの望みは、ホレイショが母と妹を買い取ってくれることだった。だが青年は、自分に譲渡されるはずの財産をまだ所有していないのだからそれはできないと説き、財産を手にしたら二人を捜し出して買おうと約束した。初めての子供はメアリと名づけられた。この子の顔色は母親よりさらに白かった。実際、他の白人の子供たちと比べても肌の色は濃くなかった。子供は成長するにつれ、だんだん母親に似てきた。この子の大きな黒い目の虹彩はメゾティント[*2]を溶かしたような色で、これはアフリカ系の血筋の最後の痕跡であり、あの従順で傷つけられた人種によく見られ、そしてふさわしくもあるもの悲しい表情を与えていた。可愛い子供が生まれてからのほうがクローテルは幸せだった。というのは、予測されたことだったかもしれないが、ホレイショは昼も夜も町の友人たちと共にいて不在のことがよくあり、社会の命ずるところによりクァドルーンの女性と彼らの間には、へだての壁が築かれていたからである。クローテルはホレイショの愛に包まれ、彼女の詩的な精神にぴったり適応した美しい外的環境に囲まれて幸せではあったのだが、こういうことがあるたびに言いあらわせぬ苦痛を覚えた。自分自身のことなら、彼女はあまり気にかけなかった。なぜなら彼女はホレイショの心のなかに避難場を見つけており、世間はそれを嘲ろうとも冒涜する力はなかったからだ。しかし、愛するメアリを見つめ、社会の圧制がこの子に与える避けようのない危険な身分のことを考えると、彼女の魂は苦悶に満たされるのだった。その子の類い稀な愛らしさは日ごとに増しており、驚くほどの美しさに実りつつあるのは明らかだった。父親は混じりけなしの誇りを持ってそれを喜んでいるようであった。しかし母親の優しさに満ちた視線には、不安な思いと恐ろしい予感を物語る悲しさが宿っていた。

今やクローテルは、フランスかイギリスへ引っ越しましょう、そこでなら自分も子供も自由になれるし、そこでは肌の色は罪ではないのだから、とホレイショをせっついていた。この要求は反対を招くどころか、彼の想像力に訴え、魅力的にすら思えた。だから彼は介入するあらゆる障害を克服していたかもしれないのだ、もし「彼の夢見る精神に変化が起こらなかったならば」[*3]。彼はまだクローテルを愛していた。だが今、政治などにかかわり出し、そのために若い母親のところから以前より頻繁に、以前より長時間にわたって離れがちになった。政治家になるという野心がゆっくり彼を支配しはじめていたのだ。

ホレイショが政治的に成功するために一番支えとなってくれる人々のなかに、非常に人望のある裕福な男性がおり、この人には一人娘がいた。最初は、この人の家を訪問するのは純粋に政治的な用向きだった。だがその若い女性は喜び、彼は彼女が自分に対しておずおずと好意を見せてくれているような気がした。彼は虚栄心をくすぐられ、結婚がもたらす大きな世俗的利点のことを考え始めた。最初の愛の記憶が、この漠然とした考えを数カ月の間は押し止めていた。というのは、それが束縛感を伴っていたからである。ところが、その娘ガートルードは、美しさにおいては劣るけれども、ライバルとは対照的な愛らしさを持っていた。明るい色の髪は絹のような巻き毛となって肩に垂れていた。青い目は無表情ながら優しかった。健康な頬は開きかけたバラのつぼみのようだった。彼は自分の内面の確信に抵抗するという、本来なら危険な実験に、とうとう慣れて麻痺してしまった。そして野心への新たな衝動と、目先の変わった愛への強い誘惑が結び合って、この情熱的な若者を負かしてしまった。この国の法律によって彼は道徳的行動基準を弱められ、束縛を解かれていたのだ。彼の心の変化に、クローテルはまもなく気づいた。

原注

＊1　この章はリディア・マリア・チャイルドの短編「クァドルーンたち」("The Quadroons", 1842)の最初の三分の一の部分で書かれている言葉のほとんどを使っている。ブラウンは第八章と第二十三章でも同じようにこの短編を利用している。

＊2　文字通りには白と黒を半々にした色だが、この描写の強調は黒に置かれている。

＊3　バイロン卿(一七八八―一八二四)の詩「夢」("The Dream", 1816)からの引用。ブラウンは一人称から三人称に変えて使っている。

第五章　奴隷市場

「何たること！　母が子から引き裂かれるとは！
何たること！　神自身の形に造られたものが売買されるとは！
アメリカ人が市場へ追い立てられ
動物として金銭と交換されるとは[*1]」

ホイッティアー

ニューオーリンズの町のカナル通りから遠くない所に、十二フィートの高さの石壁に囲まれて、大きな二階建ての水平屋根の建物がある。石壁の一番上はガラスの破片で覆われていて、誰にしろ大怪我をせずには乗り越えられぬつくりになっている。部屋の多くは牢獄の独房に似ている。「事務室」の近くの小部屋には鉄製の首かせ、脚しばりの革紐、手錠、親指をねじ絞める責め具、牛革鞭、鞭ひも、鎖、さるぐつわ、くびきなどがいくつも置いてある。高い壁で囲いこまれた裏庭は、ニューイングランド地方の大きな学校によくあるベンチやブランコを備えた運動場のように見える。建物の裏側にはかなり大きな台所があり、二人の年老いた黒人女《ニグレス》がせっせと働いている。煮たり茹でたり焼いたり、そして時折しわの刻まれた黒ずんだ額から汗をぬぐいながら。

奴隷商人のウォーカーは、ニューオーリンズへ着くと、家畜にされた人間の一団を引き連れてこの奴隷監禁所を宿舎に定めた。翌朝十時になると、販売のための展示が始まった。最初が美しいアルシーサだった。その青ざめた顔色と気落ちした表情は、ナチェズで母と別れて以来、どれほど多くの悲しい時間を過ごしてきたかを物語っていた。夫と五人の子供たちから引き離されてきた気の毒な女もいた。もう一人、顔と態度に深い苦悶をにじませている女がそのかたわらに座った。頬ひげをそり落とし、顔をきれいにそられ、白髪を抜かれ、歳を十歳若くして売られる準備のできた「アンクル・ジームス」もいた。点検に備え、顔をそられ油を塗られたトビーもいた。吟味が始まった。そのやり方は、誰であろうと人情を持つ人なら衝撃を受けるものであった。

「なんでお前は目をぬぐっているんだね?」白い帽子を斜めに被って口に葉巻をくわえた赤ら顔の太った男が、足台に腰をおろしていた女に尋ねた。

「わたし、泣いていたんだと思います」

「なんで泣くんだ?」

「うちの人と別れてきましたから」

「ああ、そうか。わしがお前を買ったら別れてきたのよりもっと良い男をやるよ。うちの農場には若い野郎どもがわんさといるぜ」

「いやですよ、他の男なんかもういりません」とその女は答えた。

「お前の名はなんというんだ?」麦藁帽子を被った男が、腕組みして壁によりかかっている背の高い黒人の男に尋ねた。

「アーロンです、旦那」

「いくつだね?」

「二十五歳です」

「育ちはどこだね?」

「なじみの故郷ヴァージニアです」

「これまで何人の主人に仕えた?」

「四人です」

「身体は丈夫か?」

「はい、旦那」

「最初の主人の所では何年暮らした?」

「二十年です」

「逃げ出したことは？」

「ないですよ、旦那」

「主人をなぐったことはあるか？」

「ないですよ、旦那」

「たくさん鞭をくらったことはあるか？」

「いや、ありません。鞭で打たれるようなことはしてないからでしょう」

「二番目の主人の所には何年いたんだ？」

「十年です、旦那」

「食欲はあるか？」

「はい、旦那」

「割り当て量は食べ切れるんだね？」

「はい、旦那。もらえるときには」

「ヴァージニアではどんな仕事をさせられていたんだ？」

「ターバカー・フィールドで働いてました」

「タバコ畑《フィールド》のことか？」

「そうです、旦那」

「お前、歳はいくつだと言った？」

「次の芋ほり期まで生きてれば二十五になります」

「わしは綿花農園をやっておる。わしが買えば、お前は綿花畑で働かねばならん。うちの男たちは日に百五十ポンドは摘む。女たちは百四十ポンドだ。割り当て分だけ摘めなかった者は、不足の一ポンドにつき五回ずつ猫鞭[*2]をくらうことになっている。さて、お前は他の連中についていけると思うか？」

「わからんです、旦那。でも、しなきゃならんでしょう」

「三番目の主人の所にはどれほどいたんだ？」

「三年です、旦那」

「おや、それじゃお前は三十三になるはずだ。お前はたったの二十五だと言ったと思うが？」

ここでアーロンは最初に農園主を、そして次に奴隷商人を見つめ、すっかりうろたえた様子だった。彼は年齢に関してポンピーから受けた教訓を忘れてしまっていたのだ。農園主は回りくどい話を（明らかに奴隷の実年齢を知るために）して、彼のすきをついたのだ。農園主は、「お前を買うかどうか考える前に、どれほど鞭打ちの罰を受けてきたか知るためにお前の背中を見なけりゃならん」と言った。吟味の間そばに立っていたポンピーは、今や自分の出番が必要だと思い、いくぶんおせっかいを焼くような態度で歩み出て、アーロンに言った。

「この旦那がお前の手足を調べたいっておっしゃってるのが聞こえんのかい。さあ、服を脱ぐんだ、そんな所に突っ立ってないで」

アーロンの身体はすぐに検査され、「よろしい」と宣告された。だが、年齢に関する矛盾した陳述には不満が持たれた。

幸いにもアルシーサはこのような吟味を受ける苦痛をまぬがれた。クロフォード氏という銀行の出納係が、結婚したばかりで、新妻のために小間使いを求めていた。この日、早いうちに市場を通っていく際、この若い奴隷の容姿が気に入って彼女を買ったのだった。こうしてこのクァドルーン娘は、ニューオーリンズの市場で売られる奴隷の運命にありがちなものよりははるかにましな居場所を、クロフォード家に見いだしたのである。しばしば記述されてきた心引き裂く残酷な奴隷売買は、特定の人々だけに限られたものではない。奴隷を売買しても、あるいは市場向けに育成さえしても、誰も評判や社会的信用を失うことはないのだ。奴隷を育成する州から奴隷を消費する州へ連れ出される奴隷の正確な数を知る手立てはまったくない。だがその数は非常に多いに違いない。というのは、ヴァージニア州からは一年に四万人以上が売られて連れ出されていったのだから。人には聞いてももらえず、頓着してももらえず、奴隷市場や奴隷檻から泣き叫ぶ人間の苦悶と苦痛の量を知るのは神のみである。母たちは、壊れゆく心の発するかん高い叫びで夜のしじまを貫きつつ我が子のために泣く。ある者からはほとばしり出る苦い嘆きを聞くだろうし、一方別の者からは声高でヒステリックな笑いを聞くだろうが、それとても、さらに深い苦悶を示しているのだ。これらの奴隷のほとんどは、市場を去って綿花や米の農園へ向かう。

「そこでは奴隷用の鞭が絶え間なく撓《しな》い、
そこではいやな虫どもに刺され、
そこでは熱病の悪魔が
おりてくる露と一緒に毒を撒き、
そこではむかつく日射しが
暑くて湿気った空気を通して照りつける」*3

原注

*1　ジョン・グリーンリーフ・ホイッティアー、「いさめの言葉」（"Expostulation", 1834）より。

*2　正しくは「九尾の猫」と呼ぶ、柄に九本の紐をとめつけた鞭で、これで打つと猫にやられたような切り傷、ひっかき傷ができると言われた。

*3　ホイッティアー、「ヴァージニアの奴隷の母から南部の苦役へ売られ行く娘への別れの言葉」（"The Farewell of a Virginia Slave Mother to Her Daughter Sold into Southern Bondage", 1838）より。

第六章　宗教の教師

「なんと！　説教しておいて人を奴隷にするのか？
食前の感謝の祈りをしておいて――汝自身の苛まれた貧者から奪うのか？
汝の栄誉ある自由を語っておいて、それから
囚われびとの戸口に堅く門をかけるのか？[*1]」

ホイッティアー

ジョン・ペック師[*2]はコネチカット州に生まれ、その地でメソジスト派の聖職に就くべく教育を受けた人だった。父親はジョン・ウェズリー[*3]の厳格なる信奉者で、息子がいつの日か同派のその偉大な指導者に劣らず著名になるだろうという望みを抱き、いかなる労もいとわずその教育に当たった。ジョンがニューヘヴン〔この地にあるイェール大学〕での教育を終えるか終えないかのうちに、ちょうどその頃父親の所を訪れていた伯父からミシシッピ州ナチェズで二、三ヵ月過ごしてみないかという誘いがあった。青年ペック

は伯父の招待を受け入れ、南部へ同行した。大学を出たばかりで南部にやってきた若者で、特に聖職にあれば、控えめに言っても天才と見なされない者はほとんどいないし、近隣で開かれるどんなパーティにも招待されないためしはない。ペック氏もこの例にもれなかった。ナチェズに着いたとたんに彼が投げ込まれた社交界は、あまりにきらびやかで、青年はそのとりこにならずにはいられなかった。そして、予想されたことだが、七十人の奴隷を持つプランテーションをとりこにすることに成功した——そのプランテーションの持ち主である女性の心をとりこにしたのではないにしても。その上、人気のある説教師になり、大勢の会衆と十分な給料も獲得した。他のプランターたちと同じように、ペック氏も農園の管理はその方面では評判の高い監督であるネッド・ハックルビーにまかせた。ポプラ農園と呼ばれるこのプランテーションは、ナチェズからは九マイル離れた美しい谷間にあり、ミシシッピ河に近い所にあった。かつては刈り込まれることもなかった自然の表面は手を加えられ、今や農園はみごとな収穫を実らせていた。セイヨウハコヤナギ《ロンバルディア・ポプラ》の木立が空を支えんばかりに茂り、柳、ハリエンジュ、トチの木が枝をのばし、花々が絶えず咲き乱れる森のなかには、こぎれいな小さな家が建っていた。この小さな家は牧師の別荘であり、年に二ヵ月だけ家族が過ごす所だった。

町での住まいは市街地の端にある丘の崖っぷちに建つ美しい邸宅だった。カーラーの新しい落ち着き先はこの家の台所だった。あらゆる点で民主主義者のペック氏は、自分の「労働者たち」——彼は奴隷のことをこう呼んだのだが——が十分に食事を与えられ、過度に働かされないようにしなくてはならないと、早くから決めていた。だからこの法則と福音を監督にも奴隷にも同じように定めた。

「僕の望みはだな」とペック氏は彼を訪れて数日滞在している昔の学友カールトン氏に言った。「僕の望みは、この地所内のプランテーションに新しい制度を敷くことなんだ。ハムの息子たち[*4]は福音を与えられるべきだと僕は信じているし、うちの黒人たちにはそれを与えるつもりだ。福音とは人類をより良くすることを意図したものだし、誰であれ、それなしでいるべきではないのだから」

カールトン氏が応じて言った。

「自由に対する人間の権利については君の意見はどうなんだね?」

「おや、カールトン、君はまた人間の権利のことを繰り返し始めたね。この問題を君が僕と同じように見てくれたらと切に願うよ。僕は人間の生まれながらに持つ権利に関してずっと根拠を探してきたが、だめだったんだ。そういうものを人間が持っていたにしても、それは堕落罪の前までだ。つまり、アダムとイヴは神が与えたもうた幾つかの権利を持っていたかもしれない。それを、近代哲学は神の名を崇める振りをして、生まれながらの権利と呼びたがる。僕が想像するにアダムとイヴはエデンの園の木々の実を食べる権利は持っていたんだ。だがこの権利においてすら、一つを禁止されることで制限がついていた。積極的に断言するわけではないが、僕の知る限り、彼らの行動の自由はエデンの園のなかに限られていた。しかし、こうしたものは『奪うことのできない生得の権利』ではなかったんだ。なぜなら彼らは初めての不服従の行為で権利も生命も失ったのだからね。その後、彼らはなんらかの権利を持っていただろうか?

そんなものは想像できない。彼らは呪われた存在なんだ。彼らに権利など持てるはずがない。ただ王たるキリストの贈り物として以外にはね。それが、個々の孤立した存在として人間が持てる唯一の権利だ。大勢の理論家が人間に設定してきたこのありえない立場に、人間が置かれていると考えればの話だがね。人間に権利が何もないとすれば、不正に苦しむこともあり得ない。したがって、正当な行為と不当な行為は、必然的に社会が生み出すものなのだ。ちょうど人間が群生状態において自分というものを確立するのと同じだ。そういう状態においては、それらは人工的なものでもあり自発的なものでもある。こんなふうに考えれば、人間は権利は持っていないけれど、必要に迫られるまま自由に裁量する正邪の規則によって、明らかに力は持っている」

「残念だが君と同じように見ることはできないな」とカールトンが言った。「僕はルソー[*5]を信奉し、何年も人間の権利を研究してきた。率直に言わせてもらうが、自由に関する限り、白人と黒人の間になんの違いもないと思うよ」

「ではカールトン、君は本当に我々と同じ権利を黒人に享受させたいのかね?」

「もちろん、そうだ。僕らの偉大なる『独立宣言』を例にとってみてくれ。僕ら自身のコネチカット州法だってかまわん。そういう文書のなかで自由についてなんと言っているか、見てごらんよ」

「僕は権利に関するこのての話はどれもたわごとだと思うね。『聖書』は『独立宣言』より古く、僕は論拠をそっちに置いている。聖書は我々に証拠のよろい、こうごうしい冷静さと原型という武器を供給してくれる。それによって僕らはあらゆる攻撃から陣地を守れるんだ。だが、これが当てはまるのは僕らがその拘束力を使うばかりでなく、その指示にしたがう場合だけだ。そこでは我々の権利は確立しているが、常に義務と結びついている。我々が義務を怠れば権利を保持することもできない。我が国内の制度は、キリスト教の広い盾でおおいさえすれば、世界の非難に対して擁護できる。だがもし我々が聖書を自分たちの社会的経済活動に対立する場に置くような行動をとれば、制度は崩れる。これまでに何ごともキリスト教に対抗して長く耐えたものはない。宗教上の教育と我が国特有の体制に不一致があると主張する人々は、その体制の最悪の敵だ。そういう連中は、宗教界の人間たちを防御のとりでから追い払いたいのだ。遅かれ早かれ、もしこういう見解がはびこれば、我々の共同体の内の宗教的な部門を他から切り離すだろうし、そのように分離されれば我々はたやすく餌食となるだろう。そうだ、不信心な者たちよりキリスト教を信奉する者たちが奴隷を所有するほうがいいのではないか？　僕らは命の糧の尊び方を知っており、それを奴隷たちから隠すつもりはないのだから」

「そうかな、考え方は人それぞれだが」とカールトンは姿勢を変えながら言った。そしてつけ加えた。「正直に言えば、僕は聖書に対しても奴隷制に対しても熱心な賛同者ではないよ。僕の心が僕の指針だ。僕の良心が僕の聖書だ。人間に対する自分の義務を得心できれば、それ以上のものは何も望まないな。自分が人類に対して正しく行動していれば、恐れることは何もない」

カールトンは、あまりにも不信心の苦い水を飲んできており、あまりに多くの時間を費やしてルソー、ヴォルテール、トマス・ペイン[*6]の著作を読んできているので、ペックのように聖書とそれが要求する教えを評価することはできなかった。こうした会話が交わされている間、室内にはもう一人の人物がいた。その人は窓辺に座り、繊細なレース編みの仕事をしていたのだが、注意は全部、会話の内容に向けていた。これが牧師の一人娘のジョージアナだった。彼女はコネチカットで教育を終え、帰郷したばかりだった。ニューイングランドにおけるキリスト教と自由の精神と、生まれ故郷の州における奴隷制の精神とを比較する機会を持ち、傷ついた黒人たちに深く同情することを学んできた。ジョージアナは現在十九歳で、北部で五年暮らしたことにより大いに恩恵を得ていた。彼女のからだつきは丈高く優美だった。目鼻だちは整って輪郭がくっきりしていた。顔の色は若さと美しさと健康がもたらす新鮮さに輝いていた。この娘は、父親と客が議論していた話題に関して、両者とは異なる考えを抱いており、機会が来るやすぐさま自分の意見を述べた。聖書はキリスト教のとりででもあり、自由のとりででもあるのだ、と、彼女は微笑しながら言った。

「もちろんパパはわたしが違う意見を述べても大目に見てくれるでしょうね、だってわたしは南部生まれだけど教育と共感の点では北部人なんですもの」

ペック氏は笑って、娘が自らの意見を述べたときの態度に、不快になるどころかむしろ喜んでいるような様子を見せた。

ジョージアナはこれに勇気を得て言った。

「わたしたちは奴隷制の性格と、それに関するわたしたちの義務とを審議しなければなりませんわ。他のどの問題にしろ性格と義務について審議するべきなのですから。何かの性格を正当に判断するためには、それがしていることを知らなければなりません。良い物は良いことをしますし、悪い物は悪いことをします。それから義務についてですけれど、神の意図されたものには神の要求が表れています。神の明白な意図を達成しているならそれは正しい物ですし、妨害しているなら悪い物です。なんであれ、その固有の傾向と一般的効果の点で、人間の幸福を生み出し、確保し、拡大するならば、それは神の意志に一致しており、良い物です。そしてわたしたちの義務は、神が支持し摂理の一般法則によって促進なさる物を、わたしたちの力に応じて支持し促進することです。一方、なんであれその固有の傾向と一般的効果の点で、人間の幸福を破壊し、縮小し、不安定にするなら、それは神の意志に反しており、悪い物です。そして神の意志に一致することは、いかなる形で表されるにせよ、なされ、持続されるべきであるように、神の意志に反することはなんであれなされるべきでないし、なされてしまったなら、やめるべきなのです。だったら、人を奴隷にすること、その人とそのすべての子孫をずっと幾世代にもわたって束縛し、一生無報酬で労役する宿命を負わせることが正しいこと、善行、であり得ましょうか？　それが神の命令にしたがうことになり得ましょうか？『汝の隣人を汝自身と同じように愛せ。』[*7]聖書のこの一文は、奴隷の権利に対する敬意をわたしたちに持たせるはずですわ。真のキリスト教徒の愛は、大きく広がった、私利私欲のない性質のものですもの。それは肌色や身分に関係なく、誠実に主《しゅ》イエス・キリストを愛する人すべてを愛するのです」

「ジョージアナ、お前は奴隷制廃止論者なんだね。お前の言っていることは狂信的だよ」と、ペック氏がかなり語気を荒くして言った。けれども、娘の沈んだ表情とカールトンの存在のおかげで、父親は言葉を和らげた。ペック氏は妻を結核で亡くしており、ジョージアナは唯一人の子供だったので、彼女をとても愛しく思っていた。だから、たとえ不快を覚えてもそれ以上は言えなかった。若いキリスト教徒の説教の後に沈黙が続いた。しかし彼女の意見は気高い働きをした。父親の心の琴線に触れたのだ。そして懐疑論者カールトンも、初めて、キリスト教をその真の光のもとで見ていた。

「君の農園へ行ってみなくては」とカールトンが沈黙を破るかのように言った。

「行ってもらえればうれしいよ」とペック氏が答えた。

「申し訳ないが、僕自身は行けない。だがハックルビーが案内してくれるだろう。僕は自信を持っているんだが、君はコネチカットへ帰ったら、僕の長所を認めてこう告げてくれるだろうな。つまり、僕が道徳的、社会的、宗教的見地に立って労働者たちの面倒を見ている人物だと」

「それでは、次の日曜をそこで過ごすというのはどうだろうか?」

「ああ、それは良い考えだ。それなら宣教師のスナイダーにも会えるだろうし」

「へえ、この辺りには宣教師がいるのかい?」

「そうとも」とペック氏は答えた。

「スナイダーはニューヨークの出身でね、貧しい人々向けの宣教師なんだが、日曜にはうちの『労働者たち』に説教する。きっと彼を好きになるよ。実にいい奴だ」

「じゃあ行こう。ただお連れがあったらなあ」とカールトンは言った。この最後の言葉はペック嬢を意図したものだった。彼は彼女に大いに感服の念を覚えたのだ。

五月の暖かい日曜の朝のこと。マイルズ・カールトンはみごとなリンゴの老木の下に座っていた。生い茂った葉が周囲の地面一帯に完全な日陰を作っていた。近くの同じような木々の下には、プランテーションに所属する「労働者たち」が全部集められていた。ホンツ・スナイダーは四十歳くらいの、背は非常に低いがかっぷくの良い男だった。彼はニューヨーク州モホーク谷で育ち、その辺りでもっとも古いオランダ系一族の親戚にあたると主張していた。かつては船員で、船員にありがちな荒っぽい性格をふんだんにそなえていた。それと同時に、モホーク谷の人々の持つ半ばアメリカ系、半ばドイツ系の一風変わった習性もそなえていた。十一時近くなった頃、一頭だての馬車がせかせかと近寄ってきて、なかからずんぐりがっしりしたその説教師が現れ、一本の木の根元に立った。そこには粗削りな木製テーブルが置いてあった。彼はポケットから本を取り出して話し始めた。

「少し遅くなったので、歌と祈りはあとまわしにしましょう。聖書を開いて、すぐに始めましょう。[*8] わたしは聖書の次の一節にもとづく説教をしますが、神の信条に当然払われるべき注意を皆さんが払ってくれることを願います。『凡て人にせられんと思うことは、人にもまたその如くせよ[*9]』、つまり、すべての人に対して、もしあなた方がその人の立場にあり、その人たちがあなた方の立場にあるとすれは、自分たちのためにその人たちからして欲しいと願う通りのことをしてあげなさい、という意味です。

さて、この規則をあなた方固有の状況に当てはめるために、あなた方が旦那さまや奥様であり、配下に召し使いを抱えていると仮定してみてください。あなた方は自分が背中を向けているときも監視しているときと同じように、召し使いたちが忠実に正直に仕事をしてくれることを望みはしないでしょうか？　召し使いたちに言ったことに注意を払ってもらうことを期待しないでしょうか？　あなたやあなたの持ち物に対して敬意を持って振る舞ってくれること、あなたに所属するすべてのものに対して、自分と同じように注意深く扱うことを期待しないでしょうか？　あなた方は召し使いなのです。ですから、あなたが自分のためにしてほしいと思うようにしなさい。そうすればあなたは旦那さまにも良き召し使いとなり、神さまにも良き召し使いになるでしょう。神はあなたにこのことを求めておられ、もしあなたが良心のために神の命令に従順にこのことをするならば、十分に報いてくださるでしょう。

あなた方は陰ひなたのある召し使いになってはなりません。さて、陰ひなたのある召し使いというのは、誰かが自分に注意を向けていると思うときには一生懸命働き、非常に勤勉に見えるのですが、旦那さまや奥さまが背を向けていると怠惰になり、仕事をほったらかすようなたぐいの者です。あなた方のなかにはこのような者がたくさんいるのではないでしょうか。それがどれほど大きな罪であるか、それに対してどれほど厳しく神が罰をくだされるか、あなた方は考えていないのではないでしょうか。あなた方はご主人をたやすく欺き、それに値しないのにご主人に自分を良く思わせ、それによってほめ言葉を得るかもしれません。しかし全能の神を欺くことはできないのを覚えておきなさい。神はあなたのよこしまな行ないや欺きを見ておられ、あなたにそれ相応の罰を与えられるでしょう。というのも、あなたはあらゆる点でご主人にしたがわなければならず、ご主人があなたに定めた仕事を恐れ震えながら、キリストに対すると同じように誠実な心で果たすのが規則なのです。陰ひなたのある仕え方でなく、おべっか使いでもなく、キリストのしもべとして神のご意志を心から果たすのです。善意を持って、人に対してのようでなく主《しゅ》に対してのように仕えるのです。

自分の置かれた状況に対していらだったりぶつぶつ言ったり、不平をこぼしたり文句を並べたりしないように気をつけなさい。なぜなら、これはあなたの生活を乱すのみならず、全能の神をひどく怒らせることになるのです。この状況はあなた自身のせいではなく、あなたが所属する人々のせいでもなく、あなたを連れてきて仕事につかせた人々のせいでもなく、摂理によってあなたを召し使いにした神のご意志なのだということを考えてください。なぜなら神は明らかに、あなたにはこの状況がこの世で一番良いと知っておられ、その状況のなかであなたが義務を果たしさえすれば天国により近づけるよう援助しておられるのです。

ですから、あなたが他の誰かのように自由でもなく、豊かでもなく、偉大でもないことに不満を持つのは、天のご主人さまと口論するようなもので、神さまご自身に落ち度を見いだすようなものなのです。神さまがあなたを今ある状態になさったのであり、神さまはもしあなたが正しくふるまって、この世であなたに定められた仕事を正直に明るく果たしさえすれば、どんな偉大な人にも負けないほど大きな分け前を天の王国で与えることを約束なさったのです。富や権力は、心や愛情を神から引き離し、卑しく罪深い喜びに向けてしまうことによって多くの不幸な魂の破滅の原因になることが判っております。ですから、わたしたちの心をわたしたち自身よりよく知っておられる神が、富や権力がわたしたちに害を与えるだろうと見てとり、わたしたちをそれらから遠ざけてくださるのは、神がわたしたちに示される最大の慈悲と親切なのです。

多分あなた方は、もし富と自由があれば、今よりもっと大きな喜びをもって神と人に対する義務を遂行できるのに、と想像するかもしれません。でもどうぞ考えてみてください。もしあなたが神の慈悲を通してのみ魂を救うことができるなら、その最高の目的のためにこの世における時間を費やそうと思うでしょう。そしてついに天国へ到達できる人は、道がどんなに険しく困難なものであれ、高貴な旅をしてきたことになるのです。その上、あなた方は実際、ほとんどの白人衆より大きな利点を持っているのです。白人衆は管理せねばならぬ毎日の労働に気を配るだけでなく、先を見越して明日や明後日のために必要なものを供給すること、衣服や育児のこと、家族に属するあなた方大勢のための食料や衣服を得ることにも気を配らなければならないのです。それがしばしばあの方々を困難な目に遭わせ、休息を破られるほど心を乱させ、あの世のことから思いを引き離してしまうのです。一方あなた方はこういったすべての気遣いをとり除かれ、注意を払うものは日々の労働以外にありません。労働が終われば、必要な休息を取るだけです。それに白人衆がしなければならないように、老齢に対して何かを蓄えておくことを考える必要もありません。なぜなら、この国の法律で、あなた方が労働年齢を過ぎたときに追い払ってはならず、生きている限り、働けようと働けまいと、あなた方の所属する人々が扶養しなければならないということを定めているからです。

ただ一つ、つらく見えるかもしれない状況があります。これからわたしはそれに注意を向けようと思うのですが、それは懲罰のことです。

さて、懲罰が与えられるとき、それはあなたにとって当然の報いか、あるいは不当なものかのどちらかです。しかし、正当であれ不当であれ、それがあなたの義務なのであり、全能の神はあなたがそれに辛抱強く耐えることを要求しておられます。たぶん、あなたはこのことを過酷な教理だと考えるかもしれませんね。もしその通りだと感じているなら、ぜひ考え方を改めなければなりません。それでは、あなたが懲罰に値するとしてみましょう。あなたは罰を受けるのは正当だと言うしかありません。あなたが懲罰に値しない、あるいは少なくともあなたの落ち度はそんなにたくさんの、そんなに厳しい懲罰には値しないとしましょう。あなたはたぶん、もっともっと多くの懲罰をこれまで逃れてきて、とうとう今、それらすべてを清算させられているのです。あるいは、あなたが咎められたことにはまったく無実で、その固有の問題に関しては不当に苦しめられているとしてみましょう。こうは考えられませんか。あなたが他に何か悪いことをしたのにそれが露見せず、あなたがその悪事をするのをご覧になった全能の神が、いつになっても罰を受けずに逃れるままにさせようとはなさらなかったのだと。そういう場合、あなたは神の栄光をたたえ、神があなたのよこしまな点のために来世であなたの魂を破滅させるより、むしろこの世で罰を与えてくださることに感謝すべきではないでしょうか？ しかし、これすら当てはまらず（そんな例はほとんど想像できないのですが）、あなたが、知られていようと知られていまいと、受けたその懲罰に決して値しないとしてみましょう。そこには大きな慰めがあるのです。あなたが辛抱強くそれに耐えて、あなたの訴えを神の御手にゆだねるなら、神は天国であなたに報いてくださり、あなたがこの世で不当に受ける罰は来世では非常に大きな栄光に変わることでしょう。

最後に、あなた方はご主人に忠実に仕えるべきです。ご主人たちはあなた方によくしてくださるのですからね。あなた方のためにご主人たちがわざわざ引き受けた苦労のことを考えてみてください。あなた方の父祖はアフリカの貧しく無知で野蛮な生きものだったのです。白人衆は大変な苦労と費用をかけて船を送り出し、あの未開の地からキリスト教徒の国アメリカへあなた方を連れて来ました。ここではあなた方はブドウとイチジクの木の下に座っていることができ、誰もあなたに危害を加えず、怖がらせもしません。おお、親愛なる黒人《ブラック》の兄弟姉妹たち、あなた方は実に幸運で恵まれた人々ですぞ。ご主人たちはあなたが何も知らないたくさんの苦労を抱えておられるのです。土手が壊れれば必ず何かを失う。作物が不作なら損をする。あなた方の誰かが死ねば、あなたは何も失わないがご主人はあなたのために支払った金を失う。

ここでもう一度、あなた方が忠実であるよう、強く勧告させてもらいます」
説教をしている間、スナイダーはしばしばカールトンの座っているほうへ気遣わしげな視線を投げた。見知らぬ客に気に入ってもらえたかどうか、知りたがっているのは明らかだった。監督のハックルビーもカールトンの近くに座っていた。スナイダーの身振り、朗々たる声、時折大ハンマーのような力でテーブルに振り下ろすこぶし、これらすべてをもってしても彼は黒人《ニグロ》たち全員の関心をつなぎとめることには成功しなかった。四、五人は木にもたれてぐっすり眠っていた。こっくりこっくりやっている連中はもっと大勢いたし、ひそかにハシバミの実を割って食べている連中も少なくなかった。「アンクル・サイモン、賛美歌を始めてよろしい」と説教師は聖書を閉じながら言った。一瞬ののち、全員(カールトンを除き)が、よく知られた賛美歌を歌っていた。その歌は次のような歌詞で始まるものだ。

「空の上の住み処に入る
わたしの資格をはっきり読めるとき[*10]」

歌が終わるとサンディが祈りで締めくくり、次のごとき問答の読み聞かせを経て、集会は解散となった。
「問　神は主人への従順に関し、召し使いにどのような戒めをくだされたか?」

「答『召し使いたちよ、あらゆることにおいて現世の主人にしたがいなさい、人を喜ばす陰ひなたのある仕え方ではなく、神を恐れる誠実な心で』」

「問　神は現世の主人という言葉で何を意味されたのか？」

「答『この世における主人』」

「問　召し使いは主人を何に値すると見なすべきか？」

「答『名誉』」

「問　召し使いは主人への奉仕をいかにすべきか？」

「答『善意を持って、人に対するようにではなく、主《しゅ》に対するように仕えること』」

「問　召し使いはいかにして主人を喜ばせようとすべきか？」

「答『口答えせず、あらゆることで十分に喜ばすこと』」

「問　現世の主人に陰ひなたのある召し使いは天国の主人にも陰ひなたのある召し使いか？」

「答『そうです』」

「問　何かをするよう命じられたとき、不機嫌でのろのろ動き、主人に口答えすることは召し使いにあって正しいことか？」

「答『いいえ』」

「問　もし召し使いがキリスト教徒であると公言するならば、その者はキリスト教を信奉する召し使いとして他のすべての召し使いに対し、主人への愛と従順の模範となるべきではないか?」

「答『そうです』」

「問　そして主人ももしキリスト教徒であるなら、それゆえに特にその主人を愛し従うべきではないか?」

「答『そうです』」

「問　しかしもし主人が大変気難しく、必要以上に脅したり罰したりするとしたら、召し使いはどうするべきか?」

「答『主人に気に入ってもらえるよう最善を尽くすのです』」

「問　召し使いが主人の手で不当に苦しまされ、神を喜ばすためこれを辛抱強く受け入れれば、神はそれに対して報いてくださるであろうか?」

「答『そうです』」

「問　召し使いが逃亡することは正しいことか、あるいは逃亡者を匿《かくま》うのは正しいことか?」

「答『いいえ』」

「問　もし召し使いが逃亡したら、その者はどうされるべきか?」

「答『捕らえて連れ戻されるべきです』」

「問　連れ戻されたら、その者はどうされるべきか?」

「答『十分な鞭打ちを』」

「問　どうして白人は黒人《ブラック・ピープル》と同じように奴隷であってはならないのか？」

「答『主《しゅ》が黒人《ニグロ》を奴隷になるように意図されたから』」

「問　彼らは白人よりも召し使いとしてふさわしく作られているのか？」

「答『そうです。手は大きく、皮膚は厚く丈夫で、白人より日射しに耐える力があります』」

「問　鞭打たれたとき召し使いはなぜ不平を言ってはならないのか？」

「答『なぜなら鞭打たれるようにと主《しゅ》が命じたからです』」

「問　主《しゅ》はどこでそれを命じられたのか？」

「答『主《しゅ》はのたまう、主人の意志を知りながらそれをしない者は多くの鞭で打たれるべし、と』」

「問　それならば、召し使いを鞭打った咎めで主人は責められるか？」

「答『いえ、いえ！　彼はキリスト教徒としての義務を果たしているだけなのです』」


スナイダーはカールトンとハックルビーと共にその場を去り、三人は監督の住まいで一緒に食事をした。

三人の白人がこちらの声の届かない所へ行ってしまった後で、ジョーが言った。

「ふむ、スナイダーの旦那は今日は緊張していなさったね」

「そうだね」とネッドが応じた。

「あの見知らぬお客さんに自分がどんなにうまく説教できるか、見せたかったんだ」

「今日やったのは新しい説教だね」とサンディが言った。

「ああいう白人衆こそまさに悪人だよ」と言ったのはディックだ。「連中の考え出すことと言ったら、黒人《ブラックピープル》をだまくらかそうとすることだけだ」

「あの説教は気に入らなかったのかい?」とアンクル・サイモンが尋ねた。

「気に入らないね」と、四、五人が答えた。

「旦那は相当がんばっていなさったがな」とアンクル・サイモンは続けた。

ところでアンクル・サイモンは自身が説教師だった。少なくとも自分ではそう思っていた。だから他の説教師がそれとなくけなされるのを聞くと、悪い気はしなかった。

「アンクル・サイモンならあんな説教は完全に負かせるさ」と、ネッドがハシバミの実を頬ばりながら言った。

「ああいう白人衆の言うことはさっぱりわからないよ」とアーント・ダフニーが加わった。

「いつも主《しゅ》があたしらを奴らのために働くようにつくりなさったと言うけど、あたしはそんなの一言だって信じちゃいないよ」

「ペックの旦那があの説教をスナイダーに教えたんだ、俺にはわかる」とアンクル・サイモンが言った。

「あの人ならやりそうなことだな」とサンディが応じた。

「俺は聖書を作った人たちって大馬鹿者だったんだと思うな」と言ったのはネッドだ。

「どうしてだね?」とアンクル・サイモン。

「だってよ、あんなでっかい本を作って、召し使いが主人にしたがう話以外になんにも書かなかったんだぜ」

「ああ、そういうことか」とアンクル・サイモンが応じた。「聖書には他にもいろいろ書いてあるんだよ。ただスナイダーは他のところを一度だって俺たちに読んで聞かせないのさ。メリーランドにいたときには、読んで聞かしてもらったものだがな、スナイダーが聞かせる以外のことがいろいろあった」

監督の家では別の光景がくりひろげられていたが、それは今しがた描写したことにはまったく無頓着なものだった。

原注

＊1　ホイッティアーの詩「聖職にある抑圧者たち」(“Clerical Oppressors”, 1838) より。

＊2　この登場人物は、ロチェスターの偽善的な牧師ペックをもとに着想された。ブラウンは彼のことを「新自由党」と題する記事のなかで記述している。【訳者補注　「自由党」は奴隷制廃止を主張して一八四〇年に結成されたのだが、そのあいまいな方針にブラウンは懐疑的だった。彼は一八四六年に行われたニューヨーク州での党大会の報告を、『ナショナル・アンチ・スレイヴァリ・スタンダード』紙の編集長宛てに手紙の形で送っており、それが「新自由党、

または再編成」という題のもとに同年六月二五日号の『スタンダード』紙に掲載された】

＊3　メソジスト派の創設者（一七〇三—九一）。イギリスのプロテスタント福音主義者で、宗教上の義務と儀式にきちょうめんに献身することを強調した。神聖な選別より善行を救済の鍵と見なした。

＊4　「創世記」において、酔って無感覚となり裸で倒れているところを息子ハムに見られてしまったノアがハムを呪った。「創世記」九章二〇節—二七節を参照。『タルムード（ユダヤの律法と注解釈集大成）』に収集された口承伝統では、その呪いの結果ハムは黒い子孫を持つようになったと言われている。この解釈は一八、一九世紀の人種差別主義者によって繰り返された。

＊5　影響力の強かったフランスの哲学者、著作家、社会改革家ジャン・ジャック・ルソー（一七一二—七八）。アメリカではその政治的著作、特に『人間の不平等の起源』（*Origin of Inequality Among Men*, 1753）および『社会契約論』（*Social Contract*, 1761）でもっともよく知られている。彼はこれらの著作のなかで、確立した行政上や宗教上の制度が悪の源であると戒め、個々人の意志を契約で「総意」に譲り渡す方法による社会的改良を要請した。

＊6　小説『カンディド』（*Candide*, 1759）の著者としてもっともよく知られるフランスの哲学者フランソワ＝マリ・アルーエ・ヴォルテール（一六九四—一七七八）と、『コモン・センス』（*Common Sense*, 1776）の著者としてもっともよく知られるアングロ系アメリカ人の政治評論家トマス・ペイン（一七三七—一八〇九）は、ここでルソーと共に、世間を動揺させる啓蒙合理主義の典型として表されている。彼らは強力に政治的自由を支援する書物を書いたが、究極的にはキリスト教を権威主義的で非理性的であるとして拒絶した。

＊7　旧約「レヴィ記」十九章十八節。

＊8　スナイダーの説教に関しては、ブラウンはトマス・ベイコンの『主人と召し使いのための説教』（*Sermons Addressed to Masters and Servants*, 1813）を利用している。

＊9　「マタイによる福音書」七章十二節。

＊10　アイザック・ワット（一六七四―一七四八）の『賛美歌と霊歌集』（*Hymns and Spiritual Songs*, 1707）より。

第七章　南部の貧しい白人たち

「どんなに論理が通っているように見えても、アメリカ人たちは納得しないのだ。奴隷を所有する何千人もの我が同胞が、優秀ではなく、慈悲深くもなく、神を恐れて戒めを守るキリスト教徒ですらないということを」

ドクター・ジョエル・パーカー師[*1]

監督の住まいで食事のテーブルにつきながら、カールトンがスナイダーに言った。

「あなたはニューヨークよりこちらの方がお好きなんですね」

「そうとは言えませんね」というのが返事であった。

「わたしは十年前に宣教師として当地へ参りました。ペック氏にとどまってほしいと言われ、そのまま残ったのです。週のうち普通の日は貧しい白人たちの間を巡回し、日曜には黒ん坊《ニガー》たちに説教をしています」

「この辺りに貧しい白人が大勢いるのですか?」

「ここではなくて、ここから三十マイルくらい先のサンド・ヒル地区です。連中は馬のように無知ですよ。そうそう、つい先週もそこへ行ってきたのですが、人々があれほど貧しい暮らしをしているなんて、実際、あなたには信じられないでしょうな。ニューイングランドでは、というか自由州ではどこでもと言っていいでしょうが、無料の学校があって、誰でも教育を受けています。*2 こちらは違うのです。コネチカットでは、二十一歳以上で読み書きのできない者は五百人につきたった一人です。こちらでは読み書きのできない者は八人につき一人の割合ですよ。この州では新聞が一紙も購読されていない郡が五つもあるのです。先週、わたしは初めてサンド・ヒル地区へ行きましてね、ある農家を訪問しました。一家の主《あるじ》は留守でした。天井の低い丸太小屋でしたが、それでもその地方では一番ましな家でした。おかみさんと九人の子供が家にいたのですが、鵞鳥《がちょう》、家鴨《あひる》、鶏、豚、それに子供たちが皆一緒くたに床を走りまわっているのです。わたしが入って行くと、おかみさんはわたしを怖がっているみたいでした。ちょっと食事をさせてもらえないか、馬にも餌をやってもらえないかと聞きますとね、承知してくれたんですが、ただ『うちの女の子』は――娘さんのことをそう呼ぶのですが――馬を怖がるだろうから、自分で餌をやってくれるなら、ということでした。馬舎から家に戻ってみると、おかみさんはずうっとわたしから目をそらさないのです。とうとう彼女が言いました。

『あんた、以前に一度もこの辺りへ来たことないだろ？』

『ええ』

『ずっとここにいるのかい？』

『そんなに長くはいません』とわたしは答えました。

『用事があるんだね？』

『そうです』とわたし。『イスラエルの家の迷える羊を探しているのです』すると彼女が叫んだのです。

『おやまあ、迷った羊を探しているんだって？　あのね、ここで見つけるのは難しいよ。うちの人が先週老いぼれ雄羊を見失ったんだけど、まだ見つかってないんだ、しかも毎日探しているのに』

『四本の脚を持つ羊を探しているわけではないのですよ。わたしが探しているのは罪人《つみびと》です』

『ああ、じゃああんたは説教師さんか』

『そうです』

『長らくここいらの家にあんたのような人が来たことなかったよ』

彼女は一番年上の娘のほうを向くと、興奮した調子で言いました。

『豚や家鴨を追い出して床を掃きな。この人は説教師さんだ』

でも子供たちは誰一人、なかなかわたしに近寄ろうとしませんでした。一人はわたしがその家にいる間じゅう、ベッドの下にもぐったままでした。（ついでに言いますと、ベッドもその同じ部屋のなかにあるのです。）

『ところでねえ』とおかみさんが続けました。『つい昨日もうちの人に言ってたんですよ、あたし、死ぬ前にもう一度お祈りの集会に行きたいって。そしたらうちの人も同じ思いだって言うんですよ。でもこうやってあんたが来てくれたんだから、地区の外まで行く手間が省けるわ』とね」

「ではあなたは迷える羊をいくらか見つけ出したわけだ」とカールトンが言った。

「ええ」とスナイダーが答えた。

「あの辺りでは他に何も見つかりませんでした。この州は貧しい人々を教育するために何も支給しませんし、あの人たちが自分たちではやれませんよ。だから無知で下品なまま大人になるのです。男たちは狩りをし、女たちは農場に行って労働をしなければならないのです」

「原因はなんでしょうか？」とカールトンが尋ねた。

「奴隷制です」とスナイダーが答えた。

「奴隷制以外の何物でもありませんよ。ボストンの市を見てごらんなさい。この州全体よりもたくさんの税金が、政府を支えるために支払われています。ボストン市民はミシシッピ州の人口全部を合わせた以上の仕事をしています。サンド・ヒルにいる間に、ある面白いことを耳にしました。ある農夫が、とっても敬虔なおばあさんの話をしてくれたのです。その人には夫と三人の息子がいたのですが、皆しまつに負えぬ人物ばかりでした。おばあさんは彼らの改心を願ってしょっちゅうお祈りしていたのですが効き目はありませんでした。とうとうある日のこと、トウモロコシ畑で働いていたときに息子の一人がガラガラ蛇に噛まれたのです。家に帰りつくかつかぬうちに毒が回ったのを感じ、苦しみながら彼は大声で造物主《メイカー》を求めたのです。
これを聞いた敬虔なおばあさんは、息子が悔い改めてくれるという栄光ある希望以外は何もかも、息子の悲惨な状況も忘れて、ひざまずき、次のように祈ったというのです――『ああ、主《しゅ》よ、ついにあなたがジムの目を己の過ちに対して開いてくださったことに感謝いたします。どうぞ神聖なるお慈悲によって、うちの亭主を噛むガラガラ蛇をお送りください。それからもう一匹トムに、もう一匹はハリーにも送ってやってくださいまし。きっとガラガラ蛇か何かそのようなものでない限り、あの連中を罪深い生き方から引き離すことはできないと思います。皆とっても頭が固いんで』
わたしは家路につき、サンド・ヒル地区を出る前にある葬式を目にしました。で、馬を杭につないでつき添おうと思いました。棺は普通の荷馬車で運ばれており、とてもみすぼらしい服装の十五人から二十人くらいの人々がその後を歩いておりました。この辺りの宗教上の任務を担当しているとおぼしき男が一人、つき添っていました。棺が墓の近くに置かれると、その男がこんなふうに話したのです――。
『友人と近所の皆さん！　あんた方はこの人間の肉の塊が地面の穴に入れられるのを見に集まりなさった。あんた方皆が死んだ者のことは知ってなさる――なんの値打ちもない、飲んだくれの、役立たずのならず者だ。奴は恥辱と汚名にまみれて生き、悲惨な状態で死んだ。あんた方皆が奴を軽蔑しとった。丘の上に暮らしている奴の兄貴のジョーを知ってなさるだろう？　ジョーは近所の人たちをだましてちょっとばかりの資産をかき集めたけんど、あいつも同じようにろくでなしだ。あいつの末路もこのいまわしい生きものの末路と似たようになるこったろう。こいつはできるだけ早いとこ穴に入れてしまおう。涙を流してやれなんて言う気はないけんど、ボーハウさん、わたしらが墓を埋めるから、あんたは賛美歌を始めてくれないか』」

「この州にそんなにひどい状況の白人がいるとは驚きましたな」

「でも本当のことなんですよ」とスナイダーが答えた。

「あんたに話したくないような、いやな事実がいろいろありまさぁ、カールトンさん」とハックルビーが言った。「でもスナイダーさんの言ったことについてはわしが証言できまっさ」

ハックルビーはメリーランド州の出身で、そこにもミシシッピ州サンド・ヒルの住民と同じような状況にあるたくさんの貧しい白人たちがいるのだ。ハックルビーは頑健な体格の背の高い男で、読み書きはできないが、この郡では最高の監督の一人と見なされていた。重労働をさせるために奴隷を訓練するときは、一日じゅう自分のそばで働かせたものだ。そしてもし新入りの畑奴隷が自分の仕事の速度に追いついてくれば、この奴隷は強壮な男と見なされた。ハックルビーは道徳上も、宗教上も、政治上もなんの行動基準も持たず、良心などは自分にとって一顧も「要せぬ」問題だとしばしば自慢していた。

「スナイダーさんがここらの連中について話したことなんてまだ序の口でさぁ」と彼は続けた。「もっとましな所から来たわしらは、この辺りの連中には我慢できんのですよ。まったく、ここらの連中はほとんどものを知らんのです。それどころか、例外なく皆、無教育だと言ってもいいくらいだ。わしはあの連中には近づかん。だってこれまでつき合ってきた人たちのようじゃないからね。もうちょっと金を貯めて、仕事を辞めてもいいとなったら、メリーランドへ戻って余生を送るつもりでさぁ」

「黒人たちは腕力で自由を勝ちとろうとしないのかい?」

「そんなことはやってみても無駄でさぁ。やったところでその日のうちに押さえられてしまうから」とハックルビーが答えた。

「奴隷のなかには死に物狂いになる者もいます」とスナイダーが言った。

「ほう」とカールトンが言った。

「いますとも」と説教師が答えた。「この近くでそういうことが起こったばかりです。近所のJ・ヒガースンさんが使用人の黒人を懲らしめようとしたら、その男が反抗してナイフを引き抜き、彼を（ヒガースンさんを）数カ所刺したんです。J・C・ホッブスさん（テネシー州の人です）が助けに走ってきました。ホッブスさんがその黒人をなぐるために棒を拾おうと身をかがめたら、その姿勢でいるときに奴は突進してきて彼を即死させたんです。それから黒人は森へ逃げたんですが犬どもに追跡されてすぐに追いつかれてしまった。奴は犬と闘おうとして沼のなかで立ち止まった。そこへ追跡の一団がやってきて、あきらめろと命じたんですが拒みました。そして彼らを何度か刺そうとしました。一団のなかにいたロバースンさんがライフル銃でその男の頭を何度かなぐったんですが、おとなしくなるどころか、死に物狂いの反抗をあおっただけでした。そこでロバースンさんは男に向けて発砲したんですが、弾は男に当たらず、ブーンさんの顔に当たってブーンさんがぶっ倒れてしまった。ブーンさんが倒れたのを見た黒人は駆け寄って刺そうとした。ところが一団の誰かがとっさに防いだため果たせなかった。結局この男は連発銃で三回、ライフルで一回撃たれた。喉をかっ切られても、この男はまだナイフを手に握りしめていて一団がとどめを刺そうと近寄ると、皆の脚に切りつけようとしたのですよ。この懲らしめは、主人が奴の妻を鞭打ったのを見とがめて奴が不平を言ったことに対し、与えられたものだったのです」

「うーむ、実にひどい。特に貧しい白人の状況はひどい」とカールトンが言った。

「おわかりでしょう」とスナイダーが答えた。「こういう奴隷州では、生計のために働く白人は誰も尊敬されないのです。誠実な労働が尊ばれないような共同体は繁栄するはずがない。知性が養われないような社会は正しく構成されるはずがない。勤勉が不名誉とされるような制度、一般的な文化の理解を禁ずるような制度は、明らかに個人の権利や社会の幸福に敵対しているのです。奴隷制は南部の全州に垂れ込める悪夢[*3]です」

「その通りでさぁ」とハックルビーが口を出した。「今のわしの気持ちはまさにそれだ、間違いなく。この国の名誉のために、この奴隷制ってのはおしまいにすべきだと思うね。わしは一人も奴隷を持ってはいないし、金を払ってもらうんでなければ監督になる気はないね」

原注

＊1　フィラデルフィアの長老派牧師ジョエル・パーカー（一七九九―一八七三）は、ストウの『アンクル・トムの小屋』のなかで、奴隷制に関するあいまいな説教ゆえに批判されている。彼の説教は定期的に『ニューヨーク・オブザーヴァー』に掲載されていた。

＊2　公教育は南部よりも北東部で受けやすかったけれども、スナイダーは受けやすさの程度を誇張している。北東部でも多くの貧しい白人の子供たちは十二歳になるまでに労働に就き、自由黒人の子供のほとんどは公立学校から除外され、資金のとぼしい黒人専用の学校に入れられた。

＊3　Evil Spirit（悪霊）【訳者補注　原注ではこうなっているが文脈に合わせて「悪夢」とした】

第八章　別離

「満ちた心は隠したい愛の存在を
さまざまな形であらわにする。
疎遠になった心は愛の不在をいっそうはっきり知らせる。
まだ積極的に愛を示そうとはするものの」[*1]

とうとう、ホレイショの結婚が間近に迫っているという情報がクローテルの耳に達した。彼女は頭がくらくらし、内心、気絶せんばかりだったが、懸命に冷静な態度を保ち、くわしいことを全部聞き出した。そして彼女の純粋な心はただちに決断をくだした。その晩ホレイショがやってきた。彼女はいつものように喜んで彼に会おうとしたのだが、胸がいっぱいで、表情や声の調子に深い悲しみを表さずにはいられなかった。彼女は彼の優しさがだんだん薄れてきたことや、一人で寂しい時間を過ごしていることで不平をこぼしたことは一度もなかった。しかしホレイショには、クローテルの悲しみに打ちひしがれた表情の無言の訴えが、責め言葉よりも辛く思えた。彼は差し出された手にキスし、彼女とほとんど変わらぬほど悲しそうな顔つきで、優美なトケイソウが影を落とす奥の窓のそばへ彼女を連れていった。そこは、彼らの初恋にささげられたこの美しいコテージで、二人が最初の晩を過ごした所だった。あのときと同じ静かな澄んだ月光が窓格子を通して射していた。そのときに植えたつる草は今や生い茂っていた。ホレイショは何度も、その神聖な花々を彼女のつややかな漆黒の巻き毛にいとしげにからませたものだった。思い出に襲われ、哀れなクローテルはほとんど圧倒されそうになった。ホレイショもあまりに心が重く、恥じていたので、その長く深い沈黙を破ることができないでいた。とうとう、かろうじて聞き取れる言葉でクローテルが言った。

「ねえ、ホレイショ、教えて。あなたは来週結婚なさるの?」

彼はライフル弾に当たったかのようにクローテルの手を離した。そして長らくためらった後に、ことの次第が余儀なきものであることを、語り始めた。哀れな娘はおだやかに、しかし熱心に、何も弁解はしないでほしいと請うた。もう自分を愛していない、だから二人は別れねばならない、と言ってくれたらそれだけでいいと彼女は言った。彼女の情にもろい優しい性格をあてにして、あえて彼はなだめすかすような口調で、お前を今でも世界一愛しているし、お前はいつだって自分の真の妻なのだから、しばしば会えばいいではないかと提案した。彼は自分の言葉が嵐のような怒りの感情を巻き起こすとは予測していなかった。確かに彼女は彼の奴隷だった。骨も腱も彼の金で買われたのだった。しかし彼女には、真の女の心があった。誰かと分け合うなどという形を受け入れることができないほど彼女の愛は深いものであったし、そんな利己的な犯罪同盟を結ぶには彼女の精神は純粋過ぎた。ついに、この苦痛に満ちた会見を終えるときがきた。二人はゴシック様式の門のそばに立った。二人はここでしばしば会い、月光をあびながら別れたものだった。昔を思い出して二人の魂はやわらいだ。

「さようなら、愛しいホレイショ」とクローテルが言った。

「お別れのキスをして」彼女が唇を彼のほうに向けたとき、彼女は声をつまらせ、とめどなく涙を流していた。彼は衝動的に彼女を抱き、自分に対していつも必ず愛と祝福を込めて語りかけてくれたその口に長い熱烈なキスをした。彼女はとうとう、死の苦痛にも似た努力をして彼の波打つ胸から顔を上げ、苦いすすり泣きをしながら顔をそらせた。

「これで終わりね。これからはこんなふうに会うのは罪になるわ。あなたに神の祝福を。あなたをわたしと同じように惨めにはしたくないわ。さようなら。最後のお別れよ」

「最後だって？」と彼は荒々しくかん高い声で叫んだ。「ああ、クローテル、そんなことは言わないでくれ」

そして両手で顔を覆い、子供のように泣き出した。感情がおさまったとき、彼は一人だけになっていた。月はおだやかに、だがとても悲しそうに彼を見下ろしていた。まるでマドンナが、自分を崇拝する子供たちが罪の意識で頭を垂れるさまを見下ろしているかのように。その瞬間、彼はガートルードとの婚約を破棄できるなら何を犠牲にしてでもそうしたいと思った。だがここまで進んでしまったからには、自由を得るどんな努力にも、批難、不名誉、怒れる親戚たちとの決闘が伴うだろう。ああ、月光はどれほどその優しさに満ちた悲しみで彼の心を苦しめたことか！　それは彼が見捨てた人のもの悲しい視線のよう、見えない世界から響いてくる悲しみの音楽のようだった。彼は長い間、じっとそのコテージを見つめていた。あそこで彼は天上の至福というものを、前もってこの世におけるもっとも純粋な形で味わったのだった。彼はゆっくり歩き去った。それからもう一度振り返って、あの魅惑の場所、若い頃の愛の巣を眺めた。公道に通じる小道をずっと見通せるモクレンの木のそばで泣いているクローテルの姿がちらりと見えた。そちらへ走って戻ろうとすると、クローテルはすばやく逃れてコテージに入ってしまった。月光のもとで泣いていたその優美な姿は、その後何年にもわたって彼の心にまとわりついた。眠る前は閉じた目の前に立ち、目が覚めれば夜明けと共に彼を迎えた。気の毒なガートルード、もしすべてを知っていたら、どんな荒涼とした運命が彼女を待ち受けていただろうか。だが幸いに、彼女は経験したことのない情熱的な優しさを、恋しく思うはずもなかった。そしてホレイショは愛に欠けていた分、いっそう親切な気遣いを見せた。クローテルは母や妹と引き離されたあと、キリスト教の問題に関心を寄せ、神の子供たちが使うことを拒絶されたことのない聖書に慰めを見出していた。奴隷が読むことを教わるのはヴァージニアの法律に反していたけれども、カーラーは近くに住んでいた年配の自由黒人を雇って、二人の娘に読み書きを教えてもらっていた。クローテルは、二度とホレイショに会わないと決意したことできっとホレイショの怒りを買い、おそらく売られることになるだろうと感じたが、彼女の心は罪を犯すにはあまりに誠実であった。

彼女にとってはよこしまなことをするよりは、奴隷として売られる方が十倍もましであった。ホレイショとガートルードが結婚して数カ月後のこと、二人の乗った四輪馬車《バルーシュ》*2がクローテルのコテージに近い森の周囲の曲がりくねった道を進んでいた。そのときガートルードの視線は道端の木々の間に見える二人の人影に突然引きつけられた。彼女はホレイショの腕に触って叫んだ。

「ねえ、あの愛らしい子を見て」

ホレイショが振り向くと、クローテルとメアリの姿が目に入った。彼の唇は震え、顔面は蒼白になった。若い妻は彼をまじまじと見つめたが、何も言わなかった。家路につくとき、彼は別の道を選んだ。しかしそれに気づいた妻は、来た道を通りたいと言った。彼が反対したので、彼女の心に疑いが芽生えた。その後まもなく、彼女はあの可愛い子の母の名がクローテルだということを知ったが、それはホレイショが落ち着かぬ眠りのさなかにつぶやくのを彼女が何度も耳にした名前だった。まもなく彼女は人々の口さがない噂から、知りたかった以上のことを知った。彼女は泣いたが、哀れなクローテルほどには泣かなかった。と言うのも、彼女はクローテルのようには愛し愛されたことがなかったし、性格ももっと高慢であった。それからは彼女の感情や態度に変化が芽生え、ホレイショが優しい態度を返す機会は二度と訪れなかった。野心によって心変わりしたとは言え、ホレイショは彼女の丁寧な行儀よさによそよそしい冷ややかさを感じ、ときに苦悶しては、真の妻であった人のあふれ出るような愛と比べていた。しかしこうした彼の感情のすべても、クローテルにとってはその内容を推測するしかない封印された書物のようなものだった。彼女と子供を扶養するための送金に、ときどき、もう一度自分に会ってほしいというホレイショからの熱心な懇願の手紙がつけられてきた。内心そうしたくてたまらなかったけれども、彼女がそれに応えることはなかった。彼女は若妻を気の毒に思い、自分の落ち度によってその家庭に悲しみを持ち込むことになりそうな誘惑に負けまいとした。彼女が熱心に祈ったのは、自分の存在が若妻に知られないように、ということだった。クローテルはモクレンの木陰で彼を見守ったとき以来、数カ月後に四輪馬車が散歩中の彼女を通り過ぎたときまで、ホレイショの姿を目にすることはなかった。彼女はホレイショの顔が蒼白になっているのに気づいた。彼に振り返る勇気があったら、クローテルが気を失いかけてよろめいているのが目に入ったであろう。メアリが小川から水をすくってきて、クローテルの顔にふりかけた。意識を取り戻したとき、クローテルは愛する我が子を、その子が叫び声を上げるほどの激しさで胸にしっかり抱き締めた。彼女はなだめるようにキスしてその子の恐怖を払いのけ、言いしれぬ悲しみの表情を浮かべてその美しい目にじっと見入った。哀れなメアリはその表情を決して忘れることがなかった。クローテルの胸に切ない思いがかけめぐり、狂おしさで頭がおかしくなりそうだった。あの最後の別れの夜、彼女を自殺に追いやりかけた思いに似ていた。あのときは子供のためにその激しい死の誘惑に打ち勝ったのだった。今は自分のために、それと闘っていた。しかし、かつて幸せだった家庭の今は陰鬱な雰囲気は、始まったばかりのメアリの人生にかげりを与えていた。クローテルはこれを悟り、口に出して言えぬほどの苦痛を覚えた。

「女の愛は常にかくのごとし、
　人生の嵐が過ぎるまで変わらず、
そして、木にからみつくつる草のように
　最後まで敢然と嵐に立ち向かう」

原注

＊1　サミュエル・T・コールリッジ（一七七二―一八三四）の「愛はいつもおしゃべりな連れ」（"Eros aei lalethros etairos", 1828）の修正なしの原文。

＊2　運転者の席と、二組が向かい合って座れる席のついた四輪馬車。

第九章　信義に厚い人

「わたしの舌はごきげんとりの甘い言葉を習うことができなかった
だが今は、汝の美しさが授業料として差し出されている
わたしの傲慢な心が請うて、舌に語れと促している」[*1]

シェイクスピア

アルシーサを買ったジェイムズ・クロフォードは、緑の山深きヴァーモント州の出身だった。彼は奴隷を保有することに反感を覚えていた。しかし若い妻に説得され、奴隷を借りて、使用料をその所有者に払うよりは自分で所有する方がまだましだと思うようになった。そういうわけで、アルシーサを買う気にさせられたのである。アルシーサが連れてこられたとき、同じ州の出身で、ニューオーリンズで開業医を始めたばかりの若い医師ヘンリー・モートンがクロフォード家に寄宿していた。[*2] その若い医師は、ニューオーリンズへ来てからまだ二、三週間しか経っておらず、奴隷制というものをほとんど目にしていなかった。

故郷の山地では、南部の奴隷たちは黒人で、アフリカ海岸から輸入されたわけではないにせよ、そうした者たちの子孫だと教えられてきた。だから、彼は奴隷というおとしめられた地位にいる十五歳の若く美しい色白の少女を、冷静に見る心の準備などできていなかった。クロフォードがどうやって商人と取引して最初につけられた値より二百ドルも安くこの娘を買い取ったか話すのを聞いて、若者の心臓の血は凍りついた。その表情は、奴隷の娘に対する心からの深い同情を示していた。アルシーサはヴァージニアのコテージであれこれの家事に気を配るよう母から躾けられていたので、自分に課された義務については十分心得ていた。クロフォード夫人はこの新しい召し使いがとても気に入り、しばしばモートンのいるところでそれを口にした。若者の同情は愛へと育ち、愛は傷ついて友もない哀れな娘からも返ってきた。残る道はただ一つ。この若い娘を買って自分の妻にすることしかない。彼がこれをしたのはクロフォード家に着いてから六カ月が経ったときだった。若い医師とその妻はすぐに同市の別の区域に住まいを構えた。家庭教師が呼ばれ、若妻は社交界に必要なたしなみのいくつかを教わった。モートン博士の医院はまもなく繁盛し、裕福になっていった——にもかかわらず彼は決して奴隷を所有しようとしなかった。モートン夫人は今やナチェズで別れて以来消息のわからない母親を捜し出し取り戻せる境遇にあった。母親の居場所をつきとめ買い戻せるか調べるために、代理人がすぐに派遣された。代理人は苦もなくペック氏を見つけ出した。しかしいかなる交渉にも応じてもらえなかった。ペック氏はカーラーをどうしても売ろうとしなかったのだ。とてもすばらしい家政婦なので手放すわけにゆかないというのが口実だった。母を買い戻せないとわかって、哀れなアルシーサは悲しみにくれた。だが、この件に関しては義務を果たしたという気持ちもあり、いつか母親を引き取れる日がくるかもしれないという望みをつないでいた。

原注

＊1　シェイクスピア作『リチャード三世』（*Richard the Third*）一幕二場、一八三―一八五行。

＊2　アルシーサとヘンリー・モートンの話は、ブラウン著『ウィリアム・ウェルズ・ブラウンの目撃した光景の記述』（*A Description of William Wells Brown's Original Panoramic Views*, 1850）の「第八の光景」に基づく。

第十章　若きキリスト教徒

「神が奴隷を商っておられるのを、わたしたちはこの場面で見るのです。御自分のお気に入りの子供(アブラハム)、この上なき価値ある男に、奴隷を与えたもうたのです。それも彼の卓越した美徳への報酬として」

ニューオーリンズのセオドア・クラップ師[*1]

翌日農園から戻ってくるなり、カールトンはペック氏から質問攻めに会った。プランテーションのことや黒人たちの状態、ハックルビーとスナイダーのこと、とくにスナイダー氏の説教をどう思うか、と。ペック氏は彼なりに一種の家父長だった。第一、彼には才能があった。良い教育を受けただけでなく、弁説に長《た》け、言葉をみごとに使いこなした。それに天賦の詩才があったのか、あるいはあると自分で思っていたのか、ナチェズの『フリー・トレイダー』などの新聞や雑誌にしばしば寄稿していた。外国での宣教活動の寄付金を募る際には、この界隈のリーダー的存在であった。彼が言うには、自分のなすことはすべて

「神の栄光」のためなのだという。だから自分の行ないに対し、年じゅう聖書を引用していた。恵まれた境遇にあるので、気に入った慈善運動にはたいてい寄付することができた。彼は非常に情愛深い父親であり、彼の娘はかなりの影響を父親に及ぼしていたが、彼女の信心深さと判断力のおかげでその影響は大いに効果をもたらした。カールトンはこの牧師の学友だったが、年齢は十歳近くも下だった。そして不信心を自認してはいないにしても、自由思想家で明日のことには気を配らない人物だった。それが理由となって、ジョージアナはこの青年に特別な関心を抱いた。青年と呼んだのは、カールトンが三十歳を少し越えたばかりで、未婚だったからだ。若きキリスト教徒のジョージアナは、この無思慮な男を凋落から救うために最善の努力をしなければ、自分が教徒を名乗るその信仰にしたがって生きることにならない、と感じた。そしてこのことに関しては、もっとも楽天的な期待に沿うことに成功した。彼を改心させたばかりか、聖書をその真の光のもとで彼の前に置き、父親が数日前の議論で、奴隷制度を容認していると言って着せた汚名からこの聖なる書き物の名誉を挽回したのである。

しかし、ジョージアナの目的は、まずカールトンの胸の内に主《しゅ》イエス・キリストへの愛を目覚めさせることであった。これまで、この若者は福音の調べが響いていても、まるで無関心の様子で座っていることがよくあった。聖書の研究に没頭している老人たちの話を聞いていても、それはなんの注意も引くことなく彼のかたわらを通り過ぎていった。しかし自分よりはるかに若い娘に、ある目的に全霊を傾けたときの女性にありがちな無邪気で説得力のある態度でさとされると、彼の頑強な心はたじろぎ、屈するのだった。彼女の次の目的は、奴隷制という恐ろしい制度を認めているという聖書の汚名を晴らすことだった。彼女は言った。

「『神は、一人よりしてもろもろのくにびとを創りいだし、これを地の全面に住ましめ給えり』[*2]。人間を私有財産であると主張し、所有し、扱うのは、神と人に対する重罪ですわ。キリスト教はその精神と原理において、奴隷の所有には反対しているのです。人さらいを殺人者と同類と見なしています。この原則を広めることが、神の御前で心安らかにありたいと願うすべての人の義務なのです。奴隷制がわたしたちに利益をもたらすからと言って、それが正しいなどと考えて自分を騙すのはやめましょう。奴隷の所有は第八番目の戒律に対する、考えられる限り最大の冒涜です。人から稼ぎを奪うのは、窃盗です。でもその稼ぎ手を奪うことは、それに輪をかけた生涯にわたる窃盗ですもの。救い主キリストの足跡にしたがうと公言する者は、地上から奴隷制を根絶するために最善の努力をするべきですわ。わたしとしては、できる限りのことをするつもりですの。救い主キリストが今まさに神の御胸に昇り、世界が存在する前に彼と共にあった栄光を再び回復しようとなさったとき、主《しゅ》は弟子たちに約束をされました。聖霊の力が弟子たちに下ること、弟子たちがこの世の果てまで主《しゅ》の目撃証人として行くことを。弟子たちの心にはどんな効果が生まれたでしょうか？『この人々は皆女たちと心を一つにしてひたすら祈りを努めたり』[*3]。イエスが寛大な約束を果たされるという確信に満ちた期待に刺激されて、弟子たちは心の丈を注ぎ込んで熱心に懇願したのです。おそらくイエスに任命された仕事を果たすための力を請い求めて。彼らはイエスなしでは何もできないと感じていたのです。そして迷い、破滅しつつある世界に向けてキリストの計りしれぬ豊かさを説教するという偉大で栄えある仕事に、神の祭壇で彼らは自らをささげました。わたしたちが真の聖書からいただく約束は、貴重さにおいて劣っているのでしょうか？　貧しき者に思いやりを示す人々に約束された祝福を、わたしたちは神に求めてはいけませんか？　主《しゅ》がその人々を守り生かし続け、その人々がこの世で祝福を受けますように、と？『我が兄弟なるこれらのいと小さき者の一人になしたるは、すなわち我になしたるなり』[*4]という言葉は、束縛された者のかせをはずそうという正しい努力をするすべての人のものではありませんか？　それなら、弟子たちがしたように、わたしたちもしてみようではありませんか？わたしたちに混じる二百万の異教徒のことを考え、ほとんど乱れぬ密集団となって大いなる破滅に向かって落ちてゆく魂たちのことを考え、神が与えたその仕事にわたしたちを備えるべく聖霊の力を与えてくださるよう、祈りと嘆願を続けるつもりはありませんか？　ただ一人の子を無慈悲な人さらい、あるいは人間の血を商う人の手に奪われるときの母の叫びは、わたしたちの信仰心を動かさないでしょうか？　奴隷制のさまざまな犯罪や恐怖は、囚われ人の救出と、束縛された人々に牢獄の扉を開けるよう説教することで、罪ある我が国に悔恨を与えてくださるよう、また、救世主の第二の栄えある到来に備えてわたしたちに協力させてくださるように、という激しい祈りのほとばしりを、恩寵の玉座に向かって起こすのではないでしょうか？」

　ジョージアナは会話をしながらカールトンの注意をくぎづけにしてしまった。そして、最後の言葉を終えようとしたとき、新しく生まれたばかりの神の子の頬に、すっと涙が伝うのを見た。ちょうどそこへ、父親が部屋へ入ってきて、カールトンは出て行った。

「ねえ、パパ」とジョージアナは言った。「一つお願いがあるの。というより、約束していただけないかしら?」

「なんのことかわからなくては、無理だよ」とペック氏は答え、「道理にかなった要求なら願い通りにしよう」と続けた。

「あら、パパ」とジョージアナが答えた。「道理にかなわない要求をすることができるなんて思ってほしくないわ」

「わかった、わかった」と父親が応じた。「なんだか言ってごらん」

「これから先、奴隷制の問題でカールトンさんとお話しされるとき、聖書がそれを認めているなんておっしゃらないでほしいの」

「なんだって、ジョージアナ、お前、気でも狂ったんじゃあるまいね?」と父親は興奮した口調で叫んだ。哀れな娘は黙りこんだままだった。父親はすぐに自分の言葉がきつ過ぎたことに気づき、娘の手をとって言った。「なあ、お前は、どうしてそんな要求をするんだね?」彼女は答えた。

「だってカールトンさんが、まだ選ばれた人々のなかに受け入れられていなかったとしたら、今こそ悔い改めの席に座っておられると思うの。ご存じのように、あの方は不信心の瀬戸際にいらっしゃったわ。もし聖書が奴隷制を認めているなら、聖書は神から与えられたものではないとあの方がおっしゃるのも無理はないわ。内的証拠に基づく議論とやらは論破されるだけでなく、実際には聖書に対立するものになっているのですもの。聖書が奴隷制を認めているなら、神の性格を誤って伝えているわ。若い回心者の魂にとっていちばん危険なのは、聖書がそんな罪深い制度に賛成していると思いこませてしまうことよ」

「聖書のことならわたしのほうがお前より理解しているとは思わないかね？　わたしのほうがこの世に長く暮らしてきている」

「そうね」と娘は言った。「パパのほうがこの世に長く暮らしてきた。それも奴隷所有者たちの間で長く暮らしてきたわ。だからパパは自分ほど奴隷の暮らしを見慣れていない人たちと同じ見方ができなくなっているのよ。前に一度おっしゃっていたじゃない、初めて南部に来たときはこの制度に反対だったって」

「その通りだ」と父親は言った。「あのときは奴隷制について大して知らなかった」

「お言葉ですけどね、パパ」とジョージアナは答えた。「わたしは聖書が奴隷制を容認しているとは思わないの。旧約では奴隷制を明らかに激しく非難しているわ。『人をさらって売る者は、あるいは所有しているのを見つかった者は、必ずや死に処するべし』。それに『不正に家を建てる者、よこしまに部屋を造る者、すなわち隣人の奉仕を報酬なく使い、仕事に対して何も与えぬ者に災いあれ』とも言っているわ。新約にもこんな咎めの言葉が見られるわ。『汝の畑で収穫をすませた労働者たちの賃金が、汝の策略により隠され、叫んでいるのを見よ。収穫をすませた者たちの叫びは万軍の主《ぬし》たる神の耳に入るのだ』『法は正しい行ないをする者のためではなく、無法者、不服従者のため、不信心者のため、罪人のため、邪悪な冒涜者のため、父親殺しや母親殺しのため、人殺しのため、売春仲介者のため、男と交わって自らを汚す者[▽1]のため、人さらいのため、嘘つきのため、偽証者のためにつくられているのだ』[*5] 問題の罪に関してこれ以上手きびしい言葉は、他のどんな本のなかにも見当たらないわ。わたしが思うにはね」と娘は言い続けた。

「キリスト教徒と公言した南部の友人たちの行為は、これまでに刊行されたどの無神論者の本よりも、不信心を広めることに貢献をしているんじゃないかしら。不信心の人々は宗教の世界を見守っているのよ。不信心者は教会を検分するわ、そうしたら、ほら、何千何万の正式な会員が実は奴隷を所有していたわけなの。過激だとか急進だとか言われて軽蔑されている少数の反奴隷制の教会を除けば、キリスト教世界で共有されている『良き正常な身分』の会員たちが、同胞を家畜の状態におとしめ、力ずくで彼らをその不名誉な地位に押さえつけているのよ。司教も牧師も長老も執事も、この恐ろしい仕事にかかわっていて、自分たちの行動が旧約の教えにも新約の教えにも矛盾しているなんてまったく見なしていないのよ。その上、自身では奴隷を所有していない牧師や教会も、奴隷を所有している人々の行動をたいてい擁護し、その所有者たちを良きキリスト教徒と認め、仕事となれば同胞の人間、ときには同じキリスト教徒仲間の体をしばしば抵当や徴税の対象にしているのよ。

　これでは、キリスト教徒だと公言する人たちが実際にしていることを見て、その人たちの理屈を聞いていたら、不信心者たちが、聖書は人間を家畜のようにするという道徳律を教えているのだと結論しても不思議はないわ。才能と学識のある牧師さんたちが聖書は奴隷制を認めているから、教会では懲戒に値する違反とされないのだと宣言するのを聞けば、不信心者たちの結論は強固なものになるにきまっているわ。そして、この国の神学校のもっとも学識豊かな教授の一人[*6]が、聖書は『その関係はなおも存在しうる、サルヴァ　フィデ　サルヴァ　エクレシア（キリスト教信仰をも教会をも損なうことなく）と認めており』、ただ『その濫用だけが本質的、基本的な誤り』だと主張すれば、あらゆる懐疑は消えてしまうに違いないんじゃないかしら。こういう教授や牧師、教会は自分たちの聖書を理解している、したがって、奴隷制を咎める個々の文章があっても、聖書はそれを容認しているのだと、不信心者は思ってしまうのではないかしら。実際これほど真実からかけ離れているものはないというのに。それにキリストのことを考えれば、あのお方の全生涯は、奴隷制とそれが植えつけるあらゆることに反対する生きた証言でしたわ。みんなのためになることをしようと意図されたとき、あのお方は召し使いの形を自らとられました。自らの地位を社会の最底辺に置かれたのです。御自分から進んで、貧しき者たち、軽蔑された者たちと同じになられたのです。その昔、罪に対する警告の声がエレミヤ書とエゼキエル書で上がっています。それに続く文を忘れないでおきましょう。『このゆえにエホバかく言いたもう——汝ら我に聞きておのおのその兄弟とその隣に釈放のことを示さざりしによりて、見よわれ汝らのために釈放を示して汝らを剣と飢饉と疫病にわたさん[*7]』。わたしたちは事実上、同じ不敬な言葉を使う民族なのではないかしら。そして同じ恐ろしい裁きにさらされているのではないかしら。こういうことを考えて、あらゆる称賛すべき手段をもって愛する国を死の眠りから目覚めさせ、神の祝福を頂けるよう、わたしたちのあらゆる努力を涙と祈りで清めませんか。そうすれば、たとえ祈りの目的を達することにわたしたちの労力が報われなくても、わたしたちはエホバの法廷で無罪となりましょう。悔い改めぬ罪を待ち受ける国民的災厄は分かち合うことになっても、その祝福された認可はわたしたちのものになるのですわ。——『善かつ忠なるしもべ、汝の主《しゅ》のよろこびに入れ[*8]』」

「いいかい、ジョージアナ」とペック氏が言った。

「この問題についてはわたしにも自分の意見がある。わたしなりの判断を下させてもらわないとな」

「パパ、信じてくださいな」と彼女は答えた。「パパに教えたり命令したりしたがっているなんて、これっぽっちも思われたくないの。ただ、カールトンさんとお話しされるときに、聖書が奴隷制を容認しているなどとほのめかしたりなさらないでというわたしからのお願いを聞き入れてくだされればいいの」

「いいだろう」と彼は応じた。「お前の要望にしたがうよ」

　この若きキリスト教徒はまさしく高貴な仕事をなしとげたのだ。父親がそのことを認めようと認めまいと、娘は父より優れ、父の教師だった。ジョージアナは完全な自由を楽しむ権利を、全人類に付随する、生まれながらに具わっていて譲渡できない権利、著しい不正行為による以外は決して奪われることのあり得ない権利の一つと見なしてきた。そして出会うすべての人の心にこの考えを刻み込むのに、彼女以上に力のある者はいなかった。つつましさ、落ち着き、優しさのこもった声、大変魅力的な態度をもって、彼女はいとも容易に人々の関心を引くことができた。

原注

＊1　著名なユニタリアン牧師のセオドア・クラップ（一七九二―一八六六）はマサチューセッツ州イーストハンプトンに生まれ、一八二二年ニューオーリンズへ移った。一八三四年、彼はニューオーリンズ・ユニタリアン・チャーチ・オブ・メサイアを創設した。

＊2　使徒行録第十七章二十六節。奴隷制廃止論者たちはいつもパウロの反人種差別主義の説教を引用した。

＊3　使徒行録第一章十四節。

＊4　マタイによる福音書第二十五章四十節。

＊5　聖書が反奴隷制の書であると示すことを意図した、いくつかの文の要約。出典は出エジプト記第二十一章十六節、エレミヤ書第二十二章十三節、ヤコブの手紙第五章四節、テモテへの第一の手紙第一章九節。

＊6　おそらくジョエル・パーカー牧師を指す。第七章の原注1を参照。

＊7　エレミヤ書第三十四章十五節。

＊8　マタイによる福音書第二十五章二十三節。

訳注

▽1　ここでは同性愛者のこと。

第十一章　詩人牧師

「解け、解け、このいらだたしい鎖を、
そして、ああ、わたしを自由にしてくれ。
もはや言うな、自由という天与の贈り物を
わたしが侮るなどとは」

ペック氏の説得もあり、ジョージアナの魅力に心を奪われてもいたので、カールトンは旧友の家での滞在を二カ月延長した。滞在が終わる頃には、彼はもうほとんど家族の一員のようになっていた。ペック氏がどこかに招かれるときには、当然のようにカールトンも一緒に招かれた。ジョージアナが馬車で外出するときは、必ずと言っていいほどカールトンが同伴した。ペック氏が留守のときは、カールトンが食卓の主席についた。そしてこの若きレディを喜ばせたのは、カールトンが何度か、家族の礼拝に加わったことであった。

「うれしいことに」と、ある晩、お茶を飲みながらペック氏が言った。「カールトン君、うれしいことに隣人のジョーンズが自分の農場を訪ねてくれと君を招待してきたんだ。あれは良い隣人だが、とても不信心な男でね。君にあそこの連中に会ってもらいたいんだ。そうすれば北部に帰ったとき、キリストの信条のために何もしない者に比べ、キリスト教徒のところの奴隷ははるかに良い状況に置かれていると話せるだろ」

「カールトンさん」とジョージアナが言った。「安息日をジョーンズさんのところで過ごし、黒人たちに宗教について聞いてごらんになればいいわ」

「そうだね」と牧師が言った。「良いことを考えついたな、ジョージー」

「では次の木曜に出かけて月曜まで滞在してきましょう」とカールトンが言った。「そしてあなたのおっしゃる通りにしますよ、ミス・ペック」と彼は続けた。「黒人《ブラック》たちに会って、宗教の話ができるよう、やってみますよ。ちなみに」と彼は言った。「今日『フリー・トレイダー』である広告を見たんですが、どうもよくわからんのです。ああ、これなんですがね」とポケットから新聞を引っ張り出した。「読んでみますから、どういう意味か教えてください。


『プランターおよびその他の皆さんへ——黒人を五十人求む。医者に(もちろん所有主に)不治と見なされた病気の黒人を抱えていて、追い払いたいと願っている人へ。るいれき[*1]、慢性心気症、卒中、または脳、腎臓、脾臓《ひぞう》、胃腸、膀胱およびその付随物、下痢、赤痢等々を病む黒人と交換にスチルマン博士が現金を支払います。上記のような場合に最高額の現金が支払われます』

今日これを読んだとき、わたしはこの広告の主は医者として卓越した腕の持ち主に違いない、そして病気の黒人たちを治療するつもりなんだと思いました。しかしよく考えてみると、ここに挙げられている病気には確かに不治のものがあります。そんな病気の黒人に何ができるというのでしょう?」

ペック氏は笑いながら答えた。「そりゃ彼は医者だもの、講義用に使い道があるんだよ。この医者はある小さな大学と関係があるんだ。学生に出席を呼びかけている彼の授業目論見を見てごらんよ、それで君も合点がゆくだろう」

カールトンは別の欄に目を向け、次のような箇所を読んだ。


『特殊ないくつかの利点が当機関と関係があることを、指摘しておいたほうがいいだろう。解剖学の知識を得るのに、これほどすばらしい機会を提供する所は合衆国のどこにもない。素材はあらゆる目的に事足りるほど十分に黒人《カラード》たちから得られ、地域の誰も怒らせずに適切な解体が行われる！[*2]』


「じゃあ、これは解剖のためなんですか?」とカールトンは震える声で訊いた。

「そうだよ」と牧師が答えた。

「もちろん死ぬのを待って使うんですよね」

「手近に置いておいて、必要なときに血を抜いて死なせるんだ」とペック氏が答えた。

「ほう、でもそれでは殺人だ」

「だってほら、医者は人を殺す免許を持っているじゃないか。それに失血で死のうと薬の飲み過ぎで死のうと、大して変わらないんじゃないかね？　わたしなら、もし選べと言われたら、まあ前者だろうな」

「僕は、ニューヨークの奴隷制廃止論者の集会で、奴隷制についてどぎつい話をよく聞いたことがあるが、今はおおかた本当なんだと思うようになりました」

「こちらに長くおられるほど、この制度の非道さを確信なさるでしょうよ」とジョージアナが言った。

「おっと、ジョージー、お願いだからもう廃止論の講義を始めないでおくれ」とペック氏が言った。

「ほら、カールトン」と牧師は続けた。「君の要請に答えて、君のお姉さんのアルバム用に短い詩を書いてみたよ。見ての通り、家庭的な詩だ」

「それならいっそう高く評価するでしょう」とカールトンは言って紙を受け取り、紙面に目を走らせながら笑った。

「声に出して読んでくださいな、カールトンさん」とジョージアナが言った。「どんなものなのか聞かせてください。パパはときどき滑稽なことを言うんですのよ」

カールトンは若いレディの要求に応じて、次のような類い稀な詩的才能にあふれた作品を声高に読んだ。

「わたしのチビクロ《リトル・ニグ》」

「わたしのチビクロ、真っ黒《ニガー》けの生きもの
四十五歳になっても四歳のままだろう
なめらかほっぺはピッカピカ、磨き立てのブーツみたい
髪はススのように黒く、まるまって小さな頭をおおう
唇は顔から出っ張り——小さな象牙が光る——
鼻はいわゆる子犬のチン、でもとってもいい形
妖精とは言えないけれど、見目《みめ》は良い
それに、誓って言うが、この子は売らない、金貨百枚もらっても。

この子は早起き、他の黒ん坊《ニガー》たちと同じ
豚小屋へ走って行って豚とこづき合う
日が出て空へ昇ると
庭の一番暖かいすみっこが、このクロ《ニグ》の寝場所
そこでのんびり体を伸ばし、考えたり夢見たり

（断定はできないけど、でも明らかにそう見える）
食べ物をもらう時間まで。そのときこの子の姿がなけりゃ、
政治家みたいに、この子は自分の分け前を探しに行ったのだ。

わたしの農園のことは何も話していないが
この国にこれほどきれいな所はないだろう
この子がもう少し大きくなったら、連れていって見せてやろう
そしてこう言うのだ、『チビクロ《リトル・ニグ》よ、さあ心してやれ！』
その手に鍬《くわ》を握らせよう——どういう意味かすぐわかるだろう
そして毎日夕食に、ベーコンと青菜を食べさせてやろう」

原注

＊1　リンパ腺の腫れを特徴とする結核性疾患。君主が触ると治るという伝説があった。

＊2　この一節とその前にある「病気の黒人」を求める一節は、セオドア・ドワイト・ウェルド著『アメリカの奴隷制の実情』（一八三九）からの引用。

第十二章　牧師宅の台所での一夜

「日々の仕事を終えて
召し使いたちが集う様子を見てごらん、
冗談を言い、歌を歌って
台所じゅうがどっと沸く」

ペック氏は、前に触れたカーラーの他に、四人の召し使いを身近に置いていた。そのなかではサムが頭《かしら》と見なされていた。晩餐会や、誰かを自宅に招待しようというとき、牧師と娘であらゆる手筈を語り合い、それから、「ミス・ジョージー」は必ずサムに相談した。ミス・ペックは召し使いたちからそう呼ばれていたのである。家具や陶器などを買うときに、自分の意見を尋ねてもらえないと、サムは軽んじられたような気になるのだった。市場での買い物は、全部サムがやった。台所にある召し使いたちの食卓では、サムが主席に陣取り、一座を取り仕切った。台所でも、屋敷内でも、彼が一瞥するだけで会話や物音はぴたりとやんだ。南部の州では、黒人たち自身の間に、肌色に対する大きな偏見があった。黒人でもムラートでも白人の身近で暮らすほど、自分より肌色の濃い者たちに優越感を覚えるようなのだ。これは明らかに、ムラートと黒人《ブラック》に対して白人側に存在する偏見の結果である。サムはもともとケンタッキー州にいたが、学校へつき添って行った年若い主人たちの一人に教えてもらい、充分解釈ができるまでに字が読めるようになっていた。そのおかげで、主人のみならず、彼を知る町の人々からも、奴隷のなかでは天才と見なされていた。彼は主人の例にならい、詩人になりたいという大きな望みを持っていた。そんなわけで、よく自作のへぼ詩を歌っていた。ところがサムには一つ大きな弱みがあった。肌の色である。彼は黒人のなかでももっとも黒い部類に属していたのだ。彼がそのことを大きな不運と考えていたのは明らかであった。しかし、彼は衣裳でそれを埋め合わせていた。ペック氏は屋内奴隷たちに良い身なりをさせていた。サムはと言えば、ひだ飾りつきシャツを着ていない姿はめったに見られないほどだった。実際、洗濯係の女は家のなかの誰よりも、サムを怖がっていた。

すでに述べたように、カーラーは台所担当の頭《かしら》で、家事一般の総指揮をとっていた。他の召し使いは御者のアルフレッド、それにピーターとハッティだった。他に、ペック氏は八人の石工奴隷を抱えていた。彼らは町で働いていた。彼らは技術を持っているので、農場に置くよりも貸し出した方がずっと利益が上がるのだ。しかし土曜の夜になると、このレンガ積み職工たちも含め、ペック氏の召し使いたちはたいがい台所に集まった。そしてその週に起こったことを、気軽にうわさしたり批判したりした。ある六月の日曜の晩のことだった。ペック家でパーティがあり、南部諸州の慣習にしたがって、レディたちはそれぞれメイドを連れてきていた。「お屋敷」のほうのお茶を出したあと、よその家から来た者も含め、召し使いたちは台所のテーブルを囲み、お茶を飲んでいた。「独身のジェントルマン」であるサムは、こうした折には「レディ」たちに対していつになく丁重にふるまった。彼が少なくとも一時間かけて「髪」にブラシをかけたりせずに日を過ごすことは、まずなかった。サムは自分の髪にはどんな油よりも無塩バターが良いと考えていた。したがって、攪乳器でバターを作る日には、塩を混ぜる前に半ポンドのバターをいつもとりわけておかせるのだった。とりわけ自分を引き立たせたいときは、「ピカピカ」させるために顔に油を塗った。そんなわけでそのパーティの晩、召し使いたちが皆でテーブルを囲んでいたとき、サムは大いに目立っていた。充分に梳《す》いてバターをすり込んだ縮れ髪、念入りに油を塗った顔、胸から五、六インチも突き出したひだ飾り、といういでたちで座っていたのだから。客間にいる牧師さえ、この折に自分の召し使いほど人目を引きはしなかった。サムはおいしいハヤシ料理を女たちの一人にとり分けながら、「先週の日曜の晩、運勢占いをしてもらったばかりなんだ」と話した。

「へえ、ほんとかい」と五、六人が大声をあげた。

「そうとも」と彼は続けた。「ウィニーばあさんが言うには、俺は町で一番器量よしの肌色の薄い娘っ子を手に入れて、自由の身にもなれるんだとさ」

皆の目はたちまち、サムの近くに座っているサリー・ジョンソンへと向けられた。

「それを聞いて顔を赤らめた人がいるようだね」とアルフレッドが言った。

「そのパンケーキと糖蜜をとってくれないか、ミスター・アルフ。それにそういう当てこすりは、ここじゃやめてもらいたいね」とサムが答えた。

「それで思い出したんだけど」と言ったのはカーラーだ。「あのドーカス・シンプソンが結婚するのよ」

「誰とだい」とピーターが尋ねた。

「ダービー旦那のとこの畑奴隷よ」とカーラーが教えた。

「あの娘っ子ったら、そんな安売りしないほうがいいのに。あの子は充分見栄えがいいんだから屋敷づとめの男だって捕まえられるはずさ。なにも畑奴隷でがまんすることはないのに」と、サリーが言った。

「そうとも」とサムが言った。「ミス・サリー、その意見はとても無分別《インセンシブル》▽1だね。あんたの判断には感心するよ、ほんとうだ。ああいうどこにでもいる黒ん坊《ダーキー》を選ばなくたって、あやしげな《サスペクティブル》▽2身なりの良い屋敷づとめの男はいっぱいいるんだから」

その場の一人が「その男は黒いの、それともムラートなの？」と尋ねた。

「ほとんど白人みたいよ」とカーラーが答えた。

「ふむ、それなら理由が立つ」とサムが感想を述べた。「俺は黒人《ブラック》とムラートの混血はどうも見たくないんだ。もし権利ってものがあるなら俺もムラートだろうよ、おふくろはミス・サリーにほとんど負けないくらい肌色が薄かったんだから」と彼は言った。サムはもっとも黒いうちの一人だったが、母親をムラートだと主張した。黒人《ブラック》に対して彼ほど偏見の強い者はいなかった。たくさんの努力とふんだんな無塩バターの使用は、明らかに彼の「髪」を長くのばすのにすばらしい効きめを見せ、彼は自分の一部分がアングロサクソンであると他人に納得させたいときにはいつもこの点に訴えた。

「あんたは完全な黒人《ブラック》じゃないといつも思ってたわ、ミスター・サム」とアグネスが言った。

「その通りですよ、ミス・アグネス。髪を見れば、俺がどの仲間に属しているかわかるさ」とサムが答えた。しばらくの間、一座は肌色を話題にしたが、これはカーストが無知に基づいているという間違いようのない証拠であった。その晩の娯楽をしめくくったのは、サムのちょっとした話だった。彼は故郷ケンタッキー州で最初の主人のところにいた頃の体験談を話したのである。

サムの元の主人は医者であり、近隣の主人や奴隷を診察して大いにはやっていた。サムが十五歳くらいのとき、老主人は彼に軟膏を練らせ、次に丸薬を作らせた。この若い弟子がさらに成長して、仕事に慣れてくると、サムの医療活動はこの医者にとっていっそう重要なものになった。商売は繁盛していたし、患者の多くは奴隷で、そのほとんどは病気になるとこの医者のところへ来るしかなかったので、医者は奴隷に対する瀉血《しゃけつ》、抜歯、薬剤投与をサムにやらせたのである。まもなくサムは奴隷たちの間で「ブラック・ドクター」と呼ばれるようになった。彼はこの呼び名が気に入っていた。自分の医療活動が求められるときのこの黒人医師をしのぐほど気取った態度をとる通常の医者は、まずいなかっただろう。瀉血のときには、普通の医者が思いもよらぬほど多量の包帯を使い、思いもよらぬほどひどく腕をこすったりたたいたりした。かつてサムは患者の一人の歯を抜いたことがあったのだが、あれほどおもしろい見ものはなかった。彼は哀れなその男を仰向けに寝かせ、胸にまたがり、抜くのとは違う歯にねじまわしをあてがい、両目を閉じて力いっぱい引っ張ったのである。哀れな男はあらん限りの声で叫んだが、むだだった。サムは彼をしっかり押さえつけていた。大奮闘の末、健全な歯が抜け落ちた。若い医師は己の誤りに気づいた。だが、邪魔な歯がどいてくれたのだから、問題の歯に届きやすくなったのだと自分に言いきかせた。瀉血と一服のカロメル[*1]は「老師匠」がいつも絶対に欠かせないと考えるものであり、当然ながら、サムはそれにならった。

あるとき、年配のその医者自身が病気になって、患者の世話ができなくなった。そこへ一人の奴隷が通行許可証を手に、医療の助言をもらうためにやってきた。すると主人の医者はサムに、その患者を診察し何が必要か調べてみるように命じた。これはサムに計りしれぬほどの喜びを与えた。というのは、これまで彼は主人の命じる通りに薬を出すという形でその役目を果たしていたのだが、患者を診察することなど一度も命じられたことはなかったのである。だから今回のことで、自分は偽医者なんかではないと確信したらしいのだ。予想がつくことだったが、彼の最初の診察ぶりは見ものだった。患者の真正面に座り、胸に腕組みし、知ったかぶりをしながら彼は始めた。

「どうしたというんだね?」

「病気なんです」

「どこが病気なんだね?」

「ここです」とその男は手を胃の辺りに置いて言った。

「舌を出してごらん」と医師は続けた。男は舌を長々とつき出した。

「脈を触らせてごらん」と医師は言いつつ患者の手をとり、脈に指を置いた。「ああ、これは重症だ。何かしてやらんと、それもすぐにしてやらんとな、お前さんは絶望的だ、それは確かだ」

これを聞いた男は脅えた様子で、自分はどこがわるいのかと尋ねた。サムの答えはこうだった。

「これは重症だと言ったろうが。それで充分だよ」

サムが主人の病床に戻ると、主人が訊いた。

「さてと、サム、あの男はどこがわるいと思う?」

「胃の調子がわるいんです、旦那さま」とサムは答えた。

「どうしてやれば一番良いと思う?」

「瀉血をして一服のカロメルを飲ませたほうが良いと思います」とサムが答えた。そういうわけで、ありがたいことに、主人はサムの思い通りにやらせた。言うまでもないことだが、医師としてのサムの体験談のおかげで、その晩、召し使いたちの間で彼の地位は高まり、レディたちの人気の的となった。中には病気のふりをした女さえいた。するとみな皆の喜んだことに、もちろんサム自身も喜んだのだが、この黒人医師は医療の助言を与えた。こうして、牧師宅の台所における召し使いたちの晩は終わった。

原注

＊1　逆症療法医術の中心として、たいがいは吸血ヒルを使って患者の瀉血を行なうことが、身体の血液に健康なバランスを回復すると信じられていた。カロメル丸薬は有機水銀化合物から成り、下剤として使われた。

訳注

▽1　センシブル（分別がある）と言うべきを、使いなれぬ言葉なのでサムが間違えたのである。

▽2　レスペクタブル（いやしからぬ）のつもりであろう。

第十三章　奴隷狩りをする牧師

「こんなことはいやというほどざらにある――信心深い面持ちで
敬虔なふるまいをすれば、悪魔の正体だってうまくごまかすことができる」[*1]

シェイクスピア

「君はきっと隣人のジョーンズを気に入るよ」と、ペック氏が言った。カールトンは、その「不信心な男」を約束通り訪問するために一頭立ての二輪馬車に乗り込んだところだった。「黒人たちに会って宗教のことを聞くのをお忘れにならないでね」とジョージアナが言って、若き回心者に別れの会釈をした。「最善を尽くします」とカールトンが答え、乗り物は戸口を離れた。当然予想されたことだが、カールトンはグローブ農場の所有者に誠意のこもった歓迎を受けた。「お屋敷」の召し使いたちは良い身なりをし、食べ物にも不足していないように見えた。ジョーンズはカールトンが北部の出身で、奴隷所有者でないことを知っていたので、印象を良くしようと、自分にできることはなんでもした。カールトンが来て一週間ほど経った頃、この奴隷所有者は客人に言った。

「うちの黒人たちは身なりもよく、食べ物も充分だし、働かされすぎてもいませんよ」

「お見かけした限りでは、お宅の奴隷は恵まれているようですね」とカールトンは応じたが、こう続けた。「でも、もしこれが正当な質問だったらお答えいただきたいのだが、ジョーンズさん、日曜には奴隷たちに説教を聞かせておいでですか?」

「いやいや、そんな」と彼は答えた。「そんなことしたってまったく無意味だと思いますよ。うちの黒人たちは自分たちで説教してますから」

「では彼らに集会[*2]を許しておいでなのですか」

「ええ、連中が望むときはね。連中のなかには、とても知的で賢いのが何人かいるんです」

「明日は安息日なので、もしあなたがおいやでなければ、その集会に出てみたいのですが」とカールトンは言った。

「もし説教していただけるなら、どうぞ、どうぞ」と農園主《プランター》が答えた。ここで青年はあやうく断りそうになったが、ジョージアナの別れ際の言葉を思い出し、勇気を出して言った。

「ああ、短い話でよければ、わたしはかまいませんよ」それで、カールトンは翌日黒人《ブラック》たちと宗教の話をすることになり、そのときがくるのをやきもきしながら待った。

南部でも、綿花、砂糖、米の産地の奴隷たちほど、無知で卑しめられた状態に置かれている者はいなかった。

安息日に労働しなくてすめば、狩りや釣り、または木陰に寝て明日のために休むことに時間が費やされた。深南部では宗教教育など、誰も考えてはいない。C・C・ジョーンズ牧師、ジョン・ペック牧師やその他何人か例外はあるが、この人たちは奴隷に伝える宗教教育を、財産として奴隷をもっと信頼でき、もっと価値ある状態にするためのものと見なしていた。ジョーンズは自分のところの奴隷が、カールトンに質問されたら知性のなさをさらけ出してしまうとわかっていたので、彼らが答えられるようにと、奴隷監督に準備するように命じた。そこで、その日の労働が終わったあと、監督のドゲットは黒人たちを集めて言った。

「さて、皆の衆、明日旦那さまがお客さんを連れておいでになる。そのお客さんが皆に説教をしてくださることになっているから、おっしゃることをちゃんと理解してもらいたい。なじみの故郷ヴァージニアやケンタック〔ケンタッキー〕から来た者たちの多くは、説教とは何かわかっているが、ここいらで育った者はわかっていない。説教ってのは、お前の心はひどくよこしまで悪いんだと言ってきかせることだ。これは皆わかるだろ。だがな、もしその方が、お前を創ったのは誰かと尋ねなさったら、主《しゅ》だと答えるんだぞ。もし、お前は天国へ行きたいかと尋ねなさったら、はいと答えるんだ。お前たちは皆キリスト教徒で、皆が主《しゅ》を愛し、皆が天国へ行きたがっていて、皆が旦那さま方を愛しており、俺を愛しているんだということを覚えておけよ。さて皆の衆、明日はお前たちが利口なところを見せてもらいたい。行儀良くふるまってくれ。そうすりゃ、月曜の朝早く皆に一杯ずつウイスキーをやろう」

奴隷たちはこの取り決めに喜んで同意し、日曜の朝、お屋敷の近くにある大きな木の下に集まった。そしてもう一度監督からおさらいを受けた後、ジョーンズとカールトンが姿を現した。

「いいかね」とジョーンズは黒人たちに近寄りながら言った。「いいかね、このお方はお前たちの魂のことでお前たちと話すために来られたんだ。皆、ちゃんと聞いてもらいたい」そしてジョーンズは自分と客人のために用意された二つの椅子の一つに腰をおろした。

カールトンは彼らに聞かせる聖書のなかの一章を選んであったので、まず自分の考えをいくつか述べて序に代え、その章を読んだ。彼は公衆の前で話すことには慣れていなかったので、聖書を読んだ後は、集会を対話形式にしようと決めていた。そこで彼は質問を始めた。彼は近くに座っていた純血種の黒人に尋ねた。「お前は自分がキリスト教徒だと思うかな?」

「はい、旦那さま」という反応があった。

「それならお前は天国へ行きたいと思っているね」

「はい、旦那さま」

「ではもちろん、お前を創ったのが誰か、わかっているね?」

その男は頭に手をやり、縮れ毛をひっかき始めた。そしてちょっとためらってから答えた。「誰がおらたちを創ったか、ゆうべ監督さんが教えてくれたんだがね、実はその人の名前を忘れちまった」

この答えはカールトンに衝撃を与え、彼の厳粛さは少なからず揺らいだ。が、彼は何も言わずに、別の男のほうを向いた。この男は、容貌からすると、もう少し知性がありそうに見えた。

「お前は主《しゅ》にお仕えしているか?」と彼が尋ねた。

「いいや、おらはジョーンズ旦那以外の誰にもお仕えしてねえです。他の誰のものにもなったことがねえです」

この時点で、カールトンは感情を隠すために向きを変えて、女たちが座っているほうへ歩いて行った。そしてちょっと不安そうな表情をしたムラートの女に言った。「バプテストのジョン*3のことを聞いたことがあるかね?」

「ありますとも、旦那さま、バプテストのジョンね。その黒ん坊《ニガー》のことならよおく知ってますだ。あたしがいた故郷ケンタックに住んでますだ」

カールトンの厳粛さはここで崩れてしまった。彼は農園主を見て、笑い出してしまった。この老女はケンタッキーの元の主人の農場近くにいたある奴隷を知っていて、無知ゆえにその男がお尋ねのバプテストのジョンだと思ってしまったのだ。カールトンは残りの時間を、聖書を読むことと奴隷たちに話すことで過ごした。

「うちの黒ん坊《ニガー》たちは、今日はあまりいいところを見せませんでしたな」とジョーンズは、客と一緒にそこを離れるときに言った。

「そうですね」とカールトンが答えた。

「あなたは頭の良い奴を当てなかったから」と農園主は続けた。

「そのようです」とカールトン。農園主は明らかに、カールトンが奴隷たちの無知さ加減を語れば、隣人のペック牧師は大笑いすると思ったのだろう。すでに与えてしまった悪い印象をとり除くために、できることはすべて言ったりしたが、むだであった。帰ってきたカールトンの報告は、牧師を大いに面白がらせた。その話は、彼のようにキリスト教徒を自認する者が奴隷所有者になることに対する最善の口実に思えた。一方、ジョージアナは違っていた。カールトンの話を聞いても、ほほ笑みひとつ浮かべず、そんな無知が彼らの間にはびこっていることに心を痛めている様子だった。論点が他国の異教徒のことに向かい、牧師が外国での宣教について自分がやってきたことを長々と述べ始めたとき、彼の娘は子供のような単純さで言った。

「異教徒たちに聖書を送れ
われらの上に輝く光から
あらゆる遠い岸辺に
ふえゆく光線をそそげ
だが隠しておくのだ

われらの戸口で踏みにじられている数百万の人々には。
異教徒たちに聖書を送れ
その飢えた精神を養うために
おお！　急げ、そして皆の努力を集め
貴重な贈り物の速度を速めるのだ
そして震える黒人を鞭打つのだ
もし彼らが文字を学んだりしたならば」

「ジョーンズ氏の家にいたとき、すぐには忘れられそうにない奇妙なものを見たんです」とカールトンが言った。

「どんなものを？」と牧師が訊いた。

「鋭敏な嗅覚を持つ探索犬ブラッドハウンドの小屋です。あんな犬どもはこれまで見たことがない。ブラッドハウンドと狐狩り用猟犬との中間の品種ですね。どう猛で、痩せた、凶暴な顔つきの動物でした。キューバから輸入した犬の一部だと、ジョーンズ氏が教えてくれました。鉄製の檻に飼われていて、家畜用のトウモロコシで作ったパンを餌にしていました。この手の食べ物をやっておくと、仕事に精を出すようになるそうです。その犬どもには時々肉をやるのですが、それはいつも黒人を追いかけた後なのです」

「それって、ハリーを追いかけるのにパパが使った犬なの？」とジョージアナが言った。

「いや、違うよ」というのが、短い返答だった。牧師は話題を他のことに変えたがっているように見えた。ペック氏が部屋を去ると、カールトンは自分の見てきたものについてもっと遠慮なく語り、奴隷制に対してもっと鋭く反対する意見を述べた。というのも、彼はミス・ペックが、自分が感じたり言ったりしたことすべてに共感しているのがよくわかったからだ。

「お父様が奴隷を追いかけたと口にされましたね」とカールトンは声を低めて言った。

「そうなんです」と彼女は答えた。「パパは、かわいそうなハリーを追いかけて、奴隷捕獲人たちやあのいやな犬の群れと一緒に行ったんですのよ。ハリーはパパの所有していた奴隷で、農場におりました。ハリーの奥さんが町にいるから彼は会いに行き、帰りが遅れたのです。それでハックルビーが鞭打ちを与えると、ハリーは逃げてここへやって来ました。わたし、ハリーがもっとひんぱんに奥さんに会えるように、町へ置いてやって、とパパに言ったんですけど、パパは彼を農場から出すわけにはゆかないと言って、また鞭で打ち、送り返しました。かわいそうなハリーは、監督がまた罰を与えるとわかっていたので、帰らずに森へ行ってしまったの」

「捕まったんですか」とカールトンが訊いた。

「ええ」と彼女は答えた。「森のなかで捜索が始まったとき、川を泳いで渡って逃げようとしたの。でもそれを追って犬が放たれ、まもなく彼に追いついたの。でもハリーはすごく勇気があって、大きなこん棒で犬と闘ったわ。パパはハリーが犬たちから逃げおおせると思ったとき、銃で撃ったわ。パパに言わせると、捕まえられるように、ただ怪我をさせるつもりだったそうよ。だけどかわいそうに、殺されてしまったわ」このできごとを話したジョージアナは打ちひしがれ、わっと泣き出した。

屋内召し使いたちに良い身なりをさせ、ある程度親切に扱っていたとは言え、ペック氏はやはり非常に残忍な主人だった。彼は畑奴隷たちを夜明けから夜遅くまで働かせるよう、監督をけしかけた。だが屋内召し使いたちの見た目が良いことと、スナイダーを雇って畑奴隷たちに説教を聞かせていたおかげで、彼はキリスト教徒の主人だと見なされていた。ある日、自由州から来た数人の客を伴って農場にやって来たペック氏は、自分のところの奴隷たちが幸せで、得心し、満足していると信じてもらえるよう願いながら、ウイスキーを取り出し、それぞれに一口ずつふるまった。ふるまわれた奴隷はお返しに、主人の健康を祝すとか、何かを祝して乾杯しなければならない。客人たちは、乾杯の挨拶を少なからず面白がったし、ペック氏は黒人の側から満足しているという表明があるたびに喜んだ。とうとうジャックが飲む番になり、主人は彼から何か良い挨拶が聞けるものと期待した。というのも、彼は農場で一番賢く機知に富んだ奴隷と見なされていたからである。

「さあ」と主人は言ってジャックにウイスキーの杯を渡した。「さあ、ジャック、何か上等な挨拶を聞かしてくれ。そうそう」と彼は続けた。「うちではここしばらくこの辺りで見たこともないような最高の綿花を育てたな。じゃあ、綿花に乾杯ってのをひとつ頼むとするか。ジャック、何か笑えるのをやってくれ」

この黒人は、その場のヒーローにさせられたことで少なからず有頂天になり、右手でウイスキーを持ち、左手を頭にやり縮れ毛をひっかきながら言った。

「大きい蜂は高く飛び
小さい蜂は蜜を作る
黒人たちは綿花を作り
白人たちが金を得る」

原注

＊1　シェイクスピア作『ハムレット』三幕一場、五一―五三行。

＊2　宗教集会。

＊3　ユダヤ人預言者でイエスの先駆者。ヨハネ（＝ジョン）はイエスに洗礼を施し、彼を神の子と認めた。彼は貴族へロデとヘロディアスの娘サロメの要求で首をはねられた。【訳者補注　原注の存在は、奴隷の集会を反乱の誘発として警戒する考えもあることを示す】

第十四章　自由の身でありながら奴隷にされた女

アルシーサには、ヘンリー・モートンが親切で情愛深い夫だということがわかっていた。成功はしなかったものの、母を買い取ろうと努力してくれたことで、彼に対する彼女の愛は倍増した。始めから、奴隷を、というより誰をも所有しないと決めていたので、彼らは自分たちのために召し使いを借りなければならなかった。[*1] 五年が経過し、可愛い娘が二人生まれて、彼らはいっそう幸せだった。ある晴れた午後のこと、モートン夫人は座ってせっせと針仕事をしていた。そばには最近雇ったばかりの召し使いのサロメが座っていた。この女性は完全に白人であった。あまりに歴然としていたから、この女性が最初にやってきたとき、モートン夫人は夫に、この人は生まれつきの奴隷ではないかもしれないと不安をもらしたほどだった。女主人が、召し使いが座って粗末な縫い物をする様子を見守っていると、無言のままその目に大きな涙が浮かぶのが見えた。心配して、女主人は言った。

「サロメ、ここにいるのがいやなの？」

「まあ、とんでもない、奥さま」とサロメはあわてて答え、むりやり笑顔をつくろうとした。

「どうしてあなたはよく悲しそうな顔をして、目に涙をためたりするの？」女主人は召し使いの心の痛みに触れたのがわかったので、こう続けた。「わたしはあなたの友だちよ。悲しみを打ち明けてみて。できることなら助けてあげたいの」

最後の言葉が女主人の口からもれるなり、奴隷の女は格子縞のエプロンを顔に押し当てて泣き出した。モートン夫人はこの悲しみようには理由があるとはっきりわかったので、熱心にせがんだ。

「じゃあ、聞いてください」とその女は落ち着きを取り戻しながら言った。「なぜときどき泣くのかお話ししますわ。わたしはドイツの、ライン川のほとりで生まれました。十年前、父は母とわたしを伴ってこの国に来ました。父は貧しかったので、わたしはできるだけ助けになりたいと願い、この町のあるご婦人の看護をする仕事につきました。父は蒸気船の集まる波止場で労働者の職を得ました。でもまもなく黄熱病にかかって死んでしまいました。それからは、わたしは初めの雇い主の所にとどまり、母も自分の勤め口を見つけました。暑い時期になると、わたしの主人は奥さんを連れて、その季節が終わるまでニューオーリンズを離れたのですが、わたしも一緒に連れていきました。主人たちはミシシッピ河岸のある町に寄り、何週間か、そこにいることにしようと言いました。ある日、主人たちは遠乗りに出かけたのですが、出かけて三十分もしないうちに、二人の男が部屋へ入ってきて、わたしを買ったと、わたしは彼らの奴隷だと言うのです。わたしは縛られて監禁され、その夜、蒸気船に乗せられてヤズー川[*2]を上り、農場の仕事につかされたのです。わたしは黒人の男と親しくなるよう強いられ、彼との間に三人の子を生みました。主人の娘さんが結婚して一年経った頃、わたしはその娘さんに与えられました。娘さんは旦那さんと一緒にこの町に来て、以来、わたしは貸し出されているわけです」

「お気の毒に」とアルシーサはささやいた。「どうして今まで言ってくださらなかったの？」

「怖かったのです」とサロメが答えた。「と言いますのは、一度、見知らぬ方にわたしは生まれつきの奴隷ではないと言ったために、ひどく鞭で打たれたものですから」

モートン氏が帰宅するや、妻は女奴隷から一時間前に聞いた話を伝えた。そしてこの女性が置かれている状況から彼女を救い出すために何かしてやってと懇願した。他の多くの奴隷州と同じくルイジアナ州でも、不当に奴隷の身分に落とされた者が再び自由を取り戻そうとすると、大きな障害が行く手をはばむのである。自由であると主張する者は、自由の権利を証明しなければならない。以下を読めばわかる通り、これが、証拠をさがすという重荷をその奴隷に課すことになるが、十中八九、奴隷がそんな証拠を手に入れるなど自分の力の及ばないことだというのがわかる。もし誰か自由の身の人が、一人の自由民の自由を取り戻す手助けをしようとすれば、一千ドルを出して保証人になることを強いられる。そして自由を主張する者がその事実を立証できなかったら、一千ドルは州に没収される。この残酷で抑圧的な法律のおかげで、多くの自由民が、不当に奴隷とされている人々の主張を擁護できずにいるのだ。モートン氏は調べてみて、サロメが現在の所有者の所で暮らしていた期間に関しては、彼女の言った話は本当だとわかった。

しかし、その所有者はサロメが自由の身だということを否定したばかりか、ただちにモートン家から連れ去ってしまった。サロメがモートン家から連れ去られ、別の家族に貸し出されて三カ月後のことだ。ある朝彼女が戸口の石段を掃除していると、通りかかったある婦人がその姿を見て、以前会ったことのある誰かのような気がした。その婦人は立ち止まって、あなたは奴隷なの、とサロメに訊いた。

「そうです」と彼女は答えた。

「生まれつきの奴隷?」

「いいえ、わたしはドイツで生まれたのです」

「この国に来たときの船の名前は何でした?」と婦人が尋ねた。

「わかりません」というのが答えだった。

「アマゾン号じゃなかった?」この名前の響きに、女奴隷は一瞬沈黙したが、やがてその苦労してやつれた頬に涙がとめどなく流れ落ちた。

「アマゾン号の乗客だったマーシャル夫人に会えば、あなた、わかるかしら?」と婦人が尋ねた。これを聞いてサロメは、描写するより想像した方が良い熱心さでレディをまじまじと見つめていたが、やがて婦人の足もとにくずおれてしまった。その人こそがマーシャル夫人だったのだ。マーシャル夫人はこの哀れな女性と同じ船で大西洋を越えてきたのだ。サロメは同郷の多くの人と同じく、歌が上手だった。そしてしばしば、アマゾン号の船上で、マーシャル夫人やその他の女性乗客を歌で楽しませたのだ。哀れな女性はマーシャル夫人の手で抱き起こされ、ついさきほど掃除していた戸口の階段に座らされた。

「恐ろしい奴隷の生活からあなたを救うために、精一杯のことをやりましょう」と婦人は叫び、ポケットから鉛筆を取り出すと、ドイツ女性が奴隷として働いている通りと家の番号を書き留めた。

何日もかかる長くて退屈な裁判ののち、サロメ・ミラーは生まれつきの自由民だという決定がなされ、彼女は自由の身となった。親切で寛大なアルシーサは裁判を起こすための費用のいくぶんかを寄付し、マーシャル夫人の博愛的な目的を大いに応援した。サロメ・ミラーは自由の身になったが、三人の子供たちはどこにいるのだろうか。彼らはまだ奴隷の身であり、おそらくは奴隷の身で死んでゆくのだろう。[▽1]

読者よ、これは作り話ではないのだ。そう思われるなら、一八四五年から四六年のニューオーリンズの新聞の綴じ込みに目を通されよ。そうすれば、そこで裁判の記録に出合うはずだ。[*3]

原注

＊1　奴隷を借りてその使用料をその奴隷の主人に支払う風習。

＊2　ミシシッピ州北部から始まって、ヴィクスバーグでミシシッピ河に流れ込む川。

＊3　ブラウンはサロメ・ミューラーに関するルイジアナ州の裁判を利用している。彼女は一八四四年に、自由を取り

戻す訴えに敗訴しているが、一八四五年には州の最高裁で勝訴した。裁判についての記事は『ナショナル・アンチ・スレイヴァリ・スタンダード』紙の一八四六年一月一日号に出ている。この事件はエレン&ウィリアム・クラフトの『自由への一千マイルの逃走』(*Running a Thousand Miles for Freedom*, 1860)でも述べられている。【訳者補注　史実ではサロメ・ミューラーだが、小説内ではサロメ・ミラーに換えている】

訳注

▽1　母が自由の身と証明できれば、本来なら子供もその母の身分を受け継ぐはずである。

第十五章　今日は女主人の身でも、明日は奴隷の身

「男の不実の無慈悲さに関する話の
姉妹編を語ろうとお前に約束したね。
さあ、では聞きなさい、どんな無慈悲で不当な待遇が
黒髪の婦人の身に起きたかを[*1]」

コールリッジ

少しの間、クローテルの家に話を戻そう。彼女が寂しくわびしい時間を、愛する子供と二人だけで過ごしていた一方、ホレイショ・グリーンは、男にとってのあの狡猾な敵、酩酊の酒杯に救いを見いだそうとしていた。政治に敗れ、妻の愛に見放され、彼は名誉に関するあらゆる行動基準を失ってしまったようだった。そしてどれほど節操がなかろうと、いかなる破廉恥な行為をもやってしまうところまで落ちていた。ホレイショの妻は、もうクローテルの存在をよく知っており、妻も妻の父も、美しいクァドルーンとその

子供を売って州外に追い払えと要求した。最初、彼はこの提案に耳を貸さなかった。しかし、妻が父親の家に戻ろうとしているのを知り、彼は問題を義父の手に一任することを承諾した。その結果、クローテルはただちに奴隷商人のウォーカーに売られた。数年前に彼女の母と妹を深南部へ連れ去ったあの男である。しかし、夫に屈辱の杯を一滴残らず飲ませたかったのか、グリーン夫人は自分の家へ彼の子供を召し使いとして連れてくることに決めたのである。こうしてメアリはあらん限りのおそろしく卑しい仕事をさせられた。そしてまだ十歳に過ぎないのに、通常ならもっとずっと年上の子供にすら苛酷と思われるような労働をしばしば課せられた。クローテルをウォーカーに売るときの一つの条件は、彼女を州外へ連れ出すことだったので、その通りにされた。深南部で売るべく連れてゆかれるほとんどのクァドルーンの女たちは、自分用として男たちに買われるか、または小間使いとして売られるかである。クローテルは、幸いなことに、妹の場合と同様、小間使いの目的で買われた。ヴィクスバーグの町はミシシッピ河の左岸にあり、奴隷の扱いの厳しいことで知られている。クローテルが商人のジェームズ・フレンチ氏に売られたのはこの町であった。

フレンチ夫人は召し使いたちに対して極度に厳しかった。この家にいる者はすべて、身なりは良いが食べ物はわずかで、酷使されていた。クローテルは、ほんのちょっとこの新しい家にいただけですぐに、自分の置かれた状況がヴァージニア州のときと大きく隔たっているのがわかった。不正義が主要な特徴であるような社会、主人と奴隷という二つの階級に分かれた社会、そんな社会でどんな社会的美徳があり得ようか。深南部の既婚の女たちは一様に夫を不誠実と見なし、クァドルーンの召し使いを皆ライバルと見なしている。クローテルが新しい女主人の所へ来てほんの数日後、彼女はその長い髪を切るように命じられた。黒人は生来、衣装と外観が好きだ。短い縮れ毛の者はいやというほど髪を梳いて油を塗る。長い髪の持ち主はこれを失うくらいなら歯を抜かれるほうを選ぶだろう。クローテルにとってどれほど苦痛だったにせよ、まもなくこの家のどの純血黒人にも劣らぬほど髪を短くした彼女の姿が見られた。

髪を短くしてもクローテルは器量よしだった。彼女はこれまで囲われて暮らしてきたので、今や三十歳に近いというのにまだ美しかった。彼女の短い髪を見て、他の召し使いたちは笑った。

「ミス・クローはあんなに偉そうに気取って歩くこたあないよ、あたしと同じ短いケバ髪のくせして」と、ネルが歯を剥き出したニヤニヤ顔で言った。

「あの長い髪をしてここへ来たときにゃ、自分は白人だと思ってたんだね」とミルが応じた。

「そうとも」とネルが続けた。「奥さまは今日、あの女が髪を結わなくてもすむように切り取らせたのさ」

クローテルの顔色の白さは、他の召し使いたちにも女主人にも同じように羨望の目で見られた。これは奴隷制の苛酷な特徴の一つである。今日は自分の小さな家の女主人であっても、明日はその人生をできるだけ耐え難いものにしてやろうとねらう相手に売られてしまう。そして記憶されねばならないのは、屋内召し使いは奴隷が就ける最高の職場だということだ。アメリカの作家のなかには、イギリスの労働者階級の境遇は合衆国の奴隷に劣らず悪いと、世間に信じさせようとした者がいる。*2

イギリスの労働者は抑圧され、欺かれ、だまし取られ、ごまかされ、飢えてさえいるかもしれない。しかし彼は奴隷制の下でうめき苦しんでいるわけではない。彼が売られることはあり得ない。法律の観点から言えば、彼は首相と平等なのだ。「イギリスの職工たちの抑圧がアメリカの奴隷のそれより悪いと雄弁に宣言し、一方の不正を誇張しながらもう一方の不正は隠すことによって、思慮のない人たちや偏見を持つ人たちの心を奪うのはたやすい。しかし、知識があり思慮深い人々にとっては、イギリスの社会悪のひどさはわかっているが、奴隷制の悪の方が計りしれぬほどさらにひどい」[*3]

とは言え、クローテルが新しい住処で経験した屈辱や厳しい待遇も、彼女が愛する子供と引き離されてこうむった嘆きに比べれば、取るに足らぬことだった。ほとんど一瞬の警告もないまま、自分のもとから連れ去られてしまったので、メアリがどうなったのか彼女は知らなかった。クローテルの心からの深い嘆きに、まもなく主人たちも気がついた。ものを食べようとしないので、彼女が死んでしまうのではないかと恐れた主人たちは彼女を売ることにした。フレンチ氏は、このクァドルーンの女性の買い手を見つけるのになんの苦労もなかった。というのは、こういう女性は通常、もっともよく売れるたぐいの資産なのである。クローテルは家政婦を求めている若い男に、個人的な取引で売られた。だがこの男も、当てがはずれてしまった。

原注

＊1　サミュエル・T・コールリッジの「黒髪のレディの物語への序」（"Introduction to the Tale of the Dark Ladie", 1799）より。

＊2　奴隷制擁護派の作家はいつも、北部やヨーロッパの産業地区における「賃金奴隷制」はプランテーションにおける奴隷制よりずっと悪いと議論した。

＊3　ブラウンは同じような議論を含むたくさんの講演をしているから、おそらく、自分の言葉を自分で引用した一つの例である。たとえば、一八四九年九月二十八日の『解放者《リベレイター》』に掲載されている、同年九月五日にイギリスのサリーにあるクロイデンのレクチャー・ホールで行った演説の写しを参照。

第十六章　牧師の死

カールトンは三十歳くらいだった。若者の最後の域にあって、未婚のまま年配になる人生に入りかけていた。恋愛経験は皆無で、すべての女性を同じように見なしていた。女性の美徳は尊重していたし、女性の心の優しさについてしばしば語るのだが、結婚のことは夢にも考えたことがなかった。彼は最初、ミス・ペックをきれいな若いお嬢さんとして見ていたが、彼女が彼の宗教上の教師となってからは、自分より優れているとわかっている人に対して誰もがするような見方で見るようになった。しかしながら、まもなくわかったことだが、この青年は、自分の魂に対する義務感に目覚めさせ、彼に計りしれぬほどつくしてくれたジョージアナを尊敬し崇めるだけではなく、キューピッドの祭壇にぬかずくことを学んだのだった。彼女と同席するようになって数週間ほど経つと、食卓や、一人で客間にいるときや、ベランダで彼女に会うと、彼は息苦しさを覚え、動悸がし、頭がくらくらするような感じがした。でも理由がわからなかった。

これは愛の最初の段階であった。ペック氏には、カールトンの訪問の結果がどうなるかがわかった。というか、わかったように思えた。そこでできるだけいろいろの誘因を差し出して滞在の延長をはかった。暑い季節が来ようとしており、この北部青年が帰郷を口にし始めたとき、牧師が突然、病に倒れた。病気はコレラで、医者たちもサジを投げた。五時間も経たぬうちにジョン・ペックは亡骸となった。ジョージアナへの愛と、彼女の父親への敬意ゆえに、カールトンは医者が下した命令に違反してはいたが、死んでいく者の病床につき添っていた。その親切さゆえに、若い孤児はこれ以後カールトンを最善の友と見なすようになった。彼は親戚の者たちがコネチカット州から呼び寄せられるまでこの若い女性のそばにとどまるのが自分の義務だと感じていた。葬式がすむと、家族のかかりつけの医者は、ミス・ペックに農場へ行って、田舎でしばらく過ごすようにと忠告し、カールトンにもそばにいてやるようにと忠告した。彼はその通りにした。

牧師が亡くなっても、黒人たちに嘆いている様子はほとんどなかった。カールトンもミス・ペックもこれに気づき、ミス・ペックは少なからず苦痛を覚えた。二人でベランダに座っているとき、カールトンは「連中は恩知らずですね」と言った。

「あの人たち、何に恩義を感じなければいけないのでしょうか?」と彼女は訊いた。

「あなたの父上は親切だったではありませんか」

「ええ、奴隷を所有しているほとんどの人と同じ程度には親切でしたわ。でも黒人に分け与えられたその親切は、白人に与えられたとしたら不親切にあたるのです。そう思われませんか?」

「そうですね」と彼は答えた。

「奴隷の受ける最上の扱いが、自分たちにされても十分良いものでなかったら、奴隷がそれに感謝するべきだなんて考えてはいけませんわ。奴隷制は、どんなに穏やかな良いものであろうと、間違っているということは誰でも知っているのです。これを否定する人は、自分の心を誹謗しているようなものです。試してみればいいのですわ！　耳元で鎖をガチャガチャ鳴らして、お前のためのものだと言ってやればいいのです。妻と子供に、一生奴隷で過ごす覚悟をさせるのに、一時間与えるのです。彼を急かして、家族の首にくびきを、手首に一つなぎの鎖[*1]をかける用意をさせるのです。そうしておいて、彼の青ざめた唇や震える脚をごらんなさい。それが奴隷制に反対する自然な証言ですわ」

「散歩に行きましょう」とカールトンが、話題を変えたかったかのように言った。月はちょうど、梢の向こうに姿を現しかけていた。すぐ近くの雑草のなかでは動物や虫たちが絶え間なくやかましい音楽を奏でていた。ウシガエルのガーガーという鳴き声、昆虫のブンブンという羽音、キジバトのクークーという鳴き声、そしてさまざまな鍵《けん》で調子を定めた無数の楽器から出てくる音が空に響いていた。しかし、これらすべての音ですら、奴隷の一団の歌声をかき消すことはなかった。奴隷たちは冷たい水のわき出る泉のそばに腰を下ろしていた。二人は声の聞こえてくるほうへ進んだ。

　カールトンが「きれいに歌っていますねえ」と感想を述べ、ジョージアナが「ええ」と答えた。「あそこにはサム親方がいるに違いありません。歌や踊りをやっているときは、彼はいつでも近くにいるんですのよ。わたしたちの姿を見せないほうがよろしいわ、さもないと歌うのを止めてしまうでしょうから」

「誰が彼らに歌を作ってやるのです？」と青年が尋ねた。

「ああ、あの人たちは歌いながら自分たちで作っているんですの。どれも即興の歌なんです」

二人はもう歌詞のすべてをはっきり聞き取れるほど近くへ来ていた。果たせるかな、他の連中を圧倒せんばかりにサムの声が聞こえた。歌の結びが来るごとに、「これこそ、おらのための歌だ」とか「そうだ、そうだ」とか言いながら皆が心から笑っていた。

ジョージアナが腰掛けていた丸太から立ち上がりかけると、「待って」とカールトンが言った。「待ってください。今歌っているのを聞きましょう」

その歌はサムが歌い、他の者たちがコーラスで加わっていた。次のようなものだった。

サム

「さあ、兄弟たち、一休みしようや
　月がこうこうと輝いているうちに。
老主人は死んで、やっとわしらから離れ、
　審判を受けに行きなさったのさ。
老主人は死んで、墓に横たわり

わしらはしばらく血を流すのを止めるだろう。
あの方はもう奴隷の首を踏みつけないさ、
　奴隷主連中の行く所へ行きなさったのだから」

コーラス

「シャベルと鍬は壁にかけ
バイオリンと弓を取り出そう、
老主人は行ったよ、奴隷主の休む所へ
奴ら皆の行かねばならぬ所へ行きなさったのさ」

サム

「いつかの晩、医者が言うのを聞いた
　食堂の戸口を通り過ぎたときのことさ
『多分今夜はもつかもしれぬが
　四時には爺さん死ぬだろう』
お嬢さんはわしを迎えにやった、危険を覚悟して、牧師さんに来て祈ってもらおうと。
お嬢さんが言った、『旦那さまは死にそうなの』
で、わしは言ったね、『神様、やっこさんを急がせて』」

「シャベルと……（以下略）」

「明け方四時に、家族が呼ばれたよ、
爺さんの臨終の床のまわりに。
だけど、ああ！　おら、ひそかに笑ったね、
爺さんの魂が飛び去ったと聞いて。
カールトンさんは泣いた、おらも泣くふりした、
若い女主人はほとんど狂わんばかり、
牧師のうめきは天をつんざくばかり、
だけど言っとくが、おら、うれしかった」

「シャベルと……（以下略）」

「おらたち、もうあいつの角笛で起こされない
　もう背中に傷を負わせられることもない
もう綿の種とトウモロコシを食わされることもない
　もうあいつの圧制は終わったんだから。
もうおらたちの子供を木につるし、
　クロコンドル[▽1]に食わせたりしない
もうおらたちの女房をテネシー州に行かせたりしない
　あいつは行っちまったんだから、奴隷主たちの行く所へ」

「シャベルと鍬は壁にかけ
バイオリンと弓を取り出そう、
踊って歌って
森じゅうを響かせようぜ。
バイオリンとバンジョーで」

歌が半分も終わらぬうちに、カールトンは後悔した。若い婦人を引きとめたために、亡くなった父親についての、彼女にとっては不快そのものに違いない非難を聞かせてしまったのだから。

「歩きましょう」と彼は言いながらジョージアナに腕を差し出した。

「いいえ、全部聞きましょう」と彼女が言った。「わたしたちが教訓を学ぶのは、黒人の気持ちの、こういう率直な表現からですわ」

歌が終わったとき、二人は無言で家のほうへ歩いて行った。戸口の石段をのぼりながら青年が言った。

「結局、連中は幸せなんです。お宅の黒人たちのような境遇にある者は、正当な権利を奪われていることにも気づいていませんよ」

「気づいていますとも」とジョージアナが答えた。「奴隷をお好きなように評価することはできますわ。奴隷の感情の源、思考の泉を思いきり干上がらせることもできますわ。ただ働くためにのみ生き、生きるためにのみ働く雄牛のように、奴隷にくびきをかけて労働させることもできます。奴隷としての価値を壊さずに、理性あるその者の品位を落とし、しいたげるいかなる過程をも強いることができます。そういうことはできるのです。でも、自分は生来自由なのだという観念はそういうすべてを越えて存在し続けるでしょう。それは不滅に対する彼の希望と同じたぐいのものです。それは彼の本質の、抑圧のおよばない空気のような部分です。それは神の手によって彼の魂に灯されたたいまつであって、人の手で消すことはできないようになっているんですわ」

客間に入ったとき、二人はろうそくの芯を切っているサムに気づいた。まるで人生で一度も歌ったり笑ったりしたことがないかのように厳粛で威厳のある様子だった。

「ミス・ジョージー、もう夕食になさいますか」とこの黒人は訊いた。

「ええ」と彼女は答えた。カールトンは「ううむ」とうなった。「まいったな、こんなのは見たことがない。僕らが聞いたのは確かにサムの歌だったんでしょう?」

「確かですわ」というのが答えだった。

「あいつがこれほど人を欺けるとは信じられなかった」とカールトンは続けた。

「奴隷制という制度も欺瞞の一つなんですわ。ほら、サムはいつだって善良な物知りに過ぎなかったでしょう。ところが奴隷仲間に交じれば、ごらんのように正直な男なんです。もっと正直にさせたかったら、彼らに自由を与えるべきなんですわ。そうすれば不正直になる原因はなくなるんですもの。あの人たちを皆自由にしてやろうと、わたし、決めました」

「ほんとうですか!」とカールトンが叫んだ。

「ええ、わたし、皆を解放します。そして周囲の人々のお手本になりましょう」

「あなたの判断を尊重しますよ」と彼は言った。「でも、この州は彼らがとどまることを許可するでしょうか?[*2]」

「だめだというなら、自由に暮らせる所へ行けばいいんですわ。わたしは州が不正なことをするからと言って自分もそうはなりません」

原注

＊1　ひとつなぎの列にするために奴隷をしばり合わせる鎖。

＊2　集団的解放を防ぐために、ほとんどの奴隷州は、このような状況で解放された奴隷は非奴隷州へ移住しなければならないという法的または事実上の要求をした。

訳注

▽1　腐肉を食べる米国南部産の鳥。

第十七章　復讐

「わたしは夢を見た、幸せな夢だった
　わたしは自分が自由だと思った
　再び、わたしの輝く土地にいて、
　　わたしのための家があるのだと思った」

ホレイショ・グリーンは、クローテルの娘である彼自身の子供が召し使いとして自分の家に連れてこられたのを見て、このうえなく深い屈辱を覚えた。彼の妻は、自分が欺かれていたと思い、自分を欺いた張本人を罰する決意をしたのだ。最初、メアリは台所で働かされた。そこでは、彼女の顔色の白さのため、他の奴隷たちからほとんど同情を得られなかった。その子が色白なので、どうしたら他の黒人たちと同じように見せられるかというのが、グリーン夫人の問題だった。とうとう彼女はある計画を思いついた。家の裏手には庭があり、グリーン夫人は居間の窓からその庭を見渡すことができた。色白の奴隷娘は頭に帽子もハンカチーフもかぶらずにここで働かされたのだ。むきだしの顔や首に、暑い太陽が灼熱の光を浴びせたので、とうとうメアリは庭の片隅にくずれるように座り込み、事実上、日にあぶられながら眠ってしまった。

「あの小さな黒ん坊《ニガー》はちっとも働きませんよ、奥さま」とダイナが、台所に入ってきたグリーン夫人に言った。

「あの子は日なたで寝ながら自分を慣らしているのさ。そのうちにもっと働くようになるわよ」と女主人は答えた。

「ああいう白い黒ん坊《ニガー》は、いつだって自分たちは白人衆と同等みたいに思っているんですよ」とその料理人は続けた。

「そうね。でももっとちゃんと仕込んでやろうじゃないの？　ダイナ」

「そうしましょう、奥さま。あたしゃあの手のムラートの黒ん坊《ニガー》はどうも好きじゃないですよ。いつだって自分たちは大事な仕事に向いてると主張したがるんだから」

料理人は黒かった。そして南部諸州の白人たちと同じように黒人たちの間に存在するあの偏見を持っていた。太陽は望み通りの効果をもたらした。というのは、一週間もしないうちにメアリの白さは消えて、庭を走りまわっている他のムラートの子供たちに比べ、ほんのわずかばかり色が薄いだけになったのだ。だが、単なるその子の顔色の白さ以上に、父と子が非常によく似ていたことが、女主人をいら立たせた。

ホレイショは何度となくその少女を手放すことを提案した。というのは、その子の顔を見るたび、自分がクローテルと過ごしたしあわせな日々が思い出されたからである。しかし妻は冷酷で残忍きわまる計画をすでに始め、それを遂行する決意をしていた。この子は単に色が白いというだけでなく、トマス・ジェファソンの孫娘であった。その人は、ヴァージニア州議会で奴隷制に反対の意見を述べ、次のように語った。

「主人と奴隷の間に交わされるのは、このうえなく荒々しい感情の爆発だけである。一方に決して衰えることのない絶対的支配、他方に屈辱的な服従があるだけなのだ。このように市民の半数に、他の半数の権利を踏みにじることを許し、一方を暴君に他方を敵に変え、一方の道義心と他方のアモール・パトリエ[*1]を破壊している政治家は、いかなる呪いを負うべきであろうか！　というのも、もし奴隷がこの世で国を持つことができるなら、彼が選ぶのは、他者のために生きて労働をすべく生まれてくるような国であろうはずはないのだ。自分の生来の能力を封じ込めねばならず、個人の努力に依存する限り人類の消滅に貢献しなければならず、無限に続く後世の世代に同じ悲惨な境遇を課さねばならぬそんな国であろうはずはないのだ。そして、わたしたちが唯一の堅い原則、すなわち人々の心のなかにある、自由とは神の贈り物であり、神の怒りによる以外、侵されることはないのだという確信を除いてしまったなら、国民の自由は安全だと考えられるだろうか？　神は公正であり、神の正義が永久に眠っているはずはない。数と気質と自然の手段だけを考慮しても、運命の歯車の回転、境遇の交替が起こり得るだろうし、超自然の力の介入によってそれが起こるかもしれないのだ。そう考えるとわたしは、ほんとうに、我が国のために身の震える思いがする！　そのような抗争になったとき、全能の神はわたしたちの味方になるような特質を持ってはおられない。

・・・・・・・・・・・・

人間とはなんと不可解なものだろう！　自分自身の自由を擁護するためなら労役、飢饉、鞭打ち、監禁、死そのものにも耐えるのに、次の瞬間、試練の間その力が自分を支えてくれたあらゆる動機に耳を閉ざし、同じ人間仲間に束縛を課すことができるのだから。その束縛の一時間は、彼が反抗して立ち上がった何年にもわたる束縛よりももっと多くの悲惨さに満ちているというのに！　しかしわたしたちは忍耐して、君臨する摂理の働きを待ち、摂理がこれらの苦しむ兄弟たちを救い出す準備をしているのだと望まねばならない。彼らの涙の器がいっぱいに満ち――彼らの涙が暗闇のなかで天そのものを巻き込んだとき――疑いなく、正義の神は彼らの悲嘆に目覚め、抑圧者たちに啓蒙の光と寛容の精神を行き渡らせることにより、あるいはついに皆殺しの雷を落とすことにより、この世のことに対するご自分の注意を明らかにし、彼らが見通しのない宿命の導きに任されているのではないことを明らかにされるであろう」*2

この同じ人物は、奴隷がいつの日か、革命によって自由を得ようとするかもしれない可能性について語り、こう言ったのだ。

「神は公正であり、神の正義は永久に眠っているはずがないと考えると、我が国のためにわたしは身の震える思いがする。そのような闘争において、全能の神はわたしたちの味方をするような特質は持っておられない[*3]」

しかし、悲しいかな、自由を擁護して高潔な言葉を口にしながら、自分自身の子供が奴隷のまま死ぬにまかせたアメリカの政治家は、ジェファソン一人だけではない。

原注

＊1　生まれた国に対する愛。

＊2　最初の一節はトマス・ジェファソンの『ヴァージニア州に関する覚書』(*Notes on the State of Virginia*, 1785)より。二番目の一節は彼の『観察記録』(“Observation”, 1786)より。

＊3　ジェファソンの『ヴァージニア州に関する覚書』より。

第十八章　解放者

「我々は以下に述べる真理を自明の理とする。すなわち、すべての人間は生まれながらにして自由、平等であること。奪うことのできない一定の権利を創造主より授けられていること。その権利のなかに、生命、自由、そして幸福の追求が含まれること」

『アメリカ独立宣言』

牧師の死は、彼の奴隷たちの生涯における新しい時代の幕開けとなった。ジョージアナは父の所有地の唯一人の相続人であったが、やっと十八歳を越えたばかりの年齢であったため、奴隷に関して自分の願いを実現できるとは思っていなかった。遠い親戚たちもおり、彼らの意見は少なくとも尊重しなければならない。それにこの州の法律や世論は、彼女が採りたいと思う解放の手段にことごとく反対していた。ただ、奴隷たちをリベリア[*1]へ送るとなれば、おそらく許されたかもしれないが。コネチカット州に住む伯父にはすでに手紙を書き、こちらに来て所有地の問題に決着をつけるべく手を貸してほしいと伝えてあった。伯父は北部人であったが、締まり屋のヤンキーだったから、相談すれば奴隷解放に反対するのはわかりきっていた。しかし、ことが可能になる方法が一つだけあった。彼女はカールトンを愛していたし、彼が自分を愛してくれていることもよくわかっていた。だが彼は自身の願いを口に出さなかった。それにはいくつかの理由があったのだ。会うたびに彼の顔にそれが読み取れた。まず第一に、彼女の父親が亡くなったばかりであり、しばらく時間をおいたほうがいいと思われた。それにカールトンは貧しかったが、ジョージアナは大きな財産を所有していた。したがって彼の誇りが、いっときとは言え、自分を財産目当てと見なされかねない立場に置くことを許さなかったのだ。若い娘は、精一杯がんばって、未来の展望をほのめかしたのだが、効を奏さなかった。彼はそれを自分のこととは受け取らなかった。確かに、彼女は「女性の権利」についてたくさん読んでいた。北部にいるときには、女性に対する不当な扱い[*2]について論議するために招集された会合に出席したことさえあった。それでも彼女は、カールトンに自ら問うほどの勇気はふるい起こせなかった。断られることはないと確信してはいたが。彼女は待った。が、むだだった。とうとうある晩、かなり遅い時間に、彼女は自分の部屋から出てきて、新鮮な空気を吸おうとベランダを歩いていた。カールトンの部屋の近くを通りかかったとき、サムの声が聞こえた。この黒人は青年のブーツを受け取るために部屋に入り、いつものように少し世間話をするためにとどまっていたところだった。サムは言った。「カールトンの旦那とミス・ジョージーが結婚してくださりゃいいのに。そうなりゃ皆が楽しく過ごせると思うんだが」

「君の女主人は僕と結婚してくれないと思うよ」と青年が答えた。

「なんでそう思うんですかい、カールトンの旦那?」

「あの方は誰とも結婚なんてなさらないだろうよ、サム。愛しているのでなければ」

「そんならあの方があなたさまを愛してくださるといいのに。だってそうなりゃ皆が楽しく暮らせると思うもんね。おいらたち皆、同じ思いでいるですよ」と黒人は応じ、それからブーツを両手に抱えて部屋を出た。アングロサクソン人とアフリカ人との間で交わされた会話のなかで、前者の口からもれた一言が、その夜じゅう若い女性につきまとって離れなかった——「あの方は誰とも結婚なんてなさらないだろうよ、愛しているのでなければ」


その言葉は、朝になると彼女を目覚めさせ、この重大な問題に決意を下させた。愛と義務とが女性の内気な性質に打ち勝ち、その日、ジョージアナはカールトンにいつでも喜んで彼の妻になるつもりだと伝えた。青年は感謝の涙を浮かべ、自分に差し出された手を取って口づけした。カールトンとミス・ペックの結婚は屋内の召し使いたちにも農場の黒人たちにも歓呼をもって迎えられた。プランテーションにおける奴隷たちの労働と一般的な扱いに関する新しい規則がただちに宣告された。これにより、監督のハックルビーは自分の支配が終わったと悟った。ドイツ系の説教師スナイダーは、自分がとりしきってきた礼拝はまもなくいらなくなるだろうと感じた。というのも、スナイダーが奴隷たちにする説教ほどカールトン夫人の気に障るものはなかったからである。彼女はスナイダーの説教を、来世に対して奴隷たちの備えをさせず、現状にいっそう満足させ、財産としてより価値を上げることを意図したものと見なしていた。カールトン夫人は夫に自分と同じ精神を見いだした。彼は奴隷たちの状況を改善するための彼女のすべての願いと計画に理解を示した。カールトン夫人の認識も同情も、奴隷たちをただちに解放することを望んでいた。ところがそれには難点があると、彼女にはわかった。あるいはわかったと思った。奴隷を解放した場合は、州の外へ送り出さねばならない。もちろんこれには追加の費用がかかる。それに奴隷たちは、この州を出たあとどこへ行けばいいのだろう？

「リベリアへ送ろう」とカールトンが言った。

「どうして自由州やカナダよりアフリカへ行ったほうがいいの？」と妻が尋ねた。

「彼らの生まれた土地に住むことになるから」とカールトンが答えた。

「あの人たちが生まれたのはここじゃないですか。ここの土地に対して、あるいはアメリカ生まれと自らを呼ぶことに対して、黒人たちよりわたしたちのほうが権利があるのでしょうか？　実際、ここがわたしたちの故郷であるのと同じようにあの人たちの故郷でもあるのですし、むしろわたしたち以上にあの人たちのものだとさえ思ったことがありますわ。黒人は土地を切り拓き、町を建設し、自分の血と涙で土地を肥やしてきたんですもの。そのお返しに、何も知らない国に送られるなんて。アメリカの独立のために黒人《ブラック》ほど勇敢に戦った人がありますか？　アタックス[*3]という名の黒人は、独立戦争が勃発したときにボストンで最初に戦死した人です。そしてこの国の自由を求める戦いにはすべて、黒人が貢献しているのです。

大英帝国とのこの前の戦争[*4]で、ニューオーリンズでこの国が勝利を挙げたのは、主にあの土地の黒人《ブラック》たちのおかげなんですわ。総司令官だったジャクソン将軍だって、戦争の終結時に黒人たちを呼び集めてこんなふうに挨拶なさったんですのよ。

『兵士諸君！――モーバイル川の堤で君たちに白人同胞の危難と栄光に加わるように誘い、武器を取れと呼びかけたとき、わたしは君たちに多くを期待していた。と言うのも、わたしは君たちが、侵略してくる敵にとってもっとも手ごわい資質を持っていることを知らないわけではなかったからだ。君たちがどれほど不屈の精神で従軍中の飢えと渇き、あらゆる疲労に耐えることができるか、わたしはわかっていた。君たちが生まれた国をどれほど愛しているか、よくわかっていた。君たちがわたしたちと同じように、男がもっとも大切に思うもの――両親、妻、子供たち、そして財産を守らねばならないのだということがわかっていた。君たちはわたしが期待した以上の働きをしてくれた。君たちが持っていると前から知っていた資質に加え、わたしは君たちが偉業の達成を導く高貴なる熱誠を持っていることに気づいた。

　兵士諸君！　危機に際したときの君たちの行為がどれほど称賛に値するものであったかを合衆国大統領にお伝えしよう。アメリカ国民の代表者たちは君たちの英雄的行為が君たちに当然受ける権利のある称賛を与えることだろう。君たちの将軍は、彼らに先んじて、君たちの高貴なる熱情に拍手を送る』[*5]

それなのにこの高貴な男たちはその勇気や英雄的精神のお返しに何を受け取ったというのでしょうか。鎖と奴隷制です。彼らの良き行動は彼ら自身の記憶のなかでのみ崇められてきました。危険な招集にこれほどすばやく反応してかけつけた人々が他にいたでしょうか？　あの危険なとき、わたしたちの故郷が戦争の恐怖に脅かされたとき、侵略を撃退するのに手を貸せと黒人に頼むことを恥だと思わなかったのなら、危険の去った今、どうしてわたしたちは彼の生まれ故郷に家を持ってはいけないなんて言うのでしょう？」

「なるほど」とカールトンが言った。「君の言う通りだ。だが他の人たちに君の考えを受け入れてもらうよう説得するのは難しいだろう」

「お手本を示しましょうよ」と彼女が答えた。「そして最善を望みましょう。南部の州の人たちはいつの日か、間違いに気づくだろうと、わたし感じますもの。自由は常にわたしたちの標語でしたわ、口先の公言に関する限りでは。全国的に見れば、わたしたちに共通の人間性ほど俗悪化されてしまったものは他にありませんわ。この国でなされた法律や暴力による不正を人数分で割って、割り切れた量を各自皆が持つとしたら、北部の現在自由な人たちの多くは自己防衛のために自殺したいと思うでしょうし、エジプトのアリ・パシャ[*6]が臣下に授けた特典を得ようとしたくなるでしょう。血を流して押し潰されているあらゆる肌色のアメリカの同胞たちのために、非人道的な行為が認められていると思われるすべての新しい法令や習慣やならわしを、それらの不正や残酷さを、もうとっくに、わたしたちは吟味していなければならなかったのですわ。それらは偉大な人類の法廷の前で有罪を宣告されるべきだったのに、ずっと紋章で飾り立てられていたのです。そして新しい法令、習慣、ならわしが持つ、抑圧された人々の救出、解放、向上に役立つ良き力を、人類再生のために暗がりから輝き出させるべきだったのです」

カールトン夫妻は、即時解放が奴隷の権利であり主人の義務であると思ったが、それを果たすと同時に、自由に向けて備えをする時間を黒人に与えるため、徐々に解放する方式を採ることにした。ある朝、ハックルビーはもう仕事をしなくていいと言い渡された。九十八人の黒人たちは一堂に呼び集められ、もう鞭はふるわれないこと、生産した綿花の一梱ごとに一定額の金を与えられることが宣言された。屋内に連れてこられる前はずっと綿花畑で働いていた経験があり、なんでもよく知っているというので、当然ポプラ農場の黒人たちのリーダー的存在であったサムが、束ね役に任じられた。また、黒人たちの稼いだ金は帳簿の貸方に記入されること、そしてそれが一定の額までたまったら彼らは皆自由になるはずだということが説明された。この知らせを受けたときの奴隷たちの喜びは、彼らの恩人の与えてくれた恩恵に対する感謝に満ちた言葉で示された。屋内召し使いたちも呼び集められ、彼らに賃金が支払われること、稼いだ額は帳簿の貸方に記入され、彼らもまた自由になれることが告げられた。次はレンガ積み職工たちだった。職工は八人おり、彼らは主人に一日二ドルを払って、衣食を自分でまかなっていた。彼らとは契約が結ばれ、その契約によると、彼らの稼いだ金は彼らの貸方になるのだった。彼らも、一定額がたまったら自由になるはずであった。これらすべての人々の間に起きた変化は実に大きなものだった。時を経ずして、レンガ積み職工たちの勤勉ぶりは多くの人々に注目された。明らかに彼らはもう前と同じ連中ではなかった。落ち着いた態度、注意、節約、勤勉が彼らを支配し、体力を別にすれば、それらに限界はないように見えた。彼らは決して労働に飽きることがなく、いくらやっても不足があるみたいであった。彼らは穏健で道徳的、敬虔になり、罪も害もない暮らしぶりの模範を周囲に示し、皆それを見て賛嘆した。同じ仕事で四十人近い奴隷たちを働かせているパーカー氏は、この黒人たちの働きぶりに引きつけられた。新しい方式を始めてから数週後のこと、パーカー氏はカールトン氏を訪れ、職工たちの頭格《かしら》であるジムを二千ドルで売ってくれと持ちかけた。申し出はもちろん、断られた。二、三日後、この同じ紳士はまたやってきて、以前に持ちかけた値の二倍を申し出た。パーカー氏は、いくら金を出してもその黒人たちを買えないと知って、こう訊いた。

「じゃあカールトンさん、お宅の黒人たちがあんなに働くのはなぜなのか教えてくださいよ。あれは一体どういう奴らなんだ?」

「そうですねえ」とカールトンは答えた。「他の人たちと同じように肉と血でできていると思いますがね」

「それがだ、君」と、パーカーが続けた。「わしはあんなのって見たことがない。奴ら、うちの隣で建築仕事をしているから、わしは朝から晩まで目を離さずに見てる。君は一度もあそこに来てない。あの建物で君に会ったことも姿を見かけたこともないからな。それがだ、君。わしは早起きでな、夜明け前に起きるんだ。ところが毎朝決まって、奴らが仕事をするコテの音で目が覚めるんだ。夜明け前から歌ったりなんかしてる。それにな、日が沈んだら奴ら仕事を止めて帰ると思うかね。いやいや。奴ら、レンガを積む手もとが見えている限り働く。それからその後一、二時間かけて翌朝の仕事に備えてレンガやモルタルをそばへ運んでおくんだ。それにな、奴らが仕事に来るとき、歩いて来ると思うかね。いやいや。奴ら、一日じゅう走ってるんだ。ほら、あのものすごく長いハシゴがあるだろう。五階くらいの高さの。そのハシゴを歩いて上ると思うかね。いやいや。一日じゅう、猿みたいに走って上がり下りしてるんだ。あんなのってこれまで見たことないやね。何が奴らをあんなふうにしているのかわからない。そばに白人がいて頭の上で鞭をふるっているなら、ああして走るのも休まず働くのもうなずけるさ。だがわからないな。何かあるんだ。大した男だよ、あのジムは。大した男だ。あいつが欲しいな」

　ここでカールトンは彼らの自由は仕事にかかっているのだということをパーカーに教えた。するとパーカーは「自由を約束されてあれだけ黒ん坊《ニガー》たちが働けるなら、その約束がなくても当然働かされるべきだ」と答えた。これは奴隷所有者の本音であり、次のような事実を思い起こさせる。数年前のことだが、ウェイド・ハンプトン将軍[*7]の所の監督が、支配下の黒ん坊《ニガー》たちに、一日で一番たくさん綿花を摘んだ者に与えると言って一揃いの衣服を差し出した。そしてその後、その日になされた仕事量が、そのプランテーションの奴隷たちの仕事量として定められた。しばらくすると、その仕事量が他の農園主たちにも採用されたのである。

「サム親方」の束ねていた農場の黒人たちも、周囲の農園主たちの注意を引く働きぶりを見せていた。彼らはもうハックルビーの鞭を恐れず、スナイダーの説教を聞きながら居眠りをすることもなかった。安息日にはカールトン夫妻が聖書を読んで彼らに説明した。奴隷たちの払う深い注意は、福音が純粋な状態で与えられるときに彼らが評価するのだということをはっきり示していた。黄熱病でカーラーが亡くなったことは、カールトン夫人にとって打撃であった。というは、彼女はカーラーをとても愛するようになっていただけでなく、彼女の不遇の身の上話を、胸を痛めながら関心を持って聞いたことがあり、ニューオーリンズにいる娘の所へ返してやれるかもしれないと思っていたからであった。

原注

＊1　アメリカ植民地協《コロナイゼーション・ソサイエティ》会は一八二〇年代の初めに自由黒人のふさわしい「故郷」として西アフリカにこの植民地を作った。

＊2　最初の女性の権利集会は一八四八年、ニューヨークのセネカ・フォールズで開かれた。

＊3　一七七〇年三月五日、マサチューセッツ州フラミンガムで奴隷制から逃れたクリスパス・アタックス（一七二三―七〇）はボストンにおけるイギリス軍の存在に抗議する一団を率いた。イギリス兵士たちは群衆に向けて発砲し、アタックスと他の四人を殺害した。アタックスの勇気と愛国心は一九世紀のアフリカ系アメリカ人によって常に称えら

れた。

＊4　一八一二年の戦争。

＊5　この有名な一八一五年の戦闘で黒人部隊に向けられたアンドルー・ジャクソンの演説（一八一四年十二月十八日）より。

＊6　オットマン帝国の一地方の専制軍治総督として知られるアリ・パシャ（一七四四?―一八二二）はフランスと戦い、イギリスと一八一四年に同盟を結び、結局トルコのスパイに暗殺された。

＊7　著名なサウスカロライナ州の奴隷所有者ウェイド・ハンプトン（一八一八―一九〇二）は六つのプランテーションに九百人以上の奴隷を抱えていた。

第十九章　クローテルの逃亡

「足かせがわたしの疲れた魂をいらだたせた――
　投げ捨てられたような魂だったけれど。
わたしは暴君の卑劣な支配をはねつけ、
　ついに決意した、勇敢に行動することを」[*1]

合衆国における逃亡奴隷たちの間で起こったような、危難と抑圧からの脱出にかかわる、かくも多くの英雄的行為を、これほど短期間のうちに生み出した国は他にない。彼らの多くがこの束縛の地から脱出する努力には並々ならぬ賢明さがうかがえる。ある日、一人の奴隷が本街道を通って、ヴァージニア州内陸部の州境の町からオハイオ河に向かっていた。頭に帽子もかぶらず、上着も着ていなかった。まるまると肥った豚に前を歩かせていて、誰の目にも近くの農場で雇われている労働者のように見えた。「奴隷州では用事で近所を歩くとき以外、いかなる黒人も主人からもらった通行証を身につけずに自由に動くことは許されない」のだ。彼が緑色の日よけのついた白い家を通り過ぎたとき、白人がこの奴隷に「どこに住んでいるんだね、お前は」と尋ねた。

「すぐこの先です、旦那」というのが答えだった。

「みごとな豚だね」

「ええ、旦那。うちのご主人は乳離れしたこいつがとっても好きなんですよ」

そして黒人はまるで先を急いでいるように豚を追い立てて行った。こんなふうにして彼と豚はオハイオ河に到着するまで、五十マイル以上も旅を続けた。河に着くや、これを渡り、豚は売られた。そして九日後、逃亡奴隷はナイアガラ川[*2]を越え、生まれて初めて自由の空気を吸ったのである。同じ街道で、二、三週間後、二人の奴隷の通っていくのが見られた。一人は馬に乗り、その前を両腕をきつく縛られたもう一人が歩いていた。長い綱が、歩いている男から馬上の男へのびていた。

「おやまあ、そいつは逃亡した悪党だね？」と街道で出会った農夫が言った。

「ええ、旦那。こいつは逃げていたんだが、おいらがしっかり捕まえたんですよ。ご主人の手に渡したら、背中の皮をたっぷりなめしてやんなさるでしょう」

「お前は信頼できる奴らしいな」と農夫は続けた。

「そうですとも、旦那。ご主人はおいらをすっごく信頼しておいでだ」

そうやってその奴隷たちは旅を続けた。歩いているほうの男が疲れると、二人は交代し、もう一人のほうが縛られて徒歩で追い立てられるのだった。これを彼らは「乗りと縛り」と呼んだ。二百マイル以上旅をした後、オハイオ河[*3]に到着すると彼らは馬を放してうちへ戻れと命じ、さらにカナダへと歩を進めた。しかしながらすべてが思い通りにいくわけではなかった。自由州には、特に奴隷州に隣接する州には、報酬目当てに逃亡奴隷を捕まえ、連れ戻すことで生計を立てている男たちがいる。今述べたその二人の奴隷が、北極星に導かれて自由の地をめざして旅を続けていたとき、このような奴隷捕獲人の四人に襲われた。そして不運なことに、一人が捕まってしまった。もう一人は逃げた。囚われの逃亡者は拷問を受け、所有者の名前と住所を言えと強要された。人さらいどもは大喜びで、生け贄を連れて引き返し始めた。たんまりごほうびをもらえるという見込みで有頂天になった彼らは、三日目の晩、快楽に身をまかせてしまった。彼らは宿屋に泊まった。黒人は捕獲人たちと同じ部屋の寝台の柱に鎖でつながれていた。真夜中、すべてが寝静まった頃、奴隷は横たわっていた床から身を起こし、辺りを見回し、白人たちがぐっすり眠っているのを見た。ブランディ・パンチの効き目が現れていた。彼は心臓をどきどきさせ、手足を震わせながら自分の形勢を観察した。ドアはしっかり閉まっていたが、気候が暖かいので彼らはやむなく窓を開け放していた。鎖さえはずせれば、窓からベランダへ脱け出し、ベランダを支えている柱をつたって地面へ降りることができるかもしれない。眠っている男の衣服が寝台の脇の椅子の上にかけてあった。奴隷は南京錠の鍵がないかと思い、衣服のポケットをさぐると、それが見つかった。鎖はすぐにはずれた。黒人はこっそりと窓のほうへしのんで行った。そこで立ち止まり、こう思った。「この連中は悪漢だ。俺と同じように自由になろうとしている者皆の敵だ。だったらこいつらに教訓を与えてやってもいいじゃないか?」そして彼は自分の服を脱ぎ、男たちの一人の衣類を取って身につけ、窓から脱け出した。一瞬ののちに彼はカナダへ向かう街道に出ていた。その十五日後、筆者はこの男にエリー湖を渡らせ、英国女王陛下[*4]の領地に無事に入るのを見届けた。

我々は、クローテルがヴィクスバーグのフレンチ氏の所に売られ、髪を短く刈られ、召し使いであることを思い知らされるあらゆることをされるのを見た。それから彼女が嘆きのあまり死ぬのではないかと所有者たちが恐れたために、彼女が再び売られるのを見た。今のところ彼女の新しい買い手はいんぎんな優しさで彼女を扱い、お世辞を言ったり贈り物をしたりして彼女の気を引こうとしていた。何を与えようと、またとり返せるとわかっていたからだ。でも彼女はいつなんどき場面が変わるかもしれないと脅え、足音がする度に震えていた。新しい主人と話す度に、クローテルは自分はヴァージニアに夫を残してきているので別の夫を持つことなど決して考えられないと頑《かたくな》に言い張った。主人が彼女のために買った鎖つきの金時計などのきらきらした贈り物はどれも、自分にとってなんの価値もないと言わんばかりに脇にのけられていた。同じ家に、もう一人、男の召し使いがいて、彼はときどきよそへ貸し出されていた。ウィリアムという名前のその男はクローテルに同情していた。というのは彼も、彼女と同じように、いとしい親族から引き離されていたからだ。それでしばしばこの気の毒な女性を慰めようとした。ある日、このクァドルーンの女性は自分の髪がまた伸びてきているようだと、彼に言った。

「そうだね」とウィリアムが答えた。「短い髪をしているとあんたは男みたいに見えるよ」

「まあ、そう」と彼女は答えた。「わたし、女よりも男になった方が見栄えがするってよく言われてきたの。お金があれば」と彼女は続けた。「ここＬおさらばできるのに」

一瞬のちに彼女は言い過ぎたのではないかと恐れ、ほほ笑みながら加えた。「わたしっていつもばかなことを言うのね」

ウィリアムは背丈のある、肥った黒人で、その顔には知性が輝いていた。職工だった彼は仕事に励んでいたので、所有者に払う以上の額を稼いでいた。彼は金を貯めていつの日か自分の自由を買うのだという希望を抱き、これをとっておいた。箱のなかにすでに百五十ドル貯まっていた。彼は他人の身になって感じることのできる心の持ち主だった。クローテルが身の上を語るのを聞いて、何度も何度も涙をぬぐった。

「少しの金があればこの人が自由の身になれるのなら、俺の持っているものを与えたっていいではないか」と思い、そうしようと決心した。一時間後、彼はクァドルーンの部屋に入ってきて彼女のひざに金を置き、こう言った。

「さあ、クローテルさん、あんたは手段があればこの場所を去ると言っただろう。これだけあればイギリスに行けるし、行けば自由になれる。あんたはたいがいの南部の白人の女たちよりずっと色白だ。自由な身の白人婦人としてあっさり通るさ」

最初クローテルは、これは所有者に対する忠誠を試そうとしてこの黒人が仕組んだ計略かもしれないと恐れた。しかしすぐにその熱心な態度や、感情のこもった話し方から、彼が誠実な男であると確信した。「そのお金をいただくには一つだけ条件があります」と彼女は言った。「つまり、自分だけでなくあなたの自由も達成するという条件」

「どうしたらそんなことができるんだ?」と彼は訊いた。

「わたしが紳士に変装して、あなたが召し使いに変装するのよ。そして二人して蒸気船に乗り、シンシナティへ行き、そこからカナダへ行くの」

ここでウィリアムはその計画にいくつかの異議を唱えた。彼は見破られるのを恐れた。それにひとたび奴隷が逃亡中に捕まえられて戻されると、以前にも増してひどい扱いを受けることをよく知っていた。しかしクローテルは、彼が自分の役割さえ演じれば計画はうまく行くと納得させた。[*5]

決心は固まり、彼女の変装用の衣服も手に入り、夜までに出発の準備はすべてととのった。その晩、彼らの主人であるクーパー氏はパーティに出席することになっており、彼らにとっては好都合だった。ウィリアムは船を探しに波止場へ行き、船着き場へ着くか着かぬかのうちに蒸気船が蒸気を吹き出す音が聞こえた。彼は引き返してこのことを伝えた。クローテルはすでにトランクをつめてあり、あとは服を着替えるだけですべて用意ができていた。一時間も経たぬうちに二人は乗船していた。「ミスター・ジョンソン」という偽名を使って、クローテルは事務室へ行き、自分用に個室の特別室をとり、自分と召し使いの船賃を払った。彼女は黒いきちんとしたスーツを着た上に、まるで病人のように白い絹のハンカチをあごの辺りに巻いていた。目は緑色のメガネで隠していた。あまりいろいろ話しかけられると見破られるのではないかと思い、彼女はひどく身体の具合が悪いふりをしていた。一方、ウィリアムは召し使い用の広間で自分の役割をうまく演じていた。彼は大きな声で自分の主人の裕福さを吹聴していた。この船には何ひとつご主人のみごとな館のものと比べられるものがない、と言いたげな様子だった。

「こういう蒸気船はどうも好きになれん」とウィリアムは言った。「今度旦那さまが旅をなさるときにゃ馬車にしてもらいたいもんだ」

　ジョンソン氏は（というのは、今やクローテルはその名で通っていたから）できるだけ他の人々との会話を避けるために部屋に引きこもっていた。七日間の船旅ののち、彼らはルイヴィルに到着し、ガフというホテル[6]に宿泊した。彼らはここで北部に向かう別の船が出るまで待たなくてはならなかった。彼らは今やきわめて危険な状況にあった。ここはまだ奴隷州なのだ。そのうえ著名な奴隷所有者であるジョン・C・カルホーン[7]がこのホテルに客として泊まっていた。それに、この場所から北部に向かうという企てに例の問題が引っかかってくるのではないかという恐れもあった。というのは、黒人を同伴している者はすべて、その黒人が逃亡奴隷ではないと証明しなければならないのだ。この点に関する法律はとても厳しいのである。すべての蒸気船その他の公共輸送機関は、それに乗って奴隷が逃げたとなればその都度、その奴隷の値段全額を払わされた上、罰金を課せられるのだ。四時間の遅れののち、ジョンソン氏と召し使いはピッツバーグに向かう蒸気船ルドルフ号に乗った。船が出る前に、奴隷がこっそり乗っていないか確かめるために上級船員が船内をくまなく調べるのはいつものことである。

「お前はどこへ行くのだ？」と船員がウィリアムに尋ねたとき、その船員はこういう場合の義務を遂行していたところだったのだ。

「旦那さまと一緒です」というすばやい返事があった。

「お前の旦那とは誰だね？」

「ジョンソンさまです。船室においでです」

「旦那を事務室にお連れして、何も問題ないことを船長に説明してもらわなければならないよ。さもないとお前はこの船に乗れない」

　ウィリアムは船員に言われたことを主人に告げた。船は出発まぎわであり、一刻もむだにできなかった。しかし彼らはどうして良いかわからなかった。とうとう二人は事務室に行き、ジョンソン氏が船長に向かって言った。

「この召し使いが自分のものだとわたしが保証をしない限り、わたしと一緒に行けないと聞きましたが」

「そうです」と船長が答えた。「それが法律なんです」

「実におかしな法律ですね」とジョンソン氏は答えた。「自分の持ち物を連れて行けないとは」

　数分のやりとりがあり、病気なので遅れたくないというジョンソンからの懇願もあって、彼らはそれ以上もめることもなく乗船を許可され、まもなく船は河を上り始めた。逃亡者たちはもうルビコン川[*8]を越えた。次に彼らが上陸する場所は自由州になるはずだった。クローテルはウィリアムを部屋に呼んで、言った。

「わたしたちはもう自由よ。あなたはカナダへ進めばいいわ。わたしは娘を探しにヴァージニア州へ行きます」

彼女が自由を危険にさらして奴隷州へ行くという宣言は、ウィリアムにとってうれしくない知らせだった。ありったけの弁舌をふるって彼はクローテルにそんなことをすれば見破られるに決まっているし、自由を投げ捨てるだけだと説得しようとした。しかし彼女はすでにあらゆる不利を考慮したうえで、最悪の事態に対しても覚悟を決めていた。彼が出してくれた金へのお返しとして、彼女は彼の自由を確実なものにしてやった。こうして彼らの契約は終わったのだった。

船は速やかに進んで逃亡者たちはシンシナティに到着し、そこで別れた。ウィリアムはカナダへ向かい、クローテルは元の服装に戻って子供を探しに行く準備をした。予想されたことだが、これら二人の貴重な奴隷の逃亡は、ヴィクスバーグに少なからぬ興奮を巻き起こした。逃亡者たちが行ったと思われるあらゆる方面に、広告や伝言が送り出された。しかしながらまもなく、彼らが主人と召し使いとして町を離れたことがわかった。新聞には、変装したその奴隷たちを見たとか、見たふりをする者たちの書いた話がたくさん載った。片や主人、片や召し使いに扮して、逃亡した誰かを捜す態《てい》を装って逃げおおせたのだという話もあった。だがもっとも信憑性のあったのは、たまたまこの逃亡奴隷たちと同じ蒸気船に乗り合わせていた南部のある新聞記者の話であった。それを次に引用しよう。

「昨年の十二月のこと、ある星の明るい夜、わたしは蒸気船ルドルフ号の船室にいた。それはヴィクスバーグの港に停泊しており、ルイヴィルへ向かうことになっていた。わたしは船室内の良い寝台を選べるように早々と乗船しており、新聞を読むのにも飽きたので、次々に入ってくる船客たちの様子を見て楽しんでいた。わたしは人相学を信じているので船客たちの性格をあれこれ推測していた。

二度目の鐘が鳴り、わたしがあくびをしながら時計をポケットに戻したとき、がっしりしたたくましい黒人の召し使いに支えられて船室に入ってきた若い男の様子に注意が引きつけられた。

その男は大きな外套にくるまれていた。顔には白いハンカチで包帯をし、その表情は途方もなく大きなメガネですっかり隠れていた。

落ち着かない様子で隅に座ったとき、その若い男にはどこか不思議で異様な感じがあったので、好奇心にかられ、わたしはまじまじと観察した。

彼は注目されるのを避けたがっているように見え、蒸気船が波止場を離れるか離れないかのうちに、低い女のような声で、自分は病人で早く休まなければならないので寝台に案内してほしいと要求した。名前はジョンソン氏だという。召し使いが呼ばれ、彼は静かに寝かされた。わたしはタイビーの明かりが遠くにかすむまでデッキを歩きまわり、それから寝床に入った。[*9]
わたしは朝日に顔を照らされて目を覚ました。ちょうどセント・ヘレナを通過したところだった。[*10]おだやかな美しい朝で、ほとんどの船客がデッキに出て新鮮な空気を楽しみ、朝食への食欲をかきたてられていた。まもなくジョンソン氏が現れた。前の晩と同じ服装のまま、船の防具の上に静かに座った。

昼の光でよく見る機会を得て、気がついたのだが、彼はほっそりした体格の、見るからに美男の若者で、髪と目は黒く、スペイン系であることを示す浅黒い顔色をしていた。他人から少しでも注目されることが彼には苦痛らしかった。それで好奇心を満たすためにわたしは近くに立っていた召し使いに質問し、次のような情報を得た。

彼の主人は病人だった――長い間、いろいろな病気の合併症に苦しみ、それはミシシッピ州の最高の医師たちの技術をもってしてもどうにもならなかった。今は主に「リューマチズム」で苦しんでおり、ほとんど歩くことも自分の身の回りのしまつもできない。ヴィクスバーグの出身でこれからフィラデルフィアに向かうところであり、そこには有名な医者である伯父がいるので伯父の助けで完全に健康を取り戻すことを望んでいる、というのであった。

無作法でぶっきらぼうな態度で伝えられたこの情報のおかげで、わたしはその病人に同情を覚えた。もっとも、そんなにたくさんの病気に苛まれている人にしては、歩き方が慎重過ぎるような気がしたのだが」

自分を奴隷制から連れ出すという大仕事をしてくれたクローテルに礼を述べたあと、ウィリアムは彼女に別れを告げた。肌色ゆえに自由州に存在する黒人への偏見は、奴隷制の影響以外の何ものでもなく、奴隷制自体の別の形に外ならない。南部のプランテーションから逃亡してきた奴隷ですら、北部に着いたときには、その偏見の大きさと人をひるませるようなその影響に驚かされるのである。ウィリアムは鉄道の駅でスタンダスキー*11へ行く汽車の切符を買おうとしたが、その汽車で行くなら貨物室に乗らなければならないと言われた。

「どうしてです?」とびっくりしてこの黒人は尋ねた。

「黒人専用《ジムクロウ》*12 車輌は一日に一台しか出ないんだ。で、それはもう今朝出てしまったからね」

黒人は「黒人専用《ジムクロウ》」車輌に乗らなければならないのだ。奴隷制はその犠牲者たちが多くの抜け目のなさを学ぶ学校である。そしてウィリアムは頭の良い生徒だった。それ以上の質問はせず、この黒人は一等車輌のひとつに乗って席についた。彼はすぐに見つけられて出ていくように命じられた。この町にこれ以上長居をするのを恐れた彼は、その汽車で行こうと心を決めていた。だから貨物室の荷箱の上に腰をおろした。汽車は時間通りに出発し、すべてはうまくいった。旅が終わりになる直前、車掌がウィリアムに切符をよこせと言った。

「持ってません」というのが答えだった。

「ふむ、じゃあわたしに払ってくれればいい」と車掌が言った。

「いくらです?」と黒人《ブラック》は訊いた。

「二ドルだ」

「客室にいる人たちにはいくら払ってもらうんですか」

「二ドルさ」

「じゃ、最上の車輌にいる人たちと同額を俺に払わせようってんですか」と黒人は訊いた。

「そうだよ」というのが答えだった。

「払いませんよ」と男は返した。

「この黒いならず者めが。お前は代金も払わずに乗れると思っているのか」

「いや、俺はただで乗りたいと言ってるわけじゃない。正しい額を払いたいだけなんだ」

「じゃあ二ドル出せよ。それが正しい額だ」

「いやだね。払うべき額は払うがそれ以上は払いませんぜ」

「おい、おい、黒ん坊《ニガー》、代金を払って終わりにしろ」と車掌は、アメリカ人が黒人に対して見せる以外は決して見せないような態度で言った。

「俺はあんたに二ドル払う気はないんです、それで終わりだ」とウィリアムは言った。

「じゃあな、お前ははるばるここまで貨物室に乗ってきたんだから、一ドル半払え。そしたら行ってもいい」

「そんなことはしません」

「乗ったのに払わないつもりか」

「払いますよ。だが貨物室に乗ってきたのに一ドル半払うつもりはありませんぜ。他の人たちの乗ってる車輌に乗らせてくれたんなら、二ドル払っただろうが」

「お前、どこで育ったんだ？　お前、自分が白人と同じだと思ってるみたいだが」

「俺は自分の権利以外に何も望んじゃいませんよ」

「じゃあ一ドルよこせ。それで見逃してやるよ」

「いやだね、そんなことはしませんよ」

「じゃあ、どうするつもりだ――何も払いたくないってのか」

「いや、全額払いたいですよ」

「全額とはどういう意味だ？」

「貨物の重さ百につきいくらもらってるんですかい」と黒人はディオゲネス[*13]ですら驚かせたであろうような真剣さで尋ねた。

「百につき四分の一ドルだが」と車掌が答えた。

「俺の体重はちょうど百五十ポンドだ」とウィリアムが応じた。「だから八分の三ドル払いましょう」

「たったの三十七セントですまそうってのか」

「これはあんたの決めた額ですよ、旦那。俺は貨物室に乗ってきたんだから、貨物として払うつもりです」

この黒人にもっと払わせようとむだな努力をしたのち、車掌は三十七セントを受け取り、現金帳に「百五十ポンドの貨物代として三十七セント領収」と書きつけた。読者よ、これはつくり話ではないのだ。右に述べた鉄道で実際に起こったことなのである。

国会議員のトマス・コーウィン[*14]は合衆国におけるもっとも色黒の白人の一人である。彼はかつて議会に赴く途中、オハイオ河を渡る蒸気船に乗った。ちょうど夕食どきに乗ったので、彼はすぐさま食堂に入って行き、食卓についた。五人のご婦人を同伴していた一人の紳士がすぐに食卓から離れた。この男性は怒気を含んだ口調で「船長はどこだ?」と叫んだ。まもなく船長が現れたが、その老紳士にコーウィン知事は黒ん坊《ニガー》ではないと納得させるまでにかなり時間がかかった。宿屋の主人とか、公衆を泊める仕事を引き受けている人々が犯す間違いについては、しばしば新聞沙汰になるが、以下に述べるのはその一例である。

今月六日のことだ。ダニエル・ウェブスター議員[*15]とその家族が保養と気晴らしのためにエドガータウン[*16]を訪れた。ホテルに着くと、馬車を降りずに、良い部屋があいているかどうか聞こうとホテルの主人を呼んだ。現れたその高い地位にある男は、この上院議員が話しかけている間にウェブスター氏を観察し、相手が馬車の隅の奥深くに背をもたれて座っていたせいもあり、この旅人の髪や目の黒い容貌を嘆かわしくも誤解して、黒人《カラード・マン》だと思ってしまったらしい。特に、ウェブスター氏の黒人《カラード》の召し使いが二人、外にいたせいもあるのだろう。そこでこの主人は即座に氏とその家族のための部屋はないし、ここで泊めることはできないと宣言し、同時に「あっちのほう」——と指さしながら——の小屋のどれかなら多分泊まる所が見つかるだろうとほのめかした。この男は人を外観でしか見なかったために、自己紹介をしたその客がダニエル・ウェブスターだと気づかなかったか、あるいはそのような人物のことを聞いたこともないほど無知だったと思われる。そして彼は背を向けるや御者に、うちに泊まらせようとして黒人を連れてくるとは驚いた、と口に出したのである。ダニエル・ウェブスターが本物の合衆国上院議員なのだと何度も繰り返し保証されてからようやく、この男は気まずい間違いと、自分と自分のホテルが、際立つ名誉をあやうく取り逃がすところだったことに気づいたのだった。

自由州のほとんどで、黒人《カラード・ピープル》たちは肌の色のために権利を奪われている。オハイオ州の新聞から採った次の光景は、この偏見がどれほどのものかその程度を知るに役立つだろう。

「この前の木曜日はまる一日、あるトマス・ウェストなる人物が**投票できる肌の色**かどうかを明らかにしようとしたこの郡の民事訴訟裁判所の仕事で占められてしまった。というのは、彼の肌の色が正当なものか、髪の縮れが公式に認められるものか、という問題に関して非常に本質的な▽1疑問を抱く人々がいたからである。なんと威厳のある仕事ではないか？　四人の学識のある判事と、四人の舌鋒鋭い弁護士と、十二人のまじめな陪審員、それに何人かはわからないが全部で三十人はいたであろう尊敬すべき証人が、ある深遠にして骨の折れる輝かしい仕事に皆で従事したのだ！　それは税金を払い、道路工事に加わり、勤勉な農夫である一人の男が、オハイオのキリスト教精神に基づく共和制憲法により投票できるよう生まれついているかどうかを明らかにすることであった。そして彼らは賢明に、重々しく、**裁判上**、この男に投票させるべきではないと決めたのだ！　この真実を展開させるためになんと多くの知恵――なんと多くの調査を、要したことか！　ソロモンが夢にも思わなかったこと――異教徒であれユダヤ人であれ、いかなる文明化された国の法廷も考えたことがないことを明らかにする仕事が、北米合衆国オハイオ州コロンビアナ郡の民事訴訟裁判所に任されたのだった。我々の法廷の知恵が、名指しされたような男たち、つまり見た目には白人と思われるほど体質上[▽2]それに近く生まれついた者たちによって出し抜かれないように、わたしは次のようなことを提案したい。すなわち、我々の法廷に**嗅覚力**が付与されること、そしてもしある男が合法的な匂いを吐き出していなければその男には投票させないことを！　これは我々の自由に対するもう一つの防衛手段になるだろう」

　ウィリアムは結局、いわゆる自由州における自由とは現実というよりは名前なのだということがわかった。どの場所へ行こうとも偏見が黒人《カラード・マン》につきまとってくるということがわかった。生ける神をあがめるために建てられた寺院ですら例外ではないのだ。ボストンの市の第一級のバプテスト教会の、家族指定席保持者[*17]に座席を譲渡する際の証書には次のような一節がある。

「これらの贈り物にはもう一つ条件がつく。すなわちこの座席の持ち主(たち)が今後この座席を売ろうと決意した場合は、さしあたり書面にてまず当教会法人の常任委員会に、適正な価格で申し出ること。そしてその委員会は申し出から十日以内に、その価格からまず税金およびその座席に関する未払い分の査定額を引き、その価格で教会法人のためにその座席を買う権利を持つことになる。そしてもし委員会が十日以内に購買を完了しなかった場合、持ち主(たち)は(すべての滞納金を支払ったのちに)いかなる堅実な白人に売ってもいい。ただしこの協定書に含まれる同一の条件にもとづくものとする。またこのような販売の通知は速やかに売り主から書面で委員会の会計係へ提出されねばならない」

ボストンのロウ・ストリート・バプテスト教会がその座席を売却するときの条件とはこのようなものである。この作品の筆者は、その教会にこの黒い顔を見せるだけで、全会衆、牧師、すべての人を逃げ出させることができるのだ。わたしたちはかつて、ハムの子孫のための場所をわけ隔てとっているニューヨークのある教会を訪れたことがある。それは回廊の一郭にあり、鶏小屋のように前面が鉄格子でおおわれ、周囲に黒い境界線が引かれた暗い陰鬱な感じの場所だった。戸口が二つあった。一つの上にはB・M—黒人男性用、もう一つの上にはB・W—黒人女性用と記されていた。

原注

＊1 ブラウン編『反奴隷制のたて琴』のなかのエリーザ・ライト・ジュニア（一八一四—八五）作の詩「キリスト教徒にとっての逃亡奴隷」（"The Fugitive Slave to the Christian"）より。

＊2 エリー湖からオンタリオ湖に流れニューヨークとカナダの境界に沿って流れる川。

＊3 オハイオ河は自由州（オハイオとペンシルヴェニア）と奴隷州（ケンタッキーとヴァージニア）の間の重要な境界線を成している。

＊4 大英帝国の、の意味。【訳者補注　当時はヴィクトリア女王（一八三七年即位）の治世である】

＊5 クローテルとウィリアムの計画は、エレンおよびウィリアム・クラフトの一八四八年の逃亡をモデルとしている。彼らの驚くべき逃亡を最初に報告したのは『解放者』に掲載されたブラウンの手紙である。【訳者補注　『自由への一千マイルの逃走』として、一八六〇年にその体験記が出版された。本書一二七—一二八頁原注＊3参照】

＊6 人気のあったイギリスの禁酒改革家ジョン・バーソロミュー・ガフ（一八一七—八六）に敬意を表して名づけられた多数のホテルの一つ。

＊7 サウスカロライナの政治家であり政治理論家ジョン・C・カルホーン（一七八二—一八五〇）は、南部でもっとも

卓越した州権論の主張者であった。

＊8　紀元前四九年、ローマ元老院の反対をものともせず、ジュリアス・シーザーはポンピーを侵略するためアドリア海に流れ込むルビコン川を渡った（原文ママ）。【訳者補注　正しくは、シーザーがポンペイウス率いる軍を攻撃したのである】ルビコン川を渡るとか越えるとかいう言い方は、くつがえせない大胆な行動をとることを意味するようになった。

＊9　一九世紀の合衆国でもっとも高い灯台の一つであるタイビー灯台からの明かり。この灯台はジョージア海岸に立っていた。

＊10　サウスカロライナの沖合にある島の一つ。

＊11　オハイオ州北部、エリー湖に面した港町。

＊12　顔を黒く塗ったミンストレル・ショウで芸人たちが見せる歌や踊りを指すのに、一八三〇年代に初めて使われた言葉だが、「ジムクロウ」は人種差別を示す形容詞として理解されるようになった。

＊13　ギリシャのキニク学派哲学者ディオゲネス（紀元前四一二？－三二三）は自制の美徳を説いた。

＊14　トマス・コーウィン（一七九四－一八六五）は知事および上院議員を含むたくさんの政治上の役職をオハイオでもっていた。彼はメキシコ戦争を非難し、地域紛争の増加を予言した一八四七年の議会における演説でよく知られていた。

＊15　マサチューセッツ州選出の非常に賛嘆された上院議員であったダニエル・ウェブスター（一七八二－一八五二）は、

一八五〇年の妥協【訳者補注　逃亡奴隷法の強化】を支持したときに多くの奴隷制廃止論者たちと疎遠になった。

＊16　マサチューセッツ州南東沖の島マーサズ・ヴィンヤードにある町。

＊17　教会内の座席やベンチを囲った家族の専用席を借りたり、所有したりしている人々。このシステムは一九世紀の教会に広く普及していた。

訳注

▽1　この形容詞（constitutional）は「憲法上の」という意味にもなる。

▽2　この副詞（constitutionally）には「憲法上」の意味もある。

第二十章　真の民主主義者

「誰が、一瞬たりと辛抱して、見ることができようか？
誇りと悲惨の、
鞭と憲章の、束縛と権利の、
奴隷の黒人《ブラック》と民主的な白人の混合を、
そしてコロンビアの平原を無秩序に統治する
すべてのまだらな政策を。
正しく優しき汝、神よ！　人が汝の前で圧制者の鞭を持ち、
汝から受けし魂を持つ、自らと同じ生きものの監督をし、
しかもあえて完全な自由の自慢をしているとは！」[*1]

トマス・ムーア

自由州で教育を受け、奴隷制の犠牲者であった妻と結婚したヘンリー・モートンは、この制度に強く反対するようになった。彼らの娘たち二人は、十二歳になると北部へ行かされた。そこで教育に磨きをかけ、奴隷州では若い婦人たちが得ることのできない洗練を身につけるためである。彼は公に奴隷制の廃止を唱道したわけではないが、私的な集まりでしばしば、「特異な制度」つまり奴隷制のことを激しく非難して責めるので、不快がられていた。ある晩、パーティで仲間の一人がアメリカの体制の栄光と自由について声高に話しているのを聞き、彼は奴隷制が迅速に廃止されない限り国家は破滅することになろうという意見を述べた。

「自由を自慢しても」と彼は言った。「国外からの敬意を得ることはないでしょう。自由を声高に称賛しても、わたしたちは人類の自由の擁護者とは見なしてもらえないでしょう。わたしたちの行動は、他国の人々から吟味されることでしょう。わたしたちはヨーロッパの専制主義に対してはあれこれと言いますが、我が身をふりかえってみたらいかがなものでしょう。統治者たちが臣下を、単に自分自身だけの意志で治める――抑制されぬ意志から生じた布告や法律を制定し、執行し、それについて統治される側は何も言えず、そのもとでは統治者の意志以外に何の権利もない、そういう政府が専制なのです。専制は統治者の数、あるいは臣下の数によるものではありません。統治者が一人のことも、多数のこともあります。ローマはネロの支配下にあったとき、専制でしたが、三頭政治のときにもそうでした。アテネは三十人の圧制者のもとで専制でした。四百人の圧制者のもとでも、三千人の圧制者のもとでもそうでした[*2]。専制は専制者の数が増すと共に厳しさを増すということが、一般に観察されてきました。責任がより分割され、要求がより増加するからです。三頭政治の統治者たちはそれぞれが犠牲者を求めました。圧制者に比べて臣下の数が少なければ少ないほど、抑圧はいっそう残酷なものになります。なぜなら反乱の危険はより少ないのですから。我が政府においては、自由な白人市民が統治者——君主にあたるのです。そう呼ばれれば心地良いでしょうね。他のすべての人々が臣下にあたります。おそらく、一千六百万人か一千七百万人の君主と、四百万人の臣下がいるわけです。

統治者と被統治者は、コーカサス種族*3のはっきりした白からエチオピア人の浅黒さまで、あらゆる肌色の人間です。前者は礼儀上、皆、白人《ホワイト》と呼ばれ、後者は黒人《ブラック》と呼ばれます。我が政府においては、臣下には社会的、政治的、個人的ないかなる権利もありません。彼は自分を支配する法律に何ものが言えないのです。いかなる財産も所有できず、妻や子供も自分のものではないのです。彼の労働力は他者のものなのです。彼と、彼に関係のあるものすべてが、統治者たちの絶対的な財産なのです。彼は自分が同意など一度もしていない法律によって、彼が選んだわけでは決してない統治者によって、支配され、売買され、罰せられ、処刑されるのです。彼は専制ロシアの臣下のような、人間の権利を半分しか持たぬ農奴ですらなく、神と自然が彼に与えたあらゆる権利、われらの革命の高貴な精神が生得のものと宣言した権利——彼自身でも譲り渡すことができず、人が彼から奪うことのできない権利——をはぎとられた、生まれながらの奴隷なのです。ならば彼は専制支配下の臣下と同じではないでしょうか？

これに比べればアテネやローマの奴隷は自由でした。[*4] 彼らには何がしかの権利がありました。何がしかの財産を得ることができましたし、自分の主人を選んだり、自分の自由を買い取ったりすることもできました。そして自由になれば、社会的政治的に出世することもできたのです。ところがアメリカの奴隷たちは、世界がかつて見たこともないほど絶対的で過酷きわまりない専制のもとにおかれているのです。その専制主義者たちとは誰のことなのでしょうか？　国の統治者——そう君主たる人々のことです！　鞭を鳴らす奴隷所有者とは限りません。奴隷所有者は専制国家の手のなかの道具に過ぎません。専制国家とは奴隷州そして合衆国の政府のことであり、それはすべての統治者たち——すなわちすべての自由市民から成り立っているのです。あなたやわたしや一千六百万人の統治者が自由だからといって、このことを矛盾と見なさないでください。いかなる専制国家でも統治者たちは自由なのです。ロシアのニコライも自由です し、トルコの大サルタンも自由です。オーストリアの殺戮者も自由です。アウグストゥス、アントニウス、レピドゥスも自由で、彼らはローマを血に染めました。[*5] 三十人の圧制者は——四百人は——三千人は、同国人を鎖につないでいたとき自由だったのです。あなたやわたしや、一千六百万人の人々は自由なのですが、一方で四百万の同胞に鉄の鎖や手錠をかけて——彼らから妻子を引き離し——彼らをばらばらにし——売り払い、永久に続く隷属という運命を与えているのです。これでもわたしたちは専制主義者ではないのでしょうか——歴史が烙印を押し、神が嫌うであろうような専制主義者では？

わたしたちは、個人として、行ないの公正さについては評判を急速に失いつつあります。我が国はその特質を失いつつあります。確固たる国家の特質の損失、あるいは国家の名誉の堕落は、破滅への避けられない序曲です。かつては誇り高かったローマ帝国の構造を見てごらんなさい——その芸術と武器を東の大陸のいたる所へ運んでいったあの帝国の。強力な王国の君主たちは、凱旋するローマの戦車の車輪に引きずられてきました。ローマの鷲をあしらった軍旗は、荒廃した国々の廃墟の上ではためきました。——だがその光輝、富、力、栄光は今どこにありましょうか？　永久に消えてしまったのです。かつての壮麗さの悲しい痕跡である朽ちかけた神殿は、今はぶつぶつつぶやく僧侶たちの避難所となっています。あの政治家、賢人、哲学者、演説家、将軍たちはどこにいるのですか？　彼らの寂しい墓場へ行って尋ねてみますか？　ローマは国家の特質を失い、後には破滅が続いたのです。国の誇りという砦が崩され、破壊行為《ヴァンダリズム》＊6がその由緒ある地を荒廃させたのです。それならば手遅れにならぬうちに、我が国の人々に警告を受けてもらいましょう。ほとんどの人が、こんな独り言を言うでしょうが。

『人類が自由であるという権利に誰が疑問を持つだろう？
だがニグロの権利がわたしにとっていったい何だというのだ？
わたしは衣食事足りて、たくさんの金《ペルフ》＊7もある——
自分が黒くなったら黒人《ブラック》たちの面倒を見てやるさ』

ニューオーリンズは明らかに、合衆国のうちでもっとも不道徳な所です。安息日に劇場が開かれます。闘牛、競馬、その他の残酷な娯楽が、この国の他のどの地域でも見られぬほどに、この町では行われています。この町では黒人に対してもっとも厳しい法律が通過したばかりですが、二、三年前には、ある白人の男性がある混血女性と——その女性が大金持ちであるためですが——結婚できるように特別な法令を州議会が通したのですよ。ごく最近のことですが、町の新聞に次のような一節が載りました。

『カナル銀行出納係のブディントンなる白人と、非常に富裕な商人の娘である黒人女性が結婚したので、最近町は騒然となった。ブディントンは、結婚が認められる前に、自分の血管に黒人の血が流れていると誓わなければならなかった。このために、彼は腕に切り込みをし、傷口から彼女の血をいくらか入れたのだ。式はカトリックの司祭によって行われ、花婿は妻と共に、五、六万ドルの財産を受け取った』

五、六万ドルあれば黒人女性の黒い肌はすっかり隠されたらしいですね。それに、黒人《ブラック》と白人の結婚を禁じる法律は、ときにはわきに置かれるようですね」

当然のことだが、夫がニューオーリンズのような奴隷所有の町でこのような高貴な考え方をすることに対し、アルシーサは誇らしく感じていた。

原注

＊1 トマス・ムーア（一七七九―一八五二）の『詩集』（*The Poetical Works,* 1840-41）のなかの「フォーブス子爵へ、ワシントン市から」（"To the Lord Viscount Forbes. From the City of Washington"）より。

＊2 ネロは紀元五四年から六八年までのローマ皇帝。三人の統治組織である三頭政治は、紀元前六〇―三一年ごろ古代ローマを支配。アテネの三十人の圧制者による寡頭政治は紀元前四〇三年にくつがえされた。四百人や三千人の圧制者へのモートンの言及は、おそらく、ブラウンが南部の民主主義の偽りの形態と見なすものへの皮肉であろう。

＊3 ドイツの博物学者・人類学者ヨハン・フリードリッヒ・ブリューメンバッハ（一七五二―一八四〇）が、白人種として分類したものを示すために造り出した用語。人間の頭蓋の比較研究に基づくものであり、彼の広く普及した『人類の生まれつきの多様性について』（*On the Natural Varieties of Mankind,* 1775）は人類を五つの人種的分類に区分けし、人種「科学」の興隆を促進した。

＊4 黒人《ブラック》民族主義者デヴィッド・ウォーカーも、その『訴え』（*Appeal,* 1829）のなかで同様に、ローマの奴隷たちは合衆国の奴隷たちより良い状態にあったと論じている。

＊5 代表的な専制主義者の羅列。ニコライ一世（一七九六―一八五五）は一八二五年から五五年までロシア皇帝。アブドゥール・マジド（一八二三―六一）は一八三九年から六一年までオスマン王朝のサルタンとして君臨。フランツ・ヨーゼフ（一八三〇―一九一六）は一八四八年から一九一六年までオーストリア皇帝。オクタウィアヌス（＝アウグスト

ゥス）（紀元前六三—紀元一四）は初代ローマ皇帝。マルクス・アントニウス（紀元前八三？—三〇年）とマルクス・アエミリウス・レピドゥス（？—紀元前一三）は紀元前四三年ごろローマの第二次三頭政治を形成した。

＊6　四五五年にローマを略奪したゲルマン民族ヴァンダルから派生した言葉。

＊7　金《ベルフ》（一般にそしる意味合いをもって使う語）。

第二十一章　キリスト教徒の死

「おお、泣けよ、汝ら自由の友、泣け！
悲しき拍子に合わせて汝らのたて琴を奏でよ」[*1]

一六二〇年十一月の最後の日、ニューファンドランドのグランド・バンク[▽1]の境界に、見よ！　嵐に翻弄され、風雨にさらされて、孤立した一隻の船が姿を現す。ラブラドール[*2]の陰鬱な荒地とニューイングランドの岩だらけの岸から、アイルランドの西海岸と岩で守られたヘブリディーズ[*3]に至るまで、間に横たわる広大な寂寥《せきりょう》の隅から隅までのうちで見ることのできるのはそれだけである。それは我々の時代のさまざまな国民の重要な交通路において、天使の目、あるいは人間の目に入る唯一の孤独な船なのだ。この船は精神の高邁さにおいて、偉大な発見者のそれに次ぐものであった。というのはコロンブスが大陸を発見したのに対し、メイフラワー号[*4]は国家や帝国の種麦をもたらしたからである。それは生きる神のしもべたちや妻子を乗せ、陽の沈む西方の土地に国家の礎を築かんとして急ぎゆくメイフラワー号であったのだ。神の保護を願う祈りの声、栄光に満ちた賛美の音楽が、いと深き海の荒れ狂う嵐のなかで神の耳に響くのを聴いてみよ。この船のなかには偉大にして善良なる人々がいる。正義、慈悲、人間性、すべての人の権利に対する敬意がある。各人が自らと他者たちに役に立つのだから、尊重されている。労働を敬い、法律を守る人々、憲法を作り、それを敬う人々がいる。すべての人の宗教的政治的自由を確立するという神霊に委託された重要な任務を持ち、いかなる圧制者にも屈伏せず、いかなる困難をも克服する人々がいる。この船は北部の制度の有益にして偉大なすべてのものの初期の要素を持っていた。それは過ぎ去った二百二十五年に例証された善と知恵の偉大な典型であった。アメリカの良き特性であった。

しかし、はるか南東の方角を見よ。そこに見えるのは、一六二〇年の同じ日に、一隻だけで熱帯から新世界に急ぎ来る粗野で堕落した船なのだ。これは何ものか？　この船により、混ざりものなき悪の要素が運ばれている。聴け！　騒がしい鎖の音を。祖国から容赦もなく遠くへだてられた所で死んでいく者たちの絶望の叫びと苦悶の泣き声を。ぎょっとするような冒涜的な言葉、肉に切り込む鞭の音を。ああ！　それは、ヴァージニアのジェイムズタウン[*5]に向かう最初の奴隷貨物船なのだ。プリマス・ロックに錨《いかり》をおろしたメイフラワー号と、ジェイムズ川に錨をおろした奴隷船を見よ。片や、繁栄し、労働を尊重し、法律を維持する北部の制度の源であり、片や、奴隷制、怠惰、リンチ、無知、無賃労働、貧困、決闘、専制、絶え間なくしなう鞭、南部の特異な制度の母体である。これら二つの船は今日でさえ新世界における善と悪を代表するものである。いつになればこれら平行線の一つが終わるのだろうか？

アメリカの奴隷制の起源は、過ぎ去った時代の薄い暗がりのなかに埋没しているわけではない。その誕生が、今やあらゆる文明社会において、これまで人間性に対して犯された最大の罪とされるアフリカ奴隷貿易のせいであることは明白な歴史的事実である。人類の福利を意図したあらゆる大義のうちで、動産奴隷制の廃止は必ずや第一の位置に置かれるに違いなく、この大義において現われるあらゆる唱道者を黒人は歓呼して迎えるであろう。人間の苦しみと人間の犠牲に対する同情は、ジョージアナ・カールトンの心の広さを目覚めさせ、高められた慈悲の思いを行動に移させた。彼女の哲学に関して言うなら——それは高貴なものであった。人間は生まれつき平等であり、創造主により賢明にも正当にも一定の権利を与えられて、それらは侵すべからざるものであること、そしていかに人間の誇りが低下し、貪欲で卑しくなろうとも、なお神は人間の徳の創造者であること——悪とは、人間が自己と人類に対して考えつくのである、というものであった。プラトンやソクラテスと違って[*6]、彼女の心は彼らの心を囲んでいた絶望感からは解放されていた。その哲学がキリスト教精神という学派に基づいていたからである。彼女は父親の教会の献身的なメンバーではあったが、派閥にこだわる頑迷さは持っていなかった。

それが聖なる書物に見いだされる唯一の正確な宗教の定義であることにはいささか驚くのだが、我々は聖書から次のようなことを学ぶ。すなわち、「父なる神の前に潔くしてけがれなき信心は、孤児と寡婦とをその患難のときに見舞い、また自ら守りて世に汚されぬ是なり」「おのおの己がことのみを顧みず、人のことをも顧みよ」「己も共に繋がるごとく囚人を思え」「凡て人にせられんと思うことは、人にもまたその如くせよ」[*7]。

これこそが彼女の考えるキリスト教精神であった。そしてこの目的のために、彼女は精魂傾けて近隣の奴隷所有者たちに、黒人は自分で自分の世話ができるだけでなく、自由を評価し、自分を買い戻すために喜んで働くのだということを納得させようとした。彼女のもっとも希望に満ちた願いが、実現されつつあったとき、彼女の身体が突然衰弱した。母親は結核で亡くなっており、医者は娘の病いが同じものであることを宣告した。彼女はこの悲しい告知を覚悟しており、非常に冷静に受け止めた。カールトン夫人は自分の死後、夫が自分の願いを実行に移して黒人たちを解放してくれるだろうと確信してはいたが、即座の解放を決意した。そういうわけで、奴隷たちは全員この高貴な女性の前に集められ、自分たちがもはや束縛の身ではないことを知らされたのである。

「たった今から」と彼女は言った。「あなた方は自由ですよ。皆の目があなた方に集中することになるでしょうね。あなた方の先例が、まだ束縛されている同胞たちの幸せにどれほどの影響を与えるか、わたしには予測できません。もしあなた方が節度を保ち、勤勉で、温和で、敬虔であれば、奴隷を解放しても危険はないと世間に示すことになりましょう。あなた方が社会に対し、他に類のない関係を持っていることを覚えておきなさい。あなた方が白人に劣らず行儀良くふるまうだけでなく、白人よりも立派にふるまうことが必要とされているのです。理由はこういうことです。あなた方が白人より良い振る舞いをしなければ、この先例は影響力を大いに失ってしまうからです。主《しゅ》イエス・キリストをあなた方の避難所とし、手本となさい。あのお方こそは、あなた方がその周りに集って成果を上げることのできる唯一の基準です。悲嘆の苦境にあって自らを支えていくのに宗教の慰めを必要とする人々がいるとすれば、それはまさにあなた方のことです。あなた方は人間を信頼するより神を信頼したほうが良いのです。神を主《しゅ》とする人々は幸いです。あなた方自身と子供たちのために、できるだけ多くの教育を受けなさい。無知な人々は、社会で卑しめられる位置しか占めることはできません。知的にならない限り、本当に自由には決してなれません。二、三日したら、あなた方はオハイオ州へ向けて発つことになります。あなた方のうち、家族持ちの人には土地を買ってあげますから、皆がその土地で繁栄してくれるよう望みます。わたしたちはあなた方をリベリアへ送るようにと急《せ》かされましたが、自分の生まれた土地からあなた方を送り出すのはよくないことだと考えています。わたしたちは植民協会*8の手助けをすることは望みませんでした。というのは、あれは自由黒人《カラード・ピープル》への嫌悪から生まれたものだからです。あの協会の口実は偽りであり、信条は不快で、手段は卑劣です。さあ、人生におけるあなた方の状況がどんなものにあるにしても、『己も共に繋がるるごとく囚人を思え』*9。北部への旅支度をできるだけ早急にしなければなりませんよ」

これほどに心を揺さぶられる光景はめったに目撃されなかった。解放者は、青白く、弱々しく、やつれて、顔に死を刻印されて座り、その周囲をアフリカの息子や娘たちが囲んでいた。そのうちの幾人かはかつて身近な愛しい者たちと引き離されていた。そのうちのほとんどの者が黒人用の鞭で背中を裂かれ、みぞを刻まれていた。ある者は恩人の足元にひざまずいた。ある者は彼女の周りに立って泣いていた。多くの者が農場に残って賃金労働をさせてほしいと請うた。というのは、ある者は妻が、ある者は夫が、近隣の農園にいたので、むしろ彼らと共に残りたかったのである。

しかし、州の法律はいかなる解放黒人もその地に残ることを禁じており、違反すれば再び罰として奴隷の身として売られることになっていた。したがって彼らを州の外へ送り出す必要があったのだ。カールトン夫人は友人たちから解放黒人をアフリカへ送るようにとせっつかれていた。この方針を採らせるためにヘンリー・クレイなどの著名な植民協会の男たちによる演説の抜粋が、彼女に読んで聞かされた。ある者たちは、黒人《ブラック》は邪悪だから送り出してしまうべきだと考え、また、彼らがアフリカの同胞に宣教師の役を果たすだろうからそうすべきだと考える者もいた。

「でも」と彼女は言うのだった。「黒人が不道徳で邪悪だから送り出すというなら、どんな宣教師に彼らがなるというのでしょうか？　同じ理由で、同じ目的で、白人のなかの邪悪な人々を送り出したらいいではありませんか？」

死は平等主義者であり、年齢、性別、富、有用さがどうであれ、誰もその襲撃を避けることはできない。もっとも美しい花々もいずれ色あせ、しおれ、枯れる。それは人間の場合も同じである。その寿命は束の間のそよ風のように不確かなものだ。たった今、健康と活力に満ちて血色の良かった者が、次の瞬間にはもはやこの世のものではない人々の仲間に数えられてしまうかもしれないのだ。

体力は衰えていたけれども、カールトン夫人はサムと他の三人を除く自分の奴隷のすべてが自由の土地へ旅立つのを見る喜びを得た。ルイヴィルに向かう蒸気船に乗ることになっているその日の朝、彼らは全員、客間の窓に面する広い芝生の上に集まり、女主人に別れを告げながら泣いた。乗船し、今まさに港を離れようとしたとき、彼らが岸壁にいる者たちにこう言っているのが聞こえた。

「サム、お前がわたしらを愛し、ハイオ(オハイオ)で、それに天国で、わたしらに会いたいのなら奥様と旦那さまのお世話を頼むぞ。必ず奥様と旦那さまの面倒をよく見てさしあげろよ」

解放された人々がオハイオに発ってから一週間も経たぬうちに、カールトン夫人は冷たい亡骸になった。妻を愛する夫は皆そうに違いないが、カールトン氏は自分の足元を照らすランプであり、行く手を照らす燈火であった妻を失った痛みを深く感じていた。彼女は彼を不信心者からキリスト教徒に改心させ、単なる理論上の自由を唱える者から、自由の実践者へと変えていた。かつての彼は黒人を、人類に連なりながらひどい扱いを受ける、自分とは関係の薄い存在として傍観していたが、今は彼らを神の子の一部と見なしていた。おお、あのキリスト教徒がいなくなった家には、なんという寂寥が満ちていたことか。彼の状況はまさに孤独そのものであった。

「真夜中のこと、彼は一人ぼっちで座っていた——
死んだ女性の夫よ、
その日、暗闇が投げかけられたのだ

悲しみに沈む頭の上に」

若く、回復力のあるさなかに、この大事な人はしおれて死んでしまったのだ。死の眠りにつき、青ざめて動かぬ彼女を見たとき、悲しみに打たれた友人たち、疲れて苦しむ者をいたわり慰める役割を持っていたはずの、その友人たちの深い悲嘆の声が大邸宅に響き渡った。

おお、その感覚のない姿を見るとき、そしてそれがわたしたちがあんなにも愛した精神をもはや収めていないのだと感じるとき、張り裂けそうな心に、なんという冷気が滲み通っていくことか。情愛と知性でいつも輝いていたその目が――悲しみと喜びの音にしばしば傾けられていたその耳が――わたしたちにはその抑揚が甘美な音楽のようであったその声が、そして慈愛と真理の住処であった心が、その身が安置された棺台の上で、今や無力にして感覚がないのだと認識するのはなんと難しいことだろうか。近くに漂う陰鬱な雲を通りぬけて、解き放たれた魂が無事に、無事永遠に天に戻ったのを見るほどに信仰は充分に強かろうとも、やはり人々の思いは悲しく陰気なまま、墓から離れようとしないものだ。

彼女の霊よ、安らかに眠れ！　彼女は闘い、キリスト教徒の勝利を得て、王冠をつけているのだ。しかし、みまかった魂に、この世の出来事を知ることが許されるとしたなら、彼女が努力し、実現をあのように願っていた解放の仕事を遅らせるために合衆国でなされている試みを、その魂はどれほど非難に満ちたまなざしで見ることだろうか。

悪名高い「逃亡奴隷法」[▽2]に助力や承認を与えた偽善的聖職者たちを、彼女はいかなる見地で見るであろうか。真の偉大さが、人類のためになることを行なうことにあるならば、ジョージアナ・カールトンは人間性に光彩を与える存在であった。悲しい、がっくりした顔が今や満足と喜びに輝き、母親は自由の身に生まれた赤子を天に差し出し、誰にも悩まされず怖がる必要のない土地で、家族のいる所で父親の喜びの杯があふれ、引き裂かれていた心が健全に戻るのを、考えることができる人。おお、鞭に傷ついた黒人の手を取り、彼をわたしたち通常の人間性の次元へと引き上げてくれるそのような人々をもっとたくさん神が与えてくださいますように！　新世界の、自称自由愛好者たちが、真の自由とは万人のための自由であることをわかってくれますように！　すべてのアメリカ人の耳に次のような言葉がたえず響いてくれますように！

「はためくすべての英国旗に
『もっとも遠いインド』から
西の海[▽3]の上に突き出るすべての青い岸まで
まわりのすべては自由であると公言させてよいのだろうか？
そしてわたしたちはヨーロッパの王たちを嘲ることができるのか、
わたしたちの所では自由の灯が薄暗く、

わたしたちの国の祭壇には、奴隷制の呪いの、
逃れえぬ影がへばりついているというのに？[*10]」

原注

＊1　ブラウン編『反奴隷制のたて琴』のなかのD・H・ジャックによる「汝のきょうだいは奴隷なり」（"Your Brother Is a Slave"）からの引用。

＊2　カナダのニューファンドランド州とケベック州を含む半島。

＊3　スコットランド西部の列島。

＊4　メイフラワー号は一六二〇年十一月九日、ウィリアム・ブラッドフォード（一五九〇―一六五七）とその他の英国の清教徒たちをケープコッドに運んできた。

＊5　実際には、オランダの軍艦から購入された二十人の奴隷がジェームズタウンの初期英国植民地に連れてこられたのは一六一九年八月である。

＊6　善を宇宙の神聖にして支配的な主要素と考える哲学的観念論を言明した古代ギリシャの哲学者プラトン（紀元前四二七？―三四七）とソクラテス（紀元前四六九？―三九九）（原文ママ）は、キリスト教の神の意識に欠けるため、暗いと表象されているのである。

＊7　「ヤコブの手紙」一章二十七節、「ピリピ書」二章四節、「ヘブライ人への手紙」十三章三節、「マタイによる福音書」七章十二節。

＊8　一八一六年にワシントンD・Cに設立されたアメリカ植民協会は、自由黒人《ブラック》をアフリカへ輸送することを求めていた。

＊9　「ヘブライ人への手紙」十三章三節。

＊10　ホイッティアー作「いさめの言葉」("Expostulation", 1834)より。

訳注

▽1　カナダのニューファンドランド島南東沖の浅瀬、世界的大漁場。

▽2　一八五〇年制定の、自由州へ逃げた奴隷は捕まえたら連れ戻され、逃亡の援助をした一般市民も罰を受けることを定めたもの。

▽3　北大西洋を指す。

第二十二章　駅馬車の旅

ここで話を、シンシナティでクローテルが娘を探しにリッチモンドへ行こうとしていた時点に戻そう。彼女は逃亡に使った変装にうんざりして、シンシナティに着くとすぐにそれを脱ぎ捨てた。しかし、自分のことがよく知られている町を訪れるには、変装でもしない限り、露ほどの安全も期待できないとわかっていたので、シンシナティを離れるときには再び男の服をまとったのだった。今回はイタリア人かスペイン人紳士にいっそう似せた格好だった。黒地の上等なスーツに加え、黒っぽいみごとなツケ頬ひげで両の横顔を覆い、上唇の上にはカールした口ひげをつけた。かかとの高いブーツも練習してはき慣れていたので、女性ではないかと疑われることなく歩くことができた。クローテルがウィーリング[*1]に到着し、リッチモンド行きの馬車に座ったのは、ある寒い晩のことだった。もうヴァージニア州に入ってはいたが、目的地にはまだ程遠かった。

アメリカの道路を駅馬車で旅するのは、どんなに運が良くとも快適なものではない。しかも今は冬ときているから、道路の状態は非常に悪く、旅はいっそう惨めなものになった。しかしながら馬車には八人の客がおり、言うまでもないが、生粋のアメリカ人がこれだけの人数で集まれば、必ずなんとか楽しく暇つぶしをするものだ。クローテル以外の客は、まず、二人の娘を連れた年配の紳士。娘の一人は明らかに二十歳にもなっておらず、もう一人は二十歳をほんのわずか越えたところ。次に、青白い顔に眼鏡をかけ、白いネッカチーフをした背の高いほっそりした男は、どう見ても牧師であった。粗野な目鼻だちで顔色の浅黒い頑丈そうな男は白い帽子を斜めにかぶっており、日射しの強い南部から来たと言う。他の二人は、とりたてて変わったところもない、普通のアメリカ人と言えば通りそうな紳士たちだった。それは折りしも大統領候補指名選挙のあった日の晩で、そういうときには誰もが政治家のような気分になるものだ。ボルティモア大会での承認を期待していたのは、クレイとヴァン・ビューレンとハリソンだった。[*2]

「この町は誰を支持しているのだね？」馬車がとある宿屋に近づいたとき、女性たちを同伴している老紳士が声をかけた。そこに最新の新聞を買おうとして大勢の人が群がっていたのだ。

「意見は分かれていますよ」と、外にいる群衆の一人が荒っぽい声で応じた。

「じゃあ、君は誰がここでは多数票を勝ち取ると思うのだね？」と老紳士は続けた。

「はっきり予測はできませんや。俺は『オールド・チップ』[*3]を支持するけどね」というのが外から聞こえた返事だった。

これがきっかけとなり、乗客たちはおおっぴらに選挙を話題にすることになった。馬車が再び動き出した頃には、討論が始まり、クローテルと若い女性たちを除くすべての乗客が討論に参加した。クレイ支持者もヴァン・ビューレン支持者も、「オールド・チップ」支持者もいた。馬車が止まっていかにも農夫然とした男が乗ってくるなり、乗客たちは挨拶代わりに「あんたはクレイ派かね?」と声をかけた。

「いいや」というのが彼の答えだった。

「ヴァン・ビューレン派か?」

「いいや」

「そうか、じゃあ、もちろんハリソン派なんだな」

「いいや」

「おや、あんたは選挙でこのうちの誰のためにも動くつもりはないのかね?」

「そうだ」

「じゃあ、誰のためなら動くっていうんだ?」一座の一人が尋ねた。

「俺はベッツィと子供たちのために動く。これがまた、大変な仕事だよ」と農夫はにこりともせず応えた。

当然ながらこの返事で、他の乗客たちはこの新参者をなんの咎めも受けずにからかえる相手におとしめてしまった。

「あんたは『オッド・フェロウ』[*4]なのか?」と一人が尋ねた。

「いいや、旦那、俺は結婚して一月以上になる」[▽1]

「あんたは『オッド・フェロウ』結社の団員かという意味だが?」

「いやいや、俺は既婚者の集団に属している」

「あんたはメイソン[*5]なのか？」

「いいや、俺の職業は大工だ[▽2]」

「あんたは禁酒協会の会員《サン》[*6]かな？」

「うるさいな、俺はジョン・ゴスリング氏の息子だってば[▽3]」

　全員の大笑いの後、禁酒の話題が討論のテーマとなった。このテーマは、眼鏡をかけた紳士にはお手の物だった。彼はすぐに自分がニューイングランド人であることを示し、「メイン州法[*7]」について長々と語り出した。この牧師が座を仕切ろうとしたまさにそのとき、白い帽子を被った南部人がその問題に関する対立側の立場を示した。

「わたしはそういう絶対禁酒主義者[*8]の連中にはびた一文の価値も認めませんよ」と彼は言って、一座の是認を得たかどうか知るために周囲を見回した。

「どうしてですか」と牧師は尋ねた。

「だって、そいつらはわずかな金でも使いたがらない連中ですよ。いやなやつらだ、全部がそうだ」

　白い帽子の紳士が無教養なのは明らかだった。牧師は大真面目で語り始め、自分の出身であるコネチカット州における禁酒の進展に伴う興味深い話をした。州が繁栄した大きな理由は、アルコール不使用にあることを証明する話だった。皆が、白帽子の男は議論に敗れ、このあとは静かにしているものと思った。

ところがそうではなかった。この男は新たな勇気を得てまた言い始めたのだ。

「いいですか。ちょうどわたしはヴァーモントの伯父の家を訪ねたばかりなんで、ああいう絶対禁酒主義者たちについては、ちょっとはわかっていると思いますよ。二週間ほど滞在しに行ったんです。着いたのは夜でしてね、皆、わたしに会ってうれしそうでした。ところが飲み物を何も出してくれないんです。わたしは思いましたね、万事休す、この州を出ない限りもう酒は飲めないんだとね。その夜は十二時まで皆で起きていたんですが、話といったら『青少年禁酒団』『年少者禁酒同盟』『青年層』『女性ドーカス禁酒協会』『模範』[*9]、他にいくつあったか知れやしませんが、そんなものについてばっかりです。わたしは州に入る前にかなり『カクテル』を飲んで参りましたんで、酒がなくても概して自分がぶっこわれることもなかろうと思いました。翌朝友人たちにかくかくしかじかと手紙を書き始めたんですが、ポリー伯母が言うんです。

『じゃあジョニー、こっちのことをよく書いてくれたんでしょうね』

『そうですよ、こっちへやってきて何か飲みたいと思うなら、自ら持参してきたほうが良い、と書いています』

そしたら伯母が言うんですよ、『あら、荷物を捜索されるわよ。この州にはアルコール飲み物は持ち込めないんだから』って。それでさっきの続きですが、手紙を書き終わったんで郵便局へ行こうとしたら(伯父の家は町から二マイルだったので)伯母が言うんです。

『ジョニー、あなた、町でちょっと何か飲んでこようと思っているんじゃないでしょうね?』

『無駄な望みでしょう』とわたしは言いましたよ。

『そうよ、だめなの。鉦《かね》や太鼓で探したってだめなの』と言うんで、わたしが帽子を被りますとね、伯母が『ジョニー』って大声で呼ぶんです。

『なんですか』と訊くとね。

『いいかい、このことは絶対しゃべらないでおいてね。わたし、頭痛持ちなんで頭にこすりつけるラム酒を少しばかりとってあるの。絶対にしゃべってもらっては困るんだけど、ちょっとだけあなたにあげるわ。亭主はあの通りの絶対禁酒主義者でしょう、だから聞かれたら最後だし、息子たちも「冷水団」[*10]の団員だから知られたくないの』

伯母は黒いビンを持ち出してきて、わたしにカップを渡し、自由に注げと言うのです。もちろんそうさせてもらいましたよ。で、外の寒さにさらされる用意ができたような気分になりました。納屋を通りかかったとき、伯父がオート麦を脱穀している音が聞こえたので、戸口へ行って声をかけてみました。伯父は『お入り、ジョニー』と言いましたが、わたしは『いえ、これから手紙を出しに行くところなので』と断りました。あまり近寄ると伯父が酒の匂いを嗅ぎつけるかもしれないと心配だったからです。

『いいじゃないか、お入りよ』

それでわたしが入って行くと伯父はこう言うのですよ。

『もう十一時だ。ということは、お前が故郷の家にいるならそろそろグロッグ酒[*11▽4]を飲む時間だろうな』

『その通りです』とわたし。

『気の毒にな。ここじゃ、お前は何も飲めん。薬屋でもだめなんだぜ。ただし、薬としてなら別だ。薬剤師に調合させてその目の前で飲むんならな』

『身にこたえますね』とわたしは答えました。

『どうにもならないんだ』と伯父は続けたんです。『どうにかなるとしても、しちゃあいけないんだ。社会のためにはこれが最良なのだ。人は酒なしのほうが暮らし向きがよくなる。三十年前、お前の父さんとわしとで飲み騒ぎに出かけ、一晩に五十セント以上使ってしまったのを覚えているよ。ここの青年層をごらん。良い手本を示すほどためになることはないよな。お前の従兄弟たちがどれほど健康か見てごらん。たとえばベンジャミンだ。あの子は生まれてから一度も酒を味わったことがない。ああ、ジョン、お前が絶対禁酒主義者であってくれたらなあと思うよ』

　そこでわたしは言いました。

『この州を離れるまではそうでなければならないでしょう』

『ところで』と伯父は言うのですよ。『他言してほしくないんだ。お前の伯母さんは一滴でも酒がこの地所にあったと思うだけでヒステリーを起こすだろうし、息子たちには絶対に知られたくない。だがわしは自分のリューマチ関節にすり込むためにちょっとばかりブランデーをとってあるんだ。他でもないお前にだけ、ほんの少々やろう』

老人は納屋の片隅へ行って茶色の水差しを持ってくると、わたしに渡してくれたのです。あれはここ何日間も味わったことのない最高のコニャックだったと言わざるを得ません。

『伯父さん、あなたはブランデーに目が利きますね』とわたしが言うと、伯父は『そうとも。若いときに学んだからな』と申しました。そうこうしてからわたしは郵便局へ出かけた次第です。帰り道に息子たちが薪を伐《き》っている森のなかを通り、待っていて彼らと一緒に食事をしに家へ帰ろうと思いました。息子たちは一生懸命に働いていましたが、至極陽気でした。

『やあ、ジョン、手紙は書き終わったのかい?』

『うん』とわたしが答えると、『ポストに入れてきたのか』

『うん』

『グロッグ酒を探したりしてどこかへ行くなんてことはしなかったろうな』

『いや、そんなことをしても無駄だからね』

『今頃の時間ならカクテルがうまいだろうね』

『そうだろうね』とわたしは言いました。すると三人の息子たちはいっせいに大声で笑いました。

『俺たちは一滴も飲まずに育っていると故郷の人々に書いたんだろう?』

『それ以外のことは何も書かなかったよ』

『それじゃあ、ジョン』とエドワードが言いました。『黙ってるなら、君にちょっぴり味わわせてやるよ。後生だから両親には言わないでくれよ。二人とも狂信的な絶対禁酒主義者だから、ここらに酒があったと思うだけで今夜は一睡もできなくなるだろうからね』

『黙ってるよ』とわたしは言いました。

すると息子たちはなかにくぼみのある切り株から水差しを取り出し、第一級のピーチ・ブランデーをいくらかくれたのです。そういうわけで、ヴァーモントの禁酒主義の親戚の所にいた二週間の間、まるでテネシーの酒飲み友達といるみたいに、わたしは酔っ払《コーンド》[*12]っていました」

白い帽子の男がしたこの話は、眼鏡をかけた青白い顔の紳士を除く全員からやんやの喝采を浴びた。眼鏡の紳士はネクタイと喉の間に指を走らせるしぐさで、「その程度であきらめる」つもりのないことを示していた。白帽子の紳士は今や一座の人気者だった。

「ああ、あなたは正しい絶対禁酒主義者を見つけておられなかったのです」と牧師は言った。「わたしはあなたのお話の十二倍も価値のある話をしてさしあげられますよ」と彼は続けた。

「禁酒意見の浸透している州の社会をご覧ください。そうすれば、そこに本物の幸せがあるとわかりますよ。税金は少ないし、貧窮院は収容される者がいないから閉鎖されていますし、究極の到達地点には計りしれないものがあります。少しでも飲酒する者は、慣習的酔漢になりがちなものです。ええ、あえて言わせてもらえば、酒を飲む者は皆少なくとも時々、飲み過ぎてしまう危険から逃れられませんし、そうなれば最後には慣習的に飲み過ぎる危険もあるわけです。その危険から人を救ういかなる身分も地位も環境もなさそうです。すばらしい将来を約束されていたのに、飲酒癖によって悪徳、破滅、早死にへ導かれてしまったたくさんの若者をわたしは見てきました。飲酒のおかげで破産したたくさんの商人たちを見てきました。飲酒のせいで牢獄に入ることになった日曜学者[▽5]や——教師や、放蕩に引きずり落とされてしまった警察署長すら見てきました。高い学問的名誉を持ち、すばらしい雄弁術をそなえ、いや、大いに有用な牧師が、それに魅惑されたがゆえに、目を開けたまま、自らの運命を恐怖を持って見つめながら、公的な不名誉という断崖へ追い立てられてしまった例も見てきました。最強の明澄な知性と、精力に富んだ決断力を持ちながら、酒のために子供や愚か者よりも弱くなってしまった人々——洗練と趣味の良さを持ちながら酒のために野獣に落ちてしまった紳士——才能に富みながら酒のおかげでガリー船より悪質な束縛にとらわれ、最終的には命を縮めてしまった詩人も見てきました。酒が殺した政治家、弁護士、判事も、酒が怪物に変えてしまった優しい夫や父親も見てきました。酒が悪党にしてしまった正直者や——酒のせいでむくんだ飲んだくれ[*13]に変わってしまった優雅なキリスト教徒のレディも見てきました」

「お話が早過ぎて」と白い帽子の男が応じた。「こちらに何も言う機会を与えてくださいませんね」

「あなたのお話はもう聞きましたから」と牧師は続けた。「今度はあなたがわたしの話を最後まで聞いてください。人々がいかに強い酒の愛好者になるかは、驚くほどです。何年も前のことですが、わたしは絶対禁酒主義者になる前は家のなかに酒を置いておりました。そして家には強い酒を常用している召し使いがいたのです。彼は靴墨にウイスキーを混ぜないとわたしのブーツをピカピカにすることができないとよく言っていたものです。それで本当に靴墨に混ぜているのだと自分で納得するために、わたしはある朝、彼に靴墨の入った皿を持ってこさせ、自分でウイスキーを注いだのです。そこで、あなた、どう思われます?」

「そりゃ、あなたのブーツは前よりもピカピカに光ったんでしょう」と白帽子の男が応えた。

「いえいえ」と牧師は続けた。「彼は靴墨を持って去りましたが、わたしが見ていると、ウイスキーも靴墨も何もかも飲んでしまったんですよ」

これは強い酒に目のない者についての冗談だった。牧師は機智を議論に働かせ始めた。

「あなたはコネチカットのご出身なんでしょう?」と例の南部人が尋ねた。

「そうです。そして我々は秩序正しく、信心深く、平和な人間ですよ。我々の聖なる宗教は尊重され、南部の州全部を合わせても足りぬほど、キリストの大義のために尽くしております」

「それに疑問の余地はありません」と白帽子。「あなた方は木製のナツメグ[▽6]だのなんだの、役に立たない偽物を売る。『聖なる宗教』と言われるが、あなた方の高潔な式服はローウェルとマンチェスター[*14]で織られているんですよ。あなた方の幸せってのは、工場から利益がたくさん出ることなんでしょう。あなた方にとっての勝利の椰子や喜びの王冠は、銀行や関税の問題で政治的競争相手に勝つことでしょう。あなた方は、できるものなら天国をバーミンガム[*15]に変え、どの天使も織工にし、永遠に続く織機と紡錘[▽7]の騒音で明けの明星のすべての賛歌を消してしまうんだ。ああ、わたしはあなた方コネチカット人が手に取るようにわかるんです。いやはや、まさに馬車馬《ホス》だ。*16 わたしはだまされませんよ」粗野な顔立ちの男はこの発言のおかげで、再び優勢に立った。

するると眼鏡の紳士はもう一度ネクタイと喉の間に指を入れた。

「あんたはテネシー州にお暮らしなのでしょう」とその牧師は言った。

「そうですよ」とその南部人が答えた。「かつてはニューオーリンズに暮らしていたんですが、今は自分はテネシー人だと言っています」

「あなた方ニューオーリンズの人々は、合衆国でもっとも罪深い連中だ」と牧師は言った。ポケットからニューオーリンズの新聞を取り出して、彼はこう続けた。「まあ、ちょっと見てください。安息日に催される闘牛の広告が、三つは下りません。あなた方奴隷州の人々は、安息日とか宗教とか道徳とか、人類をよりよくする意図を持ったいっさいのことに何の配慮もしていない」

これに関しては、もしクローテルがこのコネチカット人の味方をする勇気があったなら、充分に立証できたことだろう。彼女がヴィクスバーグに暮らしたことは、深南部の住民たちの人柄がどんなものか知る機会となった。

「ここに一週間前の日曜に行われた大規模な闘牛に関する記事が載っています。読んでさしあげましょう」

そして牧師は声高に読んだのである。

「昨日、公示通りに、グレトナ[17]の第四区向かい側で、有名なハイイログマ、ジェネラル・ジャクソン[18]（五十回の闘いの勝者）とアッタカパス[19]雄牛、サンタ・アナ[20]との、前々から予告されていた闘いが催された。

来たるべき闘いの評判は四方に行き渡り、これを見物しようと、町のあらゆる所から、またポンチャートレイン湖とボーン湖[21]の風そよぐ岸辺から、老若男女が晴れ着をまとってやってきた。公示の時刻のずっと前から、いなか町グレトナの閑静な通りは、競技場へ押し寄せる興奮した群衆であふれ、闘牛が始まる前にはグレトナ始まって以来の、そして今後二度と見ることもなさそうな大群衆が集まっていた。

競技場として、重い木材と鉄の柵でできた二十フィート四方の檻が地面に置かれ、その周囲に何千もの人を収容できるような座席が円形にしつらえられていた。約四千、あるいは五千人が集まり、雲のように座席を覆い、あるいは檻の周りの柵に手が届く所にまで群がっていた。

この試練に際し、名誉を維持し、アッタカパスの勇気を実証するべく選ばれた雄牛は、オペラウサス[22]産の黒牛で、四歳の駿馬《しゅんめ》[23]のようにしなやかでたくましく、眼は燃える石炭のようだった。角は先端をやすりで削り取ったように見え、同族の牛たちに共通のあの鋭く切り込んでゆく外観には欠けていた。そうでなければ、クマのほうは最初の一撃を試みるのも『一日仕事』になっただろう。間違いなく。

クマは評判高く、行く手をはばむものは何でも打ち負かし、どんな場合も『責任』を取るという事実ゆえに、ジェネラル・ジャクソンと呼ばれていた。意地の悪そうな顔つきで、とてもやせていて、感じが悪く、毛はすべて逆立っていた。奴は五十回ほど闘ってきて（という話だ）、いつも勝利をおさめたのだが、その五十回のうちの一回でも相手がアッタカパス産の牛であったことがあるのかどうかは、広告ちらしには書かれていなかった。奴が最初にアッタカパスを組み伏せていたなら、おそらく五十回の闘いはなされぬままであっただろう。

四時半ごろ、闘技が始まった。

最初に姿を見せたのは雄牛で、頭をまっすぐに立て、檻のなかに一頭だけで立っている様子は、まさに王者の風格を持つように見えた。指定の合図と共にクマを入れた檻が競技場のそばに置かれ、戸が開けられると、奴が闘技の場にのしのしと出てきた――だが、こういうことには経験があるものだから、十フィートの棒でいろいろ興奮させられたり、大騒ぎして後じさりしたりしてからやっと出てきたのだった。

ひとたび闘技の場に臨むと、双方は隙のないチャンピオンのように立ち、にらみ合った。クマは頭を上に向け牙をむいて低く構え、アッタカパスは目を見開き、長いもじゃもじゃの尻尾で脇腹を払いながら歩き回り、猛《たけ》り狂ったように蹄で地面を引っ掻いた。

クマは攻撃を始める気がほとんどないように見えた。雄牛は一瞬立ち止まってから、まるで敵を測定し、一撃を加える場所を定めようとするかのように最初は後ろへ、次は前へ歩を進めた。クマはまったく手を出そうとしなかったが、ついに係員の一人が鉄の棒で奴のあばら骨をくすぐり、身動きさせた。これを見たアッタカパスはそれを敵意の表われと見なし、体力を奮い起こして獰猛に相手に突進し、角の先で捕らえたかと思うと奴をぬか袋みたいに柵にぶつけて折り曲げた。クマはこれに対して『声をあげ』、相手の鼻めがけて突進した。

雄牛は身をかわし、『まわれ右』をしたが、クマはその股《もも》にかみつき、深傷を負わせた。しかしアッタカパスは一蹴りで相手をふりほどき、攻撃を再開して真っ向から猛烈な勢いでぶつかっていった。今度は前ほどうまくいかなかった。というのも、クマが雄牛の目の上に食らいつき、固い皮膚に牙を突き刺して万力《まんりき》よろしく押さえつけたからだ。今度は牛のほうが『声をあげる』番だった。牛はバシャン*[24]の雄牛を全頭集めたよりも恐ろしい声で鳴きたてた。この状態で数分が過ぎ、クマの荒々しいうなり声に混じった牛の叫びが、悪魔たちの舞踏にのみ似つかわしいような恐ろしい音楽を作り出した。それから一休止がきて(クマが押さえ込みを放したのだ)、二、三分の間、お楽しみがこれで終わったのかどうかわからなかった。しかし係員の魔法の杖(十フィートの棒)が再びクマを興奮させ、双方はそれに向かって突進した。

クマは今度は雄牛の背中にしがみつこうとし、数ヶ所に牙を突き込み、女神ルナ*[25]の大樽から流れるワインのように、赤い血を噴き出させた。しかしアッタカパスは強い意志を取り戻し、角の先端でクマを捕らえると、すばやく奴を引きずりまわして突風のなかの羽毛のように毛を飛ばした。クマは『まいった』(クマ語で)と叫んだが、牛は優位に追い打ちをかけ、敵の頭首に猛々しい突き下ろしを深々とくらわせ、片方の角を相手の片目に刺し込んだまま、その柔らかな器官を粉々に打ち砕いて暗黒へ追いやった。血が流れ、哀れなクマは目も見えず血まみれになり、死の苦悶のなかで、うめきをあげ、逃げようと向きを変えた。

だがアッタカパスは退却する奴を捕らえてボールのように転がした。球転がし行為は何度も何度も行われた。そしてついに、一時間以上経ってから、クマは身を丸めて仰向けになった。傷だらけ、血だらけのつまらぬシロモノとなって。

カリフォルニアの件は終わった。[*26] そしてアッタカパスは天をも揺るがすような大群衆の喝采のなかで、勝利者であることを宣言されたのである」

「ほら、ごらんなさい」と牧師は言った。

「これに匹敵するような非難をコネチカットに対して見つけられますか?」

例の南部人はこのヤンキー人に負けたことを認めないわけにはいかなかった。この間ずっと、二人の娘を連れた老紳士や、その若いご婦人方自身が沈黙していたと思ってもらっては困る。クローテルも彼らも、討論の価値に関して自分たちの意見を述べただけでなく、若い男女が出会う場で起こりえるひそかな目くばせが自由にかわされていた。アメリカのご婦人たちは外国人をえこひいきしがちであり、クローテルは上品なイタリア人の外観を呈していた。老紳士の家はもう近づいており、未婚だが適齢期を迎えた長女の囁きが誘因となって彼は「ジョンソン氏」に、自分の住まいに立ち寄って娘たちと一週間過ごしてはどうかと招待した。クローテルはさまざまな口実を述べて断ったのだが、ついに話を早々に切り上げるため、帰りに訪問させていただく、と約束した。馬車がリンチバーグ[*27]に着いて、若いご婦人方はイタリアの紳士と別れ、馬車はまた先へ進んで行った。

原注

＊1　ヴァージニアの北西部（現在のウェストヴァージニア）にあるオハイオ河に臨む市。

＊2　一八三九年、ペンシルヴェニア州ハリスバーグで、ホイッグ党の候補指名大会があり、ヘンリー・クレイとウィリアム・ヘンリー・ハリソン（一七七三―一八四一）が大統領候補として競った。現職大統領マーティン・ヴァン・ビューレン（一七八二―一八六二）は一八四〇年にボルティモアにおける民主党大会で再指名された。ホイッグ党の指名したハリソンがヴァン・ビューレンを敗って第九代大統領になったのだが、就任直後に亡くなった。

＊3　ウィリアム・ヘンリー・ハリソンのあだ名。一八一一年、のちにインディアナ州バトル・グラウンドと名づけられたところで彼がティペカヌーの戦いにおいて先住民グループ・ショーニーに対抗するべく合衆国軍を率いたことから、このあだ名がついた。

＊4　一八世紀にイギリスでつくられた秘密慈善団体。

＊5　「オッド・フェロウ」と同様、「フリー・メイソン」や「アクセプテッド・メイソン」も秘密の友愛団体である。「モダン・メイソンリー」は、一八世紀初頭のイギリスに起源がある。

＊6　一八四三年につくられた「禁酒協会」はアルコール飲料の絶対禁酒を主張する秘密友愛団体。一八五〇年頃には、会費を払う会員数が二十五万人に達したと団体側は自称している。

＊7　一八五一年にメイン州議会で通過。この法は、州内におけるアルコール飲料の販売と製造を禁止した。

＊8　人を酔わす飲み物を節制する人々。

＊9　さまざまな禁酒団体。

＊10　一八三四年につくられた。家族を破壊するものとしてアルコール反対運動を展開した日曜学校の若者たちの団体。

＊11　一般には水とアルコール度の強い蒸留酒を混ぜたものを指す。

＊12　度の強い酒を充分に与えられたこと。コーン・ウイスキーの人気の高さから生まれた表現。

＊13　禁酒に関するこの牧師の意見はおそらく一八五二年四月一日の『フレデリック・ダグラス新聞』における記事「地域代表の教会からのメイン州法に対する重要な証言」に典拠したものである。

＊14　一九世紀半ばには、マサチューセッツ州ローウェルとイギリスのマンチェスターは主要な産業中心地であった。

＊15　イギリス中央部の工場町。

＊16　原文でホス（hoss）。ホース（horse）を指す。元気のよさを（あるいは馬の糞を）ほのめかす俗語。

＊17　ミシシッピ河の西岸沿いにある、ルイジアナ州南東部の市。

＊18　このクマの名が由来するアンドルー・ジャクソン（一七六七―一八四五）は、将軍および大統領としての任期中にイギリス、スペイン、そして先住民と戦ったために好戦的闘士という評判を得た。ジャクソンはまた、決闘も数回している。

＊19　ルイジアナ州南部の市。

＊20　メキシコの政治家で将軍のアントニオ・ロペス・デ・サンタ・アナ（一七九四―一八七六）は一八三六年にアラモの攻撃を率い、その結果約百五十名のテキサスの革命家たちが命を落としたがゆえに、合衆国では多くの者が特に残忍な人物と見なしていた。

＊21　ニューオーリンズ北部の連結した湖。

＊22　ルイジアナ州南東部の町。

＊23　足の速いすぐれた馬。

＊24　古代パレスチナにおける地名。

＊25　ローマの月の女神。

＊26　一八四九年のカリフォルニアにおけるゴールド・ラッシュの終息に対する当てつけか、あるいはおそらくカリフォルニアのクマに対する当てつけ。合衆国がメキシコとの戦争の後にカリフォルニアを手に入れたので、ブラウンは、アンドルー・ジャクソンがその典型である合衆国の領土拡張主義に皮肉を言うためにこの新聞記事を使ったのかもしれない。

＊27　ヴァージニア州中央部の市。

訳注

▽1　農夫は、余り者《オッド》とでも勘違いしたらしい。

▽2　秘密結社団員の意味もあるが石工の意味もあり、農夫は後者の意味と勘違いしている。

▽3　農夫はサンを息子の意味に取り違えている。

▽4　水割りリキュール。

▽5　しろうと学者。

▽6　香料、薬用の種子。なおコネチカットはナツメグ州という異名を持つ。

▽7　紡績機の心棒。

第二十三章　事実は小説よりも奇なり

「囚われた者に錠をかける貧しい特権が
自由というものか？
鎖を監視する者は、鎖をかけられる者に劣らず
大地と空気を楽しめないのだ」[*1]

バイロン

一年のうちのある季節、熱帯気候の土地はいずこも、きわめて破壊的な性格の疫病にさらされがちである。ニューオーリンズの住民は暑い季節になると、ロンドンの住民が十一月になると霧の出現を覚悟するのと同じように、黄熱病、天然痘、コレラの出現を覚悟する。一八三一年の夏も、それらの疫病の一つがニューオーリンズの人々を襲った。[*2]それは異常なほど不快で冷酷な形でやってきた。何の徴候もなく健康だった人々を捕らえたのだ。ときには瞬く間に死という結末をもたらした。ひどい痛みで脳の錯乱が始ま

り、同時に、あるいは引き続いて、発熱する。患者は燃えるような喉の渇きに襲われた。痛みに動転した胃袋が、救いを求めてなかにあるものを吐き出す無為な努力を重ねる。眼は血走り、顔は赤く腫れ、暗赤色に染まる。耳はしょっちゅうやかましく鳴り響く。粘っこい分泌物が舌を覆って口をきく力を奪う。病人が何かしゃべれば、そうすることで死が予想できた。病気の暴力が心臓に近づいていると、歯茎が黒くなるからだ。けいれんや、恐ろしい幻覚に妨げられて寸断される眠りは、目覚めているときよりも悪かった。脳に居座る錯乱のおかげで理性が敗れると、睡眠は患者の寝どこを完全に見捨ててしまう。体内の熱の上昇は黄色い斑点で示されるのだが、それが体の表面のいたる所に広がる。たとえそのときに幸いなる危機が来なくても、すべての望みはもう消えたのだ。まもなく息の悪臭で辺りの空気が汚れ、唇が光沢を帯び、眼に絶望が現れ、長い沈黙の合間にもれるすすり泣きだけが唯一の言語となる。口の両端から黒く燃えた血の混じる泡がひろがる。黄色の混じる青い筋が体じゅうを覆う。もうあらゆる治療は役に立たない。これが黄熱病であった。町じゅうに恐れと混乱がひろがった。毎日、平均して四百人以上が死亡した。騒動と混乱のなかで、犠牲者の数が増え続けた。友人がたちまち友人の後を追うことになった。感染の恐れゆえに人々は病人に近づくのを避けたが、同じ理由で死者は埋葬されぬまま放置された。ほぼ二千もの遺体が、埋葬地の地面に横たえられ、空気が汚れるのを防ぐためにそこで少しばかりのライム[*3]がかけられただけであった。

暑い気候の地を故郷とする黒人も、この病気に免疫はなかった。多くの農園は、熱病に奪い去られた者たちのあとを補充する奴隷に不足したため、仕事を中断しなければならなかった。ヘンリー・モートンとその妻は、その年たけり狂う騒動[*4]によって押し流された一万三千人のなかに入っていた。他の大勢の人々と同様に、モートンも土地と株を手広く扱っていた。そして外見上は良さそうな状況に見えたが、実際には大きな借金を抱えていた。アルシーサは、南部のほとんどの白人女性と変わらぬほど色白だったけれども、我々がすでに知っているように、奴隷として生まれていた。すべての南部の州法によって、子供は母親の身分を受け継ぐのである。母親が自由の身なら子供は自由、母親が奴隷なら子供も奴隷なのだ。モートンはこの土地の法律に不慣れであった。彼はアルシーサと結婚したが、それは法律で認められていない結婚だった。だから彼が自分の妻だと思っていた女性は、実は自分の奴隷に過ぎなかったのだ。彼がこのことを知ったなら、そして自分の二人の娘エレンとジェインも自分の奴隷だったと知ったなら、彼の気持ちはいかばかりであっただろうか。しかし、これは事実であった。ヘンリー・モートンを突如としてこの世から消し去ったその病気がおさまったのち、事態の収拾のために援助できることがあれば何でもしてやろうと、彼の弟はニューオーリンズへ向かった。ニューオーリンズに着くと、ジェイムズ・モートンは姪たちを誇らしく思い、ヴァーモントの自分の家族と共に暮らそうと彼女たちに約束した。まさか兄が奴隷と結婚したとは、そして姪たちが奴隷の身であるとは、夢にも思わなかったのだ。娘たちも、母が奴隷であったなどとは聞いたこともなく、したがって自分たちの頭上に差し迫っていた危険については何も知らなかった。ジェイムズ・モートンによって財産目録が作成され、債権者たちの手に渡された。若いご婦人たちは、叔父と一緒に、ポンチャートレイン湖のほとりで二、三日過ごすために町を離れようとしていた。あそこなら、町では望めない新鮮な空気を楽しむことができるだろう、と。ところが、まさに列車に乗ろうとしたそのとき、巡査が彼らを逮捕したのだ。

若いご婦人たちは奴隷であり、叔父は亡くなった兄の財産を隠匿しようとした、というのだ。モートンは姪たちが奴隷として請求されると知って恐怖に打ちのめされ、彼女たちをそのような運命から救いたいから考える時間をくれ、と頼んだ。彼はこのくらいの年齢の若い女奴隷の値段に相当する額を払うためにヴァーモントにある自分の小さな農場を抵当に入れることすら申し出た。だが、債権者たちは、この娘たちは「逸品」だから、普通の奴隷以上の値で売れるだろう、したがって競売にかけねばならない、と抗弁した。叔父はあきらめた。姉妹はニューオーリンズの奴隷市場へ連れて行かれ、最高の値をつけた者に提供されるまで、食べることも眠ることもせず、互いに身体を寄せ合って離れようとしなかった。市場では二人は身をふるわせ、顔を赤らめ、泣きながら、この上なく下品な言葉を否応なく聞かされ、美しく優雅なからだつきを探る粗野な手から身を縮めて立っていた。

競り手たちの激しい競り合いののち、若い婦人たちは一人は二千三百ドル、もう一人は三千ドルで売られた。この娘たちが単なる屋内召し使いか畑奴隷として売られたなら、この半額にすらならなかっただろうと今さら言う必要もない。彼女たちがトマス・ジェファソンの孫娘であるということが、市場価値を増したのは明らかだ。可愛がられて育ち、上品な生活に囲まれ、そのような人生が生み出す内気さしか備えていない二人の女性は、こうしてスミスフィールド市場[*5]の家畜のように金銭と交換されたのだった。姉のエレンは、家政婦として彼女を買ったと言うある老紳士に売られた。彼女は町から九マイル離れた彼の住まいに連れて行かれた。だが、すぐに自分が何の目的で買われたのかを知った。教育を受けて精神も感性も洗練されていた彼女は、自分がどれほどおとしめられたかを悟り、即座に死を迎えることのできる手段を手にした。到着の翌朝、彼女は死体となって寝室で発見された。毒を飲んだのだった。ジェインのほうは、最近巨額の財を手にしたばかりの派手ないでたちの若者に買われた。その若い南部人の外観そのものが、この男が節操のない放蕩者であることを示していたので、この若い娘は誰かに差し迫った悲運を教えてもらうまでもなかった。十五歳の若い乙女はミシシッピ河と海の接点に近いこの男の田舎の屋敷にすぐに連れて行かれた。そこは海を見下ろす切り立った崖の上に広がる深い森のなかにあり、人里から遠く離れた、とてもすばらしい場所だった。だが、その立地条件、辺りを支配しているその荒涼たる荘厳さ、恭々しく崖のふもとを洗う波の音もあまりにみごとなので、屋敷は絵のように美しくはあったが、森のなかの牢獄のようだった。ここで彼女が会うのは、彼女の召し使いとして仕えてくれる歳とった黒人女以外に誰もいなかった。若者が彼女に見せる微笑は、憤然とはねつけられた。だが彼女は彼の所有物であり、正義と慈悲は彼を通して以外には望みようがなかった。

ジェインはまだ十五歳だったが、父の事務所で働いていた学生で若いフランス人のヴォルニー・ラパクに強く心を惹かれていた。その青年の貧しさと、この娘の若過ぎる年齢を考慮して、娘の両親には彼らの気持ちを隠してきた。雇い主が亡くなり、ヴォルニーはモービルに住む未亡人の母親の所に戻っていたので、娘から一通の手紙がくるまで、恋人にふりかかった不運のことは何も知らなかった。だが、たとえ彼が望んだとしても、主人の館にこのように閉じ込められている彼女を、どうやったら一目でも見ることができるだろうか? 主人に「強情っぱり」と呼ばれて数日が過ぎたのち、若い娘は上の階の寝室に移され、主人の意にしたがうまでそこにいろと命じられた。彼女はそこに二週間以上もいた。毎日、主人が訪ねてくるのを除けば、仕えてくれる黒人老女以外に誰にも会うことがなかった。ある明るい月夜の晩、窓辺に座っていた彼女は、窓の下にいる男の人影に気がついた。最初は、主人かと思った。だが、その人物の背丈から、すぐに別人だと確信した。そう、あれはヴォルニーだ! 彼は手紙を受け取るやいなやニューオーリンズへ向けて出発したのだ。ニューオーリンズに着いてすぐ、恋人が連れ去られたことを知り、追いかけようと決めたのだ。彼はそこにいる。だけどどうやったら連絡がとれるだろう? この秘密については、主人に伝わるかもしれないので黒人老女に頼る気にはなれなかった。ジェインは大急ぎでメモをしたため、それを窓の外に投げた。若い男はぱっとそれを拾い上げるとすぐに森のなかに姿を消した。夜は彼女にとって退屈なまま過ぎていき、翌朝、彼女は前夜彼が立っていた所にその足跡でも見えるかと期待して、窓の下を眺めた。また夕方が戻り、それと共に愛する人の姿をまた見るという望みも戻ってきた。この望みはかなった。というのも、昼の光が消えたとたん、そして月がもう一度高い木々の頂を通って昇ってきたとき、前の晩と同じ場所に若い男の姿が見えたのだ。彼は手に縄梯子を持っていた。ジェインはこれを見るなり、ベッドからシーツをはがし、引き裂いて細い紐状にし、それらを結び合わせ、一方の端を家の側面に沿って下ろした。あっという間に縄梯子の先端が彼女の手に届いた。彼女はそれを部屋の内側に縛りつけた。まもなく若い乙女の降りてゆく姿が見られた。そして熱狂した恋人は両腕を差しのべ、乙女を受け止めようと待ち構えた。猟から戻ってきた農園主は、青年が両腕に彼女を受け止めようとしているときに獲物を目にした。その瞬間、鋭い猟銃の音がすると、青年は血まみれになって乙女の足元に倒れた。ジェインは意識を失ってそのかたわらに倒れた。その後何日間も、激しい苦悶に襲われて意識が混濁し、自分がどこにいるのかも、誰に囲まれているのかも彼女にはわからなかった。理性がゆっくり回復してくると、深い鬱状態に陥り、それはついに彼女の残酷な主人の憐れみさえ誘うに至った。いつも懇願するような表情を帯びていた美しく輝く眼は、今や悲しみをたたえて心を突き刺すようであり、主人は見つめられると耐えられなかった。二、三日してその可哀そうな娘は失意のあまり息絶え、夜の間に黒人たちが庭の奥に埋葬した。あんなにもだいじに育てられ、あんなにも優しく愛された彼女の墓で、泣く者は誰もいなかった。

読者よ、これが南部の州の法律によって奴隷であることを運命づけられた者のありのままの話なのだ。それはそれ自身の悲嘆の話だけでなく、決して明るみに出ないその他の無数の不正や苦難も語っている。いかなる援助でも取り除けず、いかなる同情でも軽減できず、いかなる希望でも元気づけることができないゆえに、なおいっそう苦く恐ろしいのだ。

原注

＊1　ロード・バイロン、『ドン・ジュアン』(*Don Juan*, 1819-24)第十編より。

＊2　実際に一八三二年にニューオーリンズを襲ったのはコレラの発生だった。黄熱病の描写に関しては、ブラウンはジョン・R・ビアードの『ハイチの黒人愛国者、トゥサン・ルヴェルチュールの生涯』(*The Life of Toussaint L'Ouverture, the Negro Patriot of Hayti*, 1853)を借用している。

＊3　無臭カルシウム化合物。

＊4　ブラウンは年代と史実を歪曲している。というのは、もしモートン夫妻が一八三一年に亡くなっているなら、彼らは一八四〇年代半ばにサロメ・ミラーを助けることはできなかったであろう。【訳者補注　第十四章を指す】

＊5　スミスフィールド地区には、ロンドンの主要な肉市場がある。

第二十四章　逮捕

「恐ろしい嵐が――それは神の慈悲で長らく遅れていたのだが、
　今にも起こりそうにゆっくり下りてくる。
奴隷たちはそのうちに見るかもしれない、
　プランテーションに煙と炎が満ち、主人が身をすくめるのを！[*1]」

カーター

馬車がリッチモンドに到着し、クローテルが再び生まれ故郷の地に降り立ったのは夜も遅くなってからのことだった。彼女は町はずれのどこかに宿を探すつもりでいたのだが、時間が遅かったので、やむなくその夜は大きなホテルのどれかに泊まることにした。宿に入るとすぐに、たくさんの黒人《ブラック》召し使いたちのなかに、自分のことをよく知っている者が一人いることに気がついた。彼女は変装が見破られないように、とそれだけを願った。ほとんど脱出の望みをもてぬ場所を訪れ、愛する子を救い出そうとしたクローテルの物に動じぬ冷静さと、自分を完全に忘れてしまう面は、心のなかの感情の訴えを実行に移す女に特有の、あの過剰な意欲を示している。女の性《さが》そのままに、彼女は別の人間のためにわが身の自由を危険にさらしたのだった。

彼女は夜の間はホテルにおり、翌朝は病気を口実に一人で朝食をとった。その日、この逃亡奴隷は町の郊外を訪れ、もう一度、あの、たくさんの幸せな時間を過ごしたコテージを眺めた。季節は冬だったのでクレマチスもトケイソウもなかったが、何度も歩いた同じ小道、家の裏庭を通るときに木陰を提供してくれたあの木々があった。昔の思い出がどっと押し寄せ、クローテルは涙にくれた。自分は今や故郷の町、娘の近くにいるのだ。でもどうやって娘と連絡がとれるだろう？　どうしたら会えるだろう？　自分のことを知らせるのは自殺行為に等しい。裏切られて逮捕されるのがおちだ。三日が経ち、クローテルはまだ最初に泊まったホテルにいた。まだ我が子についての情報は何も得ていなかった。クローテルにとって不運なことに、ちょうどヴァージニア州で奴隷たちの間に反乱が起こったばかりだった。だからよそ者は皆、疑惑の目で見られたのである。

奴隷制の結果として起こる弊害は、一筋や二筋の光明が入ってきても軽減されるものではない。奴隷が自分の境遇に目覚め、自分を苦しめる不正を意識さえすれば、そしてこういうことをわずかでも考えられさえしたら、我がものと思うものを自ら所有する最初の機会をつかむだろう。アングロサクソン系とアフリカ系の血の混合は、アメリカの奴隷たちがこれまで知らなかった反抗的な感情を生み出していた。自分の所有主との血縁に気づくと、これらムラートは個人的及び社会的不正の感情を抱きながら労働する。彼らは暗い復讐への情熱を、たぎらせはしないまでも、我慢している。一方、奴隷所有主は危険をはらんだその立場に気づいており、いつも奴隷の間の反乱を恐れ、たえず目を光らせている。[*2]

確かに、自由州も、奴隷の間で起こるかもしれない反抗的な動きを抑えるために奴隷州と対等に手を結んでいる。北部の自由民は憲法上、奴隷の拘束に関しては奴隷所有主を援助する義務がある。しかし、これを書いている今現在、合衆国には四百万人もの奴隷がいるのだ。今話題にしたその反乱は、奴隷として生まれ育った生粋の黒人に率いられたものである。彼は奴隷監督の鞭のしなう音を聞き、温かい血が黒人の体から流れるのを見てきた。親と子が引き離されるのを目撃してきた。そうしたことをあまりにも多く目にしてきたので、奴隷は奴隷所有主の手では何の正義も期待できないということに気づかされたのだ。彼は「ナット・ターナー」[*3]という名で通っていた。黒人たちの説教師で、その雄弁さは有名であり、白人たちから尊敬され、黒人たちから愛され、あがめられていた。反乱計画が発覚すると、ターナーは沼地に逃げ、反乱に加わった者たちも彼にしたがった。ここで、反抗者の数は数百にもふくれあがり、しばらくは抑圧者に抵抗した。ディズマル湿地帯には何千エイカーもの原野と、ヴァージニアの他の地域では知られていない野生動物や虫の棲む密林がある。逃亡奴隷たちはたいていここに隠れ処を求め、ここに何年も暮らした者たちがいたことも知られている。そんな連中の一人が反抗者グループに加わった。大きくて背の高い、生粋の黒人で、いかつい、野蛮な顔つきをしていた。顔に刻まれたしるしは、この男がアフリカの野蛮な種族の出身であり、そこが彼の生まれ故郷であることを物語っていた。彼が身にまとっているのは、自分が殺した獣の皮で作って腰のまわりにつけた帯だけだった。彼が率いている者たちのなかで持つ権威の証《あかし》は、狐の尻尾で作った一対の肩章だけで、彼はこれを紐で肩にくくりつけていた。彼はわずか十五歳でアフリカの海岸からキューバ島へ連れてこられ、そこからヴァージニアへ連れ込まれたのだ。沼地で二年過ごし、そこをこれから先の住まいと考えていたとき、やはり逃亡奴隷であった黒人女性と出会い、故郷での流儀にならって、結婚式として彼女にオイルを塗るという手順を踏んだ。彼らは沼地のなかの丘にほら穴を作った。ここが二人の住まいだった。彼の名はピックィロ。唯一の武器は、近くのプランテーションから盗んだ草刈りがまの刃で作った刀だった。服装、人柄、行儀、戦い方、すべては生まれ故郷で子供の頃に受けたしつけによるものだった。彼は猫のように活発に動き回り、繁茂する木々にも深い水にも妨げられることはなかった。大胆で、荒れ狂う精神の持ち主だった。復讐のため、出会った白人すべての血で手を染めた。彼はその特異な体質によって飢え、渇き、疲れ、不眠をものともしないようだった。身についた雰囲気は猛々しく、足を斜めに踏みしめて歩き、表情は残忍であった。サウザンプトンの反乱における指導者の一人はこのような人物であった。[*4] その時期、主人の家の敷居の外にいたすべての黒人は逮捕され、すべてのよそ者の白人も神経過敏な見張りの対象になっていた。

クローテルが我が子メアリを捜しにヴァージニアへ戻ってきたとき、事態はこのような状況にあった。反乱のせいで奴隷所有者たちがかくも厳しく警戒していなかったとしても、この逃亡奴隷は警察の監視を逃れることはできなかったであろう。というのは、彼女の逃亡を告げ、捕まえれば多大な報酬を提供するという広告が、彼女の到着する前に町に届いており、巡査たちがこの逃亡者を見張っていたのだ。三日目のことだ。この混血女性が紳士の変装をしたまま、部屋で座っていると、町の巡査が二人、部屋に入ってきて、反乱を起こした黒人たちの同盟者ではないことを当局に請け合うために、自分たちにはすべての客を調べる権限がある、と伝えた。心臓を震わせつつ、クローテルは巡査たちにトランクの鍵を渡した。彼らが驚いたことに、そのなかには婦人用の衣類しか入っていなかった。これが彼らの詮索心を刺激し、さらなる調査につながり、クローテルが逃亡奴隷として捕らえられる結果となった。彼女はすぐさま牢に連行され、そこで主人の命令を待つこととなった。手足に鎖がつけられ、何日もの間、親切な声に励まされることもなく、孤独で、希望もなく、惨めな気持ちで、彼女は冷酷で思いやりのない所有主の所へ帰されるときがくるのを待っていた。

この逃亡奴隷の逮捕についてはすべての新聞が報じていたが、まったくと言っていいほど世間の評判にはならなかった。住民たちは奴隷の反乱を抑えることに忙しかったのだ。反乱が成功する見込みはまったくなかったというのに、白人たちは生半可なことではないと見なしてありったけの用心をした。毎日、新しい反乱の知らせがあった。白人は情け容赦なく、所有主のプランテーションの外で見つけた黒人《ブラック》をすべて虐殺した。黒人たちは仕返しに、家々に火をつけ、炎のなかから逃げ出そうとした者を殺した。虐殺に次ぐ虐殺で、白人《ホワイト》の血が黒人《ブラック》の血の復讐のために流れた。これらが奴隷制度のもたらした破壊である。黒人のためには墓は掘られなかった。彼らの死体は犬や禿鷹の餌になり、太陽によって幾分石灰化した彼らの骨は、まるで苦役に対する悲憤と力への欲を印すかのように辺りに散乱したままであった。沼地にいるわずかな人数を除いて、奴隷たちが平定されたとき、残る反乱者たちを狩り出すために、そのじめじめした場所に猟犬が放たれた。捕らえられた黒人たちのなかに、これから述べることになる一人の人物がいた。▽1

原注

＊1　ブラウン編『反奴隷制のたて琴』のなかのJ・G・カーター夫人の詩「汝ら自由の息子たち」(“Ye Sons of Freedom”)より。

＊2　この文節のために、ブラウンはビアードの『ハイチの黒人愛国者、トゥサン・ルヴェルチュールの生涯』(一八五三)から借用している。

＊3　ナット・ターナーの悲惨な奴隷反乱は一八三一年、ヴァージニア州サウザンプトンで起こった。

＊4　架空の人物ピックィロの描写に、ブラウンは『ハイチの黒人愛国者、トゥサン・ルヴェルチュールの生涯』のなかのハイチの革命家ラムール・デ・ランスのビアードによる描写を借用している。ブラウンは再び時代を歪めている。というのは、クローテルは一八三九年の選挙運動の間に馬車に乗ったはずであるのに、ヴァージニアに戻るのが一八

三一年のナット・ターナーの乱に引き続く時期となっている。

訳注

▽1 第二十六章から登場するジョージのこと。

第二十五章　死は自由なり

「我は自由のみ求めしものを、汝らが与えしは
束縛、そして墓での自由」[*1]

スネリング

コロンビア特別区[▽1]には、奴隷を収容する監獄、通称「黒人の檻」がいくつか存在している。これらの監獄は、たいてい、ニューオーリンズの市場向けに奴隷の一団を集めるときに、彼らを拘留しておくのに使われている。そのなかには政府所有の監獄もあり、特にその一つは、多数の自由黒人《カラード》が時々投獄されたことがある場所として知られている。合衆国の首都は、この地域に存在するのだ。ワシントンを訪れる自由黒人《カラード》は、彼らが自由である権利をはっきり述べ、かつ証明する書類を用意していなければ、逮捕されてこれらの監獄のどれかに入れられるかもしれないのである。そして自由の身であると示すことができた場合、逮捕と拘留にかかった費用を支払えるなら、という条件で解放される。その費用を支払えないと、彼らは

売られてしまう。この不当で抑圧的な法律のおかげで、自由州に生まれた多くの者が、南部諸州の綿花、砂糖、米のプランテーションにおける隷属の人生に引き渡されてきたのだ。クローテルは主人の命令により、リッチモンドから移され、これらの牢獄の一つでニューオーリンズ行きの船の出るのを待つことになった。彼女の収容された牢獄は、ワシントンの国会議事堂と大統領官邸との中間地点にある。ここで逃亡者の彼女が見るものと言えば、連れてこられたり、連れて行かれたりする奴隷たちの姿だけであった。連れて行かれた者は、船に乗せられ、彼女自身もまもなく行かねばならぬその同じ区域に送りだされるのだ。リッチモンドにいた間、彼女は娘を見ることもなく消息を聞くこともできなかった。今や、娘に会うという望みはまったく消えてしまった。それに自分がニューオーリンズへ連れ戻されたら、主人からどのような酷い仕打ちを受けるかもわかっていた。

彼女が送りだされることになっていた日の前日のたそがれどきのことである。夜に備えて古びた牢獄が閉められようとしていたまさにそのとき、彼女は突然看守の脇をぱっと走り抜け、一目散に逃げ出した。牢獄からロング・ブリッジ[*2]までは、大した距離ではない。その橋は町の低地部からポトマック川を越えて、不滅の名声の主ワシントンの優秀な親族であり子孫であるジョージ・W・カスティス[*3]の所有する有名なアーリントン・プレイスの広大な森林地帯へとかかっている。この哀れな逃亡者はそちらへ向かって逃げたのだ。この脱出があまりに不意だったので、看守が他の囚人たちを監禁し、助っ人たちを呼び集めて追跡を始めるまでに、彼女はかなり先へ進んでいた。そんな時間帯に、そんな場所で、追跡のための馬がすぐに手に入れられそうにはなかった。逃げる女を追わせる猟犬も手近にいなかった。そして一度は、奴隷と奴隷捕獲人との間で、速度と持久力が公平に争われているかのように見えた。看守と警官の一団は、彼女のすぐ後ろで追跡の叫喚を上げていた。驚いた市民たちは、何が起こったのか知ろうとして家々から外へ出てきたのだが、乱雑な大通りを走り抜けて行くその逃走があまりに速かったので、事情を察して追跡者の混成集団に加わるか、(その夜は大勢がそれをしたのだが)、追跡に加わることを拒否して、あえいでいる逃亡者が逃げ延びられるように、無慈悲な人買いが今回だけは獲物を捕まえ損ないますようにと心配そうな祈りを天に向けて上げるほかなかった。そして今や、矢のような速度で、大通りを通り過ぎ、追跡者たちとの距離を着実に拡げながら、この追われる哀れな女性は、いわゆる「ロ、ン、グ・ブ、リ、ッ、ジ」に到達した。そこで阻止されることはありそうにない。そしてすでに、彼女の心臓の鼓動は成功の希望で高く打ち始めていた。四分の三マイルだけ橋を越えさえすればよいのだ。そうすれば大きな森のなかに身を潜めることができる。そうすればちょうど降りてきた夜の帳《とばり》がこの身を包み、敵の追跡から守ってくれるだろう。

しかし、神の摂理により、事態はそうならなかった。神は、その夜、大統領官邸と米国首都がはっきり見えるところで、恐ろしい悲劇が起こることを決めておられたのだ。このことがどこであれ人口に膾炙すれば、人間の心が受け継いでいる抑えがたい自由への愛の証拠となるであろう。同時に、奴隷商人の罪の残忍さと大きさに対する新たな訓戒となるであろう。追跡者たちが橋の上に入った直後、船の通行のために高くなっている跳ね橋開閉部を越えたちょうどそのとき、ヴァージニア側から三人の男がゆっくり近づいてくるのが見えた。追跡者たちはその男たちに向かって、逃げているのは逃亡奴隷だ、捕まえろ、と叫んだ。彼女が近づいてくるや、ヴァージニア人の本能に忠実に、その男たちは狭い橋に横一列の体勢を組み、彼女を捕らえる準備をした。そちらの方向への脱出が不可能だとわかると、彼女は不意に立ち止まり、追跡者たちのほうを向いた。逮捕を確信してすでに大喜びしつつ、逃亡に対して罰を食わせるぞと脅しながら、これまで以上に足取りを速め、下品で野卑な一団がやってきた。一瞬、彼女は脱出の望みはないものかと切望しつつ半狂乱の態で辺りを見回した。どちらの側でもはるか下のほうで、ポトマック川の深く泡立つ水がうねっていた。前と後ろから足音が急速に近づいており、追跡者たちの騒々しい声がして、これ以上自由を求めて努力しても無駄だということを示していた。彼女は決断した。両手を発作的に握りしめ、それを上げると同時に天のほうへ眼を上げ、地上では拒否されてきた慈悲と同情をそこでは得られますように、と請うた。そしてひとっ跳びで橋の手すりを越え、波の下に永遠に沈んだのである！

このようにしてクローテル、合衆国大統領トマス・ジェファソンの娘は死んだ。アメリカ独立宣言の起草者として名高く、その国の最初の政治家の一人だった人の娘は。

クローテルがミシシッピからリッチモンドへ逃げたときのように変装して、他の国における抑圧から脱出し、合衆国へ到達したのだったら、この英雄的な女性にアメリカ国民はどれほど大きな名誉であろうと惜しまず与えたことであろう。だが彼女は奴隷だった。だから彼らの同情の柵の外にいた。彼らはギリシヤやポーランドのために流す涙は持っている。彼らは「気の毒なアイルランド」にはたくさんの同情心を持っている。彼らはトルコの牢獄から「自由な人々の土地であり勇気ある人々の安息の地」へハンガリーの避難民を運ぶ戦艦を提供することはできる。彼らはアメリカが「自由の揺りかご」だと自慢する。もしそうならば、彼らは子供を揺らして死に至らしめてしまったのではないだろうか。[*4] クローテルの亡骸は、強い波の押し寄せていた川岸から拾い上げられ、砂に穴が掘られ、そのなかに下ろされた。検死が行われることもなく、宗教的な儀式が挙げられることもなかった。これが、その美徳と善なる心が、人生においてより高い地位にある者にとってなら名誉となったであろう女性の、もし奴隷制の国でない他の国に生まれていたなら尊ばれ、愛されたであろう女性の生と死なのだった。クローテルの死後、二、三日して、次のような詩がある新聞に載った。

「さあ、哀れな人々に休息を！　長い一日が過ぎ、
やっとあそこに見える監獄に夜の帳が下りてくる。
さあ、錠をおろして閂《かんぬき》をかけるんだ！　おや、牢番よ、あそこをご覧！
罠を脱け出た野鳥のように飛んでゆくのは誰だ？
　女だ、奴隷だ──立て、追いかけろ、
　　日の光がいくらか残っている間に！
汝の叫びを響かせよ！──さあ、暴徒の群れが

追い迫ってきた――急げ！

自由を求める大胆な疾走！――行け、逃亡者よ、行け！
天は正しき者たちだけを助ける、そして汝の自由は勝ち取られる。
野原の自由な空気を彼女は懸命に吸う、
手足を、神経を、筋を、彼女は最大限に使う。
　コロンビアの栄光ある議事堂から、
　　コロンビアの娘は逃げる
　神の与えた聖域へ――
　　隠れ処となる森林へと。

今や彼女はロング・ブリッジを踏む――喜びでその目が輝く――
行く手には深い森と夕闇迫る空――
向こう岸に近づくにつれ、激しい希望でその胸が高鳴る。
ああ、絶望！　前からすばやくやってくる男たちがいる！
　恥だ、恥を知れ、それが男らしさと言えるのか！　彼らが

耳そばだてて聞き取るは、女を止めろという叫び、
するとまるで悪魔のように両腕を伸ばし、
彼らは獲物を捕らえんと待ち構える！

彼女は立ち止まり、振り向く！　ああ、逃げ戻るつもりなのか？
追跡者たちは近づきながら、オオカミのように大声で吠える。
彼女は絶望の表情を天に向ける——
苦悶は突如、祈りとなる——
聞け！　牢番のどなり声だ！　猟犬の吠え声のように
低い夜風にのって運ばれる！
今や、死か鎖のどちらかだ！　彼女は流れのほうを向き、
跳躍する！　おお、神よ、彼女は跳躍する！

暗く冷たいが、慈悲ある波が
奴隷の身体をその胸に受け入れた。
彼女は浮き上がる——かすみゆく目に地上の光景が映る

だが、彼女は強い急流に逆らわぬ。
　川を流されてゆくときに、
　　女の心がもらす断末魔の叫びは低い。
かき消されていく声は次第にかすかになり、
　　そしてその叫びは永遠に途絶えた！

さあ戻れ、牢番よ、お前の地下牢へまた戻るのだ、
血のついた鞭を振り、鎖を堅く留めるために！
お前が束縛しようとした身体は――神のもとに戻ったのだ。
　彼女の奴隷の身分より陰鬱な
　　夜の世界はこの世にない――
彼女の逃亡を止めたこの地より無慈悲な悪魔はいない――
　　喜べ！　追われた奴隷は自由なのだ！

奴隷女の亡骸を――ポトマックの誇り高き波が
ヽ、ヽ、ヽ、ヽ、
ワシントンの墓のそばへ運び、

その神聖な岸の上に高く引き上げてくれればいい、
我々の土地のために、その人が勝ち取った自由について語るために。
自由な男たちに追い詰められたかよわい女の亡骸、
我々の国よ、万歳！　万歳！
溺れて死ぬことによって、彼女は自由に向かって跳躍したのだ──
我々の国よ、万歳！　万歳！[*5]」

原注

＊1　ウィリアム・J・スネリング（一八〇四―四八）の詩から。彼の反奴隷制の詩は『解放者』に定期的に掲載されていた。

＊2　ポトマック川にかかってワシントン特別区とヴァージニアをつないだロング・ブリッジは、一八三五年に建立され、一九〇三年まで使われていた。

＊3　マーサ・ワシントンの孫であり、ワシントンの私有地マウント・ヴァーノンの一部の相続人であるジョージ・W・カスティス（一七八一―一八五七）は、劇作家として名を知られ、一八六〇年に『ワシントンの思い出と個人的回想録』（*Recollections and Private Memoirs of Washington*）を出版した。

＊4　この文章において、ブラウンが、合衆国の奴隷の苦境を無視してさまざまなヨーロッパの革命運動を支援すべく団結する一九世紀のアメリカ人たちの傾向を公然と非難している点は、多くの奴隷制廃止論者たちが共有するものである。ブラウンとウィリアム・ロイド・ガリソンが特に心を乱されたのは、ハンガリーの革命家ルイス・コシュート（一八〇二―一八九四）【訳者補注　ハンガリーでは姓・名の順に表記するので、正しくはコシュート・ラヨシュのこと】が一八五一年から五二年にかけて合衆国を巡ったときに彼に与えられた英雄扱いの歓迎ぶりであった。というのは、コシュートは奴隷制廃止に関しては中立的な立場をとると主張したからである。

＊5　「ロング・ブリッジからの跳躍」（"The Leap from the Long Bridge"）と題されたこの詩は、グレイス・グリーンウッド（一八二三―一九〇四）の作品であり、彼女の『詩集』（*Poems*, 1851）に収められている。ブラウンは言葉をいくらか換え、最後のスタンザを書き加えた。グリーンウッドは、元の詩を、実際に起こったできごとに基づいて書いたと言っている。

訳注

▽1　コロンビア特別区。米国首都ワシントンのあるポトマック川沿いの一地区。どの州にも属さず連邦議会の直接管轄下にある特別行政区。

第二十六章　脱出

「我々の罪深い土地には逃亡者は一人もいない
惨めな人々は奴隷制の手かせで縛られているから。
一方、星をちりばめた我々の国旗は無駄な自慢をする
自由な人々の土地、勇気ある人々の安息の地に翻るのだと！[*1]」

我々は、自分の父親の家で召し使いの地位に置かれていたクローテルの娘メアリ[*2]についてまだ話していなかった。彼女は、夫を屈辱の底に落としてやろうという明らかな目的で、女主人により連れてこられたのだった。最初、この若い娘は非常に厳しい仕打ちを受けた。だが、ホレイショ・グリーンがわが子に対して何の感情も持たなくなってしまったことがわかってからは、グリーン夫人自身が、夫の子に対して心を動かされ、その子の友人になったのである。メアリはいっそう美しくなり、あの国のほとんどの女性と同じように、急速に大人になっていった。

娘を救い出そうとしている間に逮捕されたクローテルのことは、母親がリッチモンドからワシントンへ移されてしまうまで、メアリの耳には入らなかった。そして母が近くまで来ていたことを娘が知る前に、母親は永遠に旅立ってしまったのだ。ホレイショ・グリーンは、クローテルが逮捕されたとき、リッチモンドにいなかった。彼がその地にいたら、クローテルを助けようとしたはずである。もっとも、彼女は彼の奴隷ではないので、たとえ彼がそこにいて、彼女を助けたいと思ったとしても力は及ばなかったのだが。例の奴隷たちの反乱は鎮圧され、反乱者のほとんどが殺されるか、州外に追放された。しかし、牢内に一人、残っていた。その男はホレイショ・グリーンの奴隷で、主人の屋敷内の召し使いだった。彼もまた、父親はアメリカの政治家であると自慢しようと思えばできただろう。男の名前はジョージといった。母親は、国会議員たちがよく宿泊するワシントンの大きなホテルの一つで召し使いとして雇われていた。ジョージが生まれた後、母親は奴隷商人に売られ、ジョージはグリーン氏、つまりホレイショの父親の代理人に売られた。ジョージはほとんどの白人と変わらないほど色白だった。その血管にアフリカ人の血が流れているとは、誰も想像しないであろう。髪はまっすぐで、柔らかく、細く、明るい色だった。目は青く、鼻は高く、唇は薄く、頭の形は良く、額は高く秀でていた。だから彼のことを知らない人々からは、しばしば自由な身分の白人と間違われた。このことがいっそう彼の境遇を耐えがたいものにさせた。というのは、こんなに色白だと仲間の奴隷たちからまともな扱いを受けることはめったにないのだ。それに、白人たちのほうもたいてい、こういう奴隷には身分を自覚させるために、しばしば鞭打ちか、あるいは苛酷な扱いをしないと、すぐに自分が奴隷であることを「忘れ」、「白人と同じだと思い込む」だろうと見なしていた。とはいえ、ジョージの向上の機会は、ほとんどの奴隷たちに比べてずっと大きかった。主人の家に暮らし、教養のある白人たちに仕えていたから、英語には精通していた。彼は主人と客たちが、踏みにじられて抑圧されたポーランド人たちのことを話すのを聞いていた。ギリシャ人の自由のために、その不運な人々の抑圧者と闘うべくギリシャへ赴く話をしているのも聞いていた。だからこそ、自由への愛に燃え、奴隷にされた同胞の福利に熱中したジョージは反乱者たちに加わり、彼らと共に敗れて捕らえられたのである。ジョージは、この不運な人々のうちで生き残ったただ一人の者であった。反乱の数週間前に起こったある状況がなかったら、彼らと共に処刑されていたであろう。たまたま、裁判所の建物が火事になり、急速に燃え広がったのである。消防ポンプが作動せず、建物を救う望みはすべて尽きたように思われた。その階上の部屋の一つには、この市のものであるいくつかの貴重な証書を収めた小箱が保管されていた。その箱のある部屋の窓に向けて、通りから梯子がかけられた。風が強く吹き、その方角に炎を走らせた。幅広い炎が、建物のその部分に何度も何度も吹きつけられ、それから風が煙の幕を持ち上げた。すると、まだ完全に破壊されていないことが見てとれた。破滅を運命づけられた建物がこのように人目にさらされ、その直後には実際そうなったのだが、破壊の最後の火の手がまだ訪れていないときに、ジョージはその近くに立っていて、その箱の中身がとても重要なのだということを耳にした。だが誰も、その宝を救うために炎のなかに飛びこもうとしないのを見て、彼は梯子を登り、窓へ進み、部屋に入って行った。そしてまもなくその貴重な箱を抱えて降りてくる姿が見えたのである。その若い奴隷が地面に近い所まで来て梯子から落ちたとき、万歳三唱が辺りに轟いた。白人の男たちは、怪我をしたのではないかと気遣って彼を腕のなかに抱き起こした。髪は焼け、眉毛もほぼ焦げており、衣類は強烈に煙の臭いがしていた。だが、この英雄的な若い奴隷は怪我をしていなかった。市の権威者たちは、次の会合で、この奴隷が町の恒久的な利益に尽くしてくれたとして、ジョージの主人に感謝することを評決した。そして、この気の毒な若者に持ち主が特別目をかけてやるようにと勧言した。ジョージが反乱に加わったために裁判にかけられたとき、彼らの気に入りの表現なのだが、この「一応ほめても良い行動」が持ち出されて彼に有利に働いた。彼の裁判は次から次に引き延ばされ、彼はとうとう一年以上も監獄で過ごしたのである。しかしながら、ついに大逆罪を宣告され、その日から十日以内に絞首刑に処せられることを言い渡された。判事は彼に、死刑を不服とする理由を何か述べたいかと尋ねた。ジョージは一瞬、沈黙したまま立っていたが、やがて「どうせ望み通りに話すことができないのですから、何も言うつもりはありません」と答えた。

「話したいことを言ってよろしい」と判事は言った。「お前は良い主人を持っていたではないか」と判事は続けた。「それなのにお前は不満を抱いた。お前は主人のもとを去り、我々の家を焼き、我々の妻を殺す黒人たちに加わったのだ」

「話すことをお許しくださったのですから」とジョージは言い始めた。「なぜわたしが反乱黒人たちに加わったか、お話しましょう。[*3] わたしは主人が『独立宣言』のなかの『すべての人間は自由で平等に創られている』という箇所を読むのを聞いたことがあります。そしてこれが、自分がなぜ奴隷なのかと自身に問う理由となったのです。また、主人が客たちと、イギリスとの戦争について語るのも聞きましたが、主人は、自由を求めるすべての戦争や闘争は正しく当然のものだと申しました。もしそうであるなら、わたしのどこが間違っているのでしょうか？　あなた方の父祖が抱えていた、そして独立戦争を引き起こした不満は、せんだっての反乱に従事した人々の不当な扱いや苦しみと比べたら、微々たるものでした。あなた方の父祖は奴隷ではありませんでしたが、我々は奴隷なのです。あなた方の父祖は連れ出されて家畜のように売られたのではなく、知識や宗教の光から閉ざされてしまったのではなく、残忍な監督の鞭打ちを受けていたわけでもありません。わたしの同胞は、黒い肌を持つという罪のために、飢えの苦痛、鞭打ちの刑罰、残酷な強制労働の屈辱に苦しんでいるのです。我々は黒人の教育を犯罪行為として明白に制定した法律によって、異教徒のような暗闇に閉じ込められています。一人の人間がもう一人の人間の骨や腱、血や神経に対して、いかなる権利を持つというのですか？　同じ一人の神が我々すべてを創られたのではないのですか？　あなた方はご自分の父祖が自由のために闘ったと言われるが、我々もそうだったのです。あなた方は、わたしがこの土地の法を犯したから死刑に処すると言われる。独立戦争の革命家たちは自由を求めて進んだとき、法を犯していなかったのでしょうか？　彼らは反抗者でした。だが成功したから愛国者とされたのです――我々も反抗者でしたが、失敗したから謀反人にされるのです。我々が成功していたとしたら、我々も愛国者になったことでしょう。成功すればすべてが違ってくるのです。あなた方は七月四日にお祭りをします。大砲を轟かせ、鐘を鳴り響かせて、アメリカ独立の誕生日を知らせます。しかし、大砲が轟き、鐘が鳴り響いている間も、この地の人々の六分の一は束縛されて奴隷制の下にあるのです。あなた方はここが『自由の地』だと自慢なさいますが、伝説の自由ではあなた方は救われないでしょう。父祖を褒め称え、彼らの墓を築いても、役に立たないでしょう。あなた方にはそのような遺産があるのに、それを愚かに使い、その価値を評価できないとしたら、もっと悪いのです。真の人間性の守護天使が、すべてを視野に収める丘の上から涙をためた目であなたのほうを見て、悲しんで翼を折りたたみ、『おお、ワシントンの地よ、雌鶏が雛たちをその羽根の下に集めるように、わたしは何度となく汝らの子供たちを集めたというのに、汝らはそうしようとしない。汝らの家が荒廃して汝らに残されるのを見よ』*4という歌を繰り返すとすれば悲しいことです。わたしが言いたいのはこれだけです。終わります」

　その場にいたほとんどすべての者が、心を動かされて涙を浮かべた。判事すら、この若い奴隷の知性に驚いた様子であった。それでもやはりジョージは奴隷であり、彼を見せしめにしなければならず、だから処刑が宣告されたのだった。ジョージはクローテルの娘メアリと同じ家に雇われていたので、彼女に惹かれるようになっていた。そして若い恋人たちは夫と妻になるときを情愛込めて待ち望んでいたのである。

　ジョージに死刑が言い渡された後、メアリはいっそう彼への想いを募らせ、女主人に請うて独房にいる彼を訪れる許可をもらった。哀れな娘は、身も心もささげると誓った相手を毎日訪れた。そのような逢瀬の一つで、刑の執行を定められた日のほんの四日前のことであったが、メアリがジョージの独房に座っていた間に、まだ彼を重罪犯の運命から救えるかもしれないという考えが浮かんだ。彼女はそのとき心を占めていた秘策、すなわち、ジョージが自分と衣服を交換し、変装して脱獄を試みるという考えを打ち明けた。だが彼は一瞬たりともその提案に耳を貸そうとしなかった。発覚を恐れたのではない。無実の、情愛深い娘を自分の代わりに苦しませるような立場に置くなど、とても同意できなかったのである。メアリは懇願したが、無駄だった——ジョージは頑なであった。哀れな娘は、自分の計画が成功しなかったのを悔みながら、重い心で恋人のもとを去った。

翌日の夜が近づいた頃、再びメアリが牢獄の入り口に姿を現し、なかへ入れてほしいと申し出た。そしてすぐに、心から愛する彼のそばへ行った。彼女がそこにいる間に、それまで数時間もこの町の上に垂れ込めていた雲が切れ、恐ろしい雷鳴と稲光とを伴って滝のような雨が降り出した。メアリは考えられうる限りの説得力をもって、再びジョージに、不名誉な死から逃れるために自分の助けを利用してほしいとせがんだ。自分は刑を宣告された人間ではないのだから不当な扱いは受けないだろう、とメアリが安心させたので、ジョージはようやく同意し、彼らは衣服の交換を始めた。ジョージは小柄だし、二人とも色白だから、見破られずに外に出るのに何の困難もない。それに、たいてい彼女は手にハンカチーフを持ち、ときにはそれを顔に当てて、泣きながら独房を出て行くので、彼はこの形態を借用しさえすればよく、脱出は無事にできるだろう。二人は接吻を交わし、メアリはジョージに、必要品の小さな包みを人目につかぬように隠してきたので、どこを探せば良いか教えた。そのとき、牢番が扉を開けて言った。

「さあ、お前、もう行く時間だよ」

ジョージはもう一度メアリを抱きしめ、牢獄の外へ出た。外はすでに暗く、街灯が灯されていたので、新しい衣装を着た我々の主人公は、発覚を怖れることもなかった。必要品の包みを捜し当てたのち、哀れなジョージはまもなくカナダに向かう路上にいた。だが二人とも、ジョージが脱出した後で服を変えることなど考えてはいなかった。だから彼はほんの少し歩いた後で、服を変えれば進みやすくなるだろうと気づいた。だが、裏切られることを恐れた彼は、黒人《カラード》の仲間の所へも敢えて行かなかった。しかしながら彼は、昼間は森のなかに隠れ、夜は北極星に導かれて進み、カナダの方向へできるだけ急いだ。

詩人と同じく、彼も本当に次のように言ったことだろう。

「北の星よ！　燃える空が
　周囲に洪水のごとく陽光をそそぎ、
弱いが忠実な汝の光線を隠している間、
　我もまた、身を潜め、夜が来るのを待ち焦がれている」*5

ある朝、ジョージはオハイオ河の岸辺に到着し、こっそり河を越えさせてくれる人が誰かいなければ、自分の旅もこれで終わってしまうのだと悟った。というのは、奴隷に河越えをさせると、奴隷の値段に加えて罰金も取られるので、フェリーに乗って河を越えるなど無理であろうからである。彼は河を越えられる好機はないものかと考えながら、河の近くの丈高く伸びた草むらに隠れていた。そこに隠れてまもなく、岸辺近くに小舟を浮かべている一人の男に気づいた。明らかに釣りをしているようだった。衝動的に、その男に呼びかけ自分をオハイオ州側に運んでくれと頼もうとした。だが、その男が奴隷商人か、あるいは自分をおそらく捕まえる者かもしれないという怖れのために彼はそうしなかった。その男はしばらくの間、漕いだり漂ったりした後で、小舟を木の根に結びつけ、近くの農家に向かって歩き出した。

これぞ、ジョージの待っていたときであり、彼はその好機をつかんだ。土手を駆け下り、小舟を解き放ち、そのなかに飛び降りると、小舟に慣れている者の持つ熟練した技をありったけ働かせ、河を越えてオハイオ州側の岸に上陸したのである。

今や自由州にいるのだから、まったく安全にカナダに向かって旅ができるのだと彼は思った。ところが、ほんの二、三マイル進んだときに、馬に乗った二人の男が自分の背後からやってくるのに気づいた。彼らが自分を追いかけているはずはないと確信したものの、彼らに見られたくはなかったので、彼は向きを変えて近くの家に通じる別の道へ入って行った。男たちが後からついてきて、ジョージの近くまで来たとき、彼は農家に走り寄った。農家の前には、縁の広い帽子をかぶり、立ち襟の上着を着た、農夫らしい男が立っており、ジョージはこの男に自分を「奴隷捕獲人」から救ってほしいと懇願した。農夫は近くにある納屋へ入れと言った。彼は表の入り口から入って行った。農夫は後ろからついてきてジョージの背後で戸を閉めたが、自分は外に残り、雇人の男にジョージをどうしたら良いか、指図を与えていた。その頃には奴隷所有者たちは、もう馬から下りていて、納屋の前へ来ると、なかへ入れろと要求した。そして農夫に向かって、自分たちの女奴隷をかくまった、と責めたてたのである。というのは、ジョージがまだ女の服装でいたからだ。そのフレンド会員は、と言うのはその農夫はフレンド派[*6]の一員であることがわかったのだが、奴隷所有者たちに、もし納屋を捜索したいのならまず役人を探して捜査令状を入手しなければならない、と告げた。一行が言い争っている間に、農夫は表の戸口を釘づけにし始め、雇人の男は裏の戸口を同じように釘づけにしていた。奴隷所有者たちは、このフレンド会員を説得して奴隷を捕まえられないとわかると、役人を探しに行くことに決めた。奴隷が納屋から脱け出さないよう見張るために、一人がその場に残り、もう一人は一番近い町であるマウント・プレザントへ全速力で向かった。ジョージはこれらの男のどちらの奴隷でもなかったし、彼らはジョージを追跡していたのでもない。彼らはこの辺りで姿を目撃したある女を見失い、女装した哀れなジョージが追跡をかわそうとしたのを見て、獲物に迫れたと確信したのだった。しかしながら、もし彼らがジョージを捕らえたとしたら、自分たちの奴隷ではないけれども、彼を連れ戻して牢に入れたことであろう。そしてそこで彼は自分の所有者が到着するまで留め置かれたことであろう。

二時間くらいすると、奴隷所有者が役人を伴って戻り、あのフレンド会員がまだ大きな釘を戸口に打ち込んでいるのを見た。彼は勝ち誇った口調と勝ち誇った身振りで、フレンド会員に捜査令状を手渡し、「さあ、これでもう、うちの黒ん坊《ニガー》を捕まえることができるよな」と言った。

「そうですね」とフレンド会員は言った。「あなたは法にしたがってことをなさったのだから、もううちの納屋に入ることができますよ」

「戸を開けるから、あんたの金づちを貸してくれ」と奴隷所有者が言った。

「もう一度、令状を見せてもらいましょう」

そしてもう一度じっくり読んだのち、フレンド会員はこう言った。

「わたしがあなたにうちの戸を開けるために道具を供給しなければならないとは、この書類のどこにも書いてありませんね。お入りになりたいのなら、どこかよそで金づちを手に入れてこなければなりませんよ」

保安官が「近くの農場へ行って、ダイナ嬢を我々に引き合わせてくれるものを何か借りて来ましょう」と言い、すぐさま道具を探しに行った。役人はほどなく戻ってきて、連中は納屋の戸を乱暴にたたき始めた。戸はすぐに破られた。奴隷所有者と役人はなかに入り、干し草を掘り起こし、なんとしてでも失った財産を捜そうとした。しかし、驚いたことに、奴隷はそこにいなかったのである。ダイナを捕まえる望みがすっかり消えた後、奴隷所有者は憤慨してフレンド会員に言った。

「うちの黒ん坊《ニガー》はいないじゃないか」

「誰かがここにいたとは、あなたに申しておりません」

「だが彼女が入って行くのは見たし、あんたは彼女が入った後で戸を閉めたじゃないか。彼女が納屋にいないのなら、何のために戸を釘づけにしたんだ?」

「自分のうちの納屋の戸をどうしようとわたしの勝手じゃありませんか。それじゃ、教えてあげましょう。あなたはこれ以上、苦労なさる必要はありませんよ。だって、あなたの追いかけている人物は、表の戸口から入って裏の戸口から出て行き、もう今頃ははるか遠くまで行っていますから。あなたとお連れの方は、もう、かなりお疲れになったでしょう。なかへ入って一緒にささやかな食事でもなさいませんか?」

善良なクエーカーのこの落ち着きはらった招待を、奴隷所有者たちが受け入れなかったことは言うまでもない。一方、ジョージは何マイルか先にある別のフレンド会員の住まいに案内され、そこで女装を脱ぎ、立ち襟の上着とそれに合うズボンできちんと正装し、間違いなくカナダに向かう道を再び歩いていた。

逃亡者は今では、昼のうちに旅をして、夜の間は横になった。わびしく疲れる二週間の旅ののち、彼はカナダに到着し、セント・キャサリンズ[*7]という小さな町に住まいを定め、カーネル・ストリートの農場に仕事を得た。ここで彼は夜学に通い、日中は雇用主のために労働した。気候は寒く、賃金は少なかったが、彼は自由でいられる土地にいた。これこそ、この若い奴隷が、あらゆる黄金にも増して重んじるものであった。彼は自身に教育をつけられるよう最善の努力を尽くしただけでなく、周囲に大勢いた逃亡奴隷仲間たちにもそれをできるだけ分け与えた。

原注

＊1 『解放者』一八四四年九月十三日号のA・E・アトリーによる「星条旗」（"The Star Spangled Banner"）より。

＊2 この章および次の二つの章におけるメアリの物語に関しては、ブラウンの著書『ヨーロッパにおける三年間』（*Three Years in Europe*, London, 1852）の「手紙、その二十二」において初めて語った話を改訂したものである。

＊3 ジョージの弁論は、フレデリック・ダグラスの「奴隷にとって七月四日とは何か」（"What to the Slave is the Fourth of July?", 1852）と共鳴している。

＊4 マタイによる福音書二十三章三十七—三十八節におけるイエスの訓戒を言い換えたもの。この弁論のなかで、ジョージは「エルサレム」の箇所を「ワシントン」に置き換えている。

＊5 ジョン・ピアポント（一七八五—一八六六）の『パレスチナの旋律およびその他の詩』（*Airs of Palestine and Other Poems*, 1840）に収められた詩「北極星に向けた逃亡奴隷の呼びかけ」（"The Fugitive Slave's Apostorophe to the North Star"）より。

＊6 クエーカー教徒。

＊7 オンタリオ南部の町。

第二十七章　不思議なできごと

しかしながらジョージは、メアリを奴隷の身分から救い出すために、自分にできるあらゆる手段を講じるという約束を忘れていなかった。だから、メアリのためにヴァージニアに戻ってくれる人を雇う金をためようと必死で働いた。セント・キャサリンズでほぼ六カ月働いた後、彼はメアリを買うことができるかどうか、価格はどれほどか、調べに行ってもらうためにあるイギリス人の宣教師を雇った。こうして、その宣教師は出かけて行ったのだが、悲しい知らせを持って帰ってきた。メアリはジョージを助けたので、裁判所がグリーン氏に彼女を州外に売るよう強制し、彼女は奴隷商人に売られ、ニューオーリンズの市場へ連れて行かれた、というのである。メアリを救い出す望みが今やすっかり消えたので、ジョージはアメリカ大陸を永久に離れようと決心した。彼はすぐさま、材木を積んでリヴァプールに向かう船に乗った。そしてその五週間後には、その大きなイギリスの港の埠頭に立っていた。彼は、教育はほとんど受けていなかったから、堅実な暮らしのできそうな仕事を見つけるのは容易でなかった。しかし、マンチェスターのある大邸宅の門番という勤め口を得て、そこで日中は働き、夜は個人教授についた。このようにして三年間働き、それから事務員の職に就くことができた。ジョージは白人として容易に通用するほど色白だったし、自分がアフリカ人の血を引いていることを少々恥ずかしく思ってもいたので、一度も自分が奴隷であったという事実は口に出さなかった。まもなく彼は自分を雇ってくれた会社の共同経営者となり、今や、富裕階級への道を歩んでいた。

一八四二年、ジョージ・グリーン(彼は主人の苗字を使っていた)がイギリスに到着してからちょうど十年後のこと、彼はフランスを訪ね、ダンケルク[*1]にしばらく滞在していた。それは十月のある暖かい日の夕暮時のことだった。グリーン氏は、レオン・ホテルから少し離れた辺りを散策したのち、ある墓地に入り、かつては人生という劇場で忙しく動き回り、その陽気な声々を響かせていた人々の、苔むす緑色の塋や大理石の墓石を見つめながら、沈黙した死者たちの間を一人で長い間さまよっていた。周囲の自然は静まりかえり、亡くなった人々の静かな休息所に垂れ込める漠然とした憂いを共に分かち合っているようだった。死者の人柄や身分を語るさまざまな碑文を読んだり、死者の遺骸の眠る塚を眺めた後、彼は人目につかぬ場所にたどりついた。その近くに枝を垂れた一本の柳の古木があり、地面にかがみ込むように茂った群葉が、その下にある墓を詮索する好奇のまなざしからなんとか隠そうとしているように見えた。グリーン氏は大理石の墓石の上に座り、腕の下に抱えていたロスコーの『レオ十世』[*2]を読み始めた。

その黄昏時のこと、半頁も読み進んでいなかったとき、黒衣に身を包んだ婦人が五歳くらいの男の子を連れて、小道の一つをこちらへやってくるのに気づいた。黒いベールで顔が覆われているので、彼はあまり遠慮を覚えずに、その婦人をじっと見ることができた。彼が見ていると、婦人は叫び声を上げ、気絶しそうになったが、グリーン氏がさっと立ち上がり、彼女が倒れないようとっさに手を貸した。このとき、年配の紳士が急いで近づいてくるのが見えた。様子からして、明らかに婦人の父親か、あるいは親しい間柄の者であった。紳士はやってきて、あわてふためいた様子で、どうしたのかと尋ねた。グリーン氏はできる限りの説明をした。彼女の手から落ちた嗅ぎ薬のビンを拾い上げ、少しの間それを顔のそばで持っていると、彼女は次第に意識を取り戻し始めた。こういうことが起こっている間、ベールですっかり覆われていたので、グリーン氏は婦人の顔を見ていなかった。頭を持ち上げられるくらいに意識が戻ったとき、彼女は再び叫び声を上げ、老紳士の腕のなかに倒れこんだ。ジョージ・グリーンの容貌か何かが、気絶の原因であることが、今や明らかのように思われた。老紳士は容貌のせいだと考え、かなり不機嫌な声色で「わたしたちにかまわないでいただけませんか」と言った。婦人の連れていた子供が、金切り声をあげていた。そしてグリーン氏は、死んだような様子の婦人と、厳しい表情の老紳士と、泣き叫ぶ男の子を後にして、墓地を去りホテルに戻っていった。

彼は窓辺に座り、外の混み合う通りを眺めながら、時折墓地での奇妙な光景を鮮明に思い浮かべていたが、ふと自分が読んでいた本のことを考えた。あの婦人を助けに行ったときに不意に落とし、墓の上に置き忘れてきたことを思い出したので、すぐそれを捜しに戻ろうとした。二十分ほど歩くと、一時間前に自分がいた所、老紳士からひどく邪険に追い払われた所へ再びやってきた。本を捜してみたが無駄であった。

どこにもなかったのだ。婦人の落とした花束が、踏まれたために草のなかに半分埋まった状態で残っていたが、それ以外にはその夕方、誰かがそこにいたということを示すものは何もなかった。グリーン氏は花束を拾い上げてホテルに戻った。

眠れぬ夜を過ごし、時計が六時を打つのを聞いてから、彼は深い眠りに落ち、戸をたたく音で起こされるまで目覚めなかった。召し使いが部屋に入ってきて、次のようなメモを彼に渡した。

「閣下――昨夕あなたに御迷惑をかけたことをお詫び申し上げます。本日午後四時、食事においで頂けますなら、相応の御満足を差し上げられると存じます。わたしの召し使いが三時半にお迎えに上がります。あなたの従順なしもべ、J・デヴナントより。十月二十三日。ジョージ・グリーン殿」

このメモをグリーン氏に渡した召し使いは、メモを運んできた者が返事を待っていると伝えた。彼はすぐにこの招待を受けることにし、そのように返事をした。この人物が誰なのか、どうして自分の名前や滞在しているホテルがわかったのかは、まったくの謎であった。しかしながら彼はこの新しい知り合いと会って、墓場での不思議な遭遇の謎を解くことになるそのときを、そわそわしながら待っていた。

原注

＊1　フランス北部の海港。

＊2　イギリスの歴史家ウィリアム・ロスコー（一七五三－一八三一）は、四巻本『レオ十世の生涯と教皇位』（*The Life and Pontificate of Leo the Tenth*）を一八〇五年に出版した。レオ十世（一四七五－一五二一）は、一五一三年から一五二一年までローマ法王であった。

第二十八章　うれしい出会い

「男の愛は男の人生の一部、別にとり分けられるもの。
女の愛は存在のすべて」[*1]

バイロン

近くの教会の時計が三時を鳴らすとほとんど同時に、グリーン氏に迎えの馬車がきたことを召し使いが知らせにきた。三十分も経たぬうちに、彼は二頭の美しい鉄灰色の馬が引く、非常に豪華な、幌付き四人乗りの四輪馬車に座って、何世紀もかかって成長してきたような大木の並木にすっぽり覆われたすばらしい砂利道を進んでいた。まもなく馬車は背の低い邸宅の正面に止まった。ここもまた、苔むす大木にこんもりと覆われていた。馬車を下りたグリーン氏は、豪勢な客間に案内された。壁にはこれぞまさしく偉大なイタリア人画家たちの作品だという絵が何点かかけられ、一つはドイツ人画家によるもので、有名なアレクサンドリアの女性「聖カタリナ」[*2]にかかわる美しい宗教的な伝説を表現するものだった。家具は古風で格調高く、部屋じゅうに背もたれの高い椅子が並んでいる。暖炉の棚には年代物らしき鏡がかかっている。大窓の両側には、豪華な深紅色のダマスク織のカーテンがひだを成し、床には高価なトルコ絨毯が敷かれている。中央に書物に埋もれたテーブルがあり、その真ん中に新鮮な花々をいけた古めかしい花瓶があって、何とも言えぬ香りがただよっていた。ひっそりした時刻でもあり、やわらかな光が、室内に言いしれぬ美しさをもたらしていた。

グリーン氏がソファに腰を下ろすとほとんど同時に、昨夕出会ったあの年配の紳士が後ろに小さな男の子を伴って現れ、デヴナントと名乗った。ちょっと経ってから、ある女性が——美しいブルネットの女性が——黒衣をまとい、栗色の長い巻き毛を両頬に垂らした姿で部屋に入ってきた。目は黒ずんだハシバミ色であり、その容姿は、彼女が南方の生まれであることを示していた。彼女が入ってきた戸口は、二人の紳士が座っている真向かいにあった。紳士たちはすぐに立ち上がった。デヴナント氏は彼女をグリーン氏に紹介しかけたとき、グリーン氏がソファにくずおれてしまったのに気づいた。

その直前に「この人なんですよ」という言葉が聞こえたことを、グリーン氏は覚えている。その後、すべてが暗くなり、夢のなかにいるような状態になった。どれほど長くこの状態にあったかは、本人にはわからなかった。気がついたとき、グリーン氏はソファに横たわっていた。靴は脱がされ、ネッカチーフは外され、シャツの襟のボタンも外されて、頭の下には枕が置いてあった。かたわらには片手に嗅ぎ薬のビン、もう一方の手に水の入ったグラスを持った老紳士が座っていて、ソファの端の所に小さな男の子が立っていた。グリーン氏は口がきけるくらい回復すると、「僕はどこにいるのですか、これはどういうことなのですか?」と尋ねた。

「もう少し、お待ちなさい」と老人が答えた。「そうしたら、全部、お話してさしあげますから」

十分ほどすると、グリーン氏はソファから起き上がり、身づくろいをして言った。

「さあ、もうなんでもあなたのお話なさることを聞く用意ができましたよ」

「あなたはアメリカで生まれたのですね?」と老人が言った。

「そうです」と彼は答えた。

「で、あなたはメアリという名の娘さんと知り合いだったのですね?」と老人が続けた。

「そうです、そして僕は他の誰をも愛せないほど彼女を愛していました」

「ゆうべ、あなたがあのように不思議な出会いをしたあの女性はメアリなのですよ」とデヴナントが答えた。ジョージ・グリーンは沈黙していたが、悲しみと喜びの混じり合った泉がまつ毛の下からにじみ出て、青白い大理石のような頬の上で真珠のように光っていた。このとき、あの女性が再び部屋に入ってきた。グリーン氏はソファからぱっと立ち上がった。そして、老人とジョージ坊やが驚いたことに、一人ずつ忍び寄ってきてドアのかげに隠れたり、廊下をうろついたりしていた召し使いたちが面白がったことに、二人は抱き合ったのである。こうして感情を吐露した後、彼らは座り、代わる代わる自分の経験してきた冒険を語ったのだった。

「どうしてわたしの名前と居所がわかったのですか」とグリーン氏は尋ねた。

「あなたが墓地を去って行かれた後でジョージ坊やが『あれ、母さん、本じゃないの！』と言って、拾って持ってきたんですの。パパがそれを開いて、『あの方の名前がここに書いてある。それにレオン・ホテルのカードがあるから、そこに泊まっておいでなのだろう』と言いました。パパは本をそこに置いておこうと言い、あなたと以前会ったことがあるなんて、わたしの幻想に過ぎないと言いました。でもわたしはあなたがわたしのジョージ・グリーンだと信じて疑いませんでした。ご結婚なさっていらっしゃるの？」

「いいえ、しておりません」

「それなら、ありがたいことですわ！」とデヴナント夫人は叫んだ。

「それで、あなたは今、お独りなのですか？」とグリーン氏が尋ねた。

「そうですわ」と彼女が答えた。

「これぞまさに神の御業《みわざ》だ」とグリーン氏は言いながら滝のような涙をこぼした。デヴナント氏は男が結婚を考える年代を過ぎていたけれども、この光景のおかげで、自分が青年で妻が生きていた頃の日々がまざまざと眼の前に呼び起こされていた。少し話をしたのち、老人はもう用意のできている夕食へ、彼らの注意を向けた。グリーン氏とデヴナント夫人にとって、その日の夕食がほとんど喉を通らなかったことは、つけ加える必要もなかろう。

夕食後、恋人たち（そう呼んでしかるべきだろう）は、ジョージがメアリの服を着て牢獄を離れたときからの体験を話した。その時点までのグリーン氏の体験は大体、すでに語ってきた通りである。デヴナント夫人の体験は、次のようなものであった――

「あなたが牢獄を去った夜」と彼女は言った。「目を閉じて眠るなんてこと、わたしにはできませんでした。翌朝、八時ごろ、庭師のピーターが、前の晩わたしが来たかどうか調べに牢獄にやってきたのです。そしてわたしが来たこと、日が落ちてまもなく帰ったことを知らされました。それから一時間ほどして、旦那さまのグリーンさんご自身が来られました。わたしがあなたの服を着てそこにいるのを見て、たいそう驚かれたのは言うまでもありません。これで初めて、あなたの逃亡を人々が知ったのです」

「僕が逃げたと知ったとき、グリーンさんはなんと言いました？」

「ああ！」とデヴナント夫人は続けた。「誰も近くにいないときに、わたしにこう言われたんですの。ジョージが逃げ延びてくれればいいと願っているが、あいつの代わりにお前が辛い目に遭うのが心配だよ、と。そうならなければならないなら、あの人が生きられるなら喜んでわたしは死にます、ってお答えしました」

この時点でジョージ・グリーンはわっと泣き出し、彼女の首に両腕を巻きつけ、叫んだのである。

「もう一度君に会えるという望みをもって、長い間待っていた甲斐《かい》があった！」

デヴナント夫人は話を続けた――「わたしは三日間、牢に入れられておりました。その間に下級判事たちや、二人の裁判官が面会に来ました。三日目にわたしは連れ出され、旦那さまから、ただちに州外に追い払うという条件のもとで釈放されたのだと聞かされました。ちょうどそのとき、たまたま近くに奴隷商人が来ていて、わたしは買われ、ニューオーリンズへ連れていかれました。蒸気船に乗っている間は、普通奴隷が閉じ込められている密閉した部屋に入れられていましたから、乗客とか、通り過ぎる町とかは、いっさい見ておりません。わたしたちはニューオーリンズに着くと、皆、売り物として奴隷市場に出されました。大勢の人がわたしを検査しましたけど、誰も買いたくなさそうでした。わたしが白過ぎると思ったのでしょう。わたしが逃げ出して、自由な白人女になりすますだろうと言うのです。二日目、奴隷市場にいて、農園主やいろんな人々が奴隷たちを検査したり、買ったりしている間に、黒い長髪の若い男性が、わたしのことをじっと見つめ、それから奴隷商人に話をしているのに気づきました。とうとうそのときが来たと確信したのですが、わたしが売られないうちにその日が終わってしまいました。残念には思いませんでした。というのも、外国人は最悪の主人になると聞いていたからです。そして、わたしをひどくまじまじ見つめていた男の人はアメリカ人ではないと確信していましたから。

翌日は安息日でした。鐘が鳴って、人々はそれぞれ異なった礼拝の場へ出かけておりました。メソジストたちは歌い、バプテストたちは水で浸し、プレスビテリアンたちは水をふりかけ、エピスコパリアンたちは祈祷を読み、一方、さまざまな宗派の牧師たちが、キリストは皆のために死んだのだと説教していました。でも『黒人《ニグロ》の檻』には二十五人か三十人の哀れな生きものが閉じ込められていて、神聖な安息日が終わり、別の日の夜明けが来て、また市場に連れ出され、そこで荷物運搬用の動物のように検査されるのを待っていたのです。月曜になると、わたしたちはまた連れ出され、点検のために並ばされました。幸運なことに、わたしは競売台に立って一時間もしないうちに売られたのです。その町に住むある紳士が、わたしを奥様の小間使いとして買われたのです。奥様は、近くの親戚を訪問するためにモービルに向けて翌朝出発することになっておりました。で、わたしは小間使いという立場にふさわしい服を着せられました。全体から見れば、その新しい服を着たわたしは、女主人と変わらぬほどレディらしく見えたと思います。

モービルへ行く船上で、なんと、船客のなかに、二、三日前、奴隷市場でわたしのことをたいそうまじまじと見つめていたあの背の高い、長髪の男性の姿がありました。彼の眼はまたもわたしに注がれ、わたしに話しかけたがっているように見えましたが、わたしのほうは話しかけられたくありませんでした。ニュ－オーリンズを出港した最初の夕方、黄昏がカーテンを下ろし、それを星で留めた頃、わたしはご婦人方専用の船室に近いデッキに腰を下ろし、さざ波と、海面に映る月の影を見つめておりました。すると、すぐに背の高い青年がわたしのそばに立ったのに気づきました。わたしはただちに立ち上がり、船室に戻ろうとしました。そのとたん、その人がたどたどしいアクセントで、『ちょっと待ってください。あなたとお話がしたいのです。わたしはあなたの友です』と言うのです。わたしは立ち止り、彼とまともに目を合わせました。彼は言いました。

『奴隷市場で見たとき以来、何日もあなたを見続けて参りました。そしてあなたを奴隷の境遇から救うために買うつもりになったのです。月曜に行ってみましたら、あなたはすでに売られて市場にいませんでした。問い合わせた結果、買ったのが誰であるかわかり、あなたがモービルに行かねばならぬこともわかりました。そこで、あなたを追いかけることにしたのです。あなたさえかまわなかったら、わたしは現在のご主人からあなたを買い取るよう、やってみます。そしてあなたを自由の身にしてあげます』

率直で、気取らない言い方でしたが、わたしはこの人の言っていることが本当だとは信じられなかったのです。

『どうしてわたしを自由の身にしたいと思われるのですか』とわたしは尋ねました。

『わたしにはたった一人、妹がいたのですが』と彼は答えました。『三年前にフランスで亡くなったのです。あなたは妹にそっくりなのです。わたしが彼女の死んだことを知らなかったとしたら、きっとあなたを彼女と見間違えただろうと思えるほど』

『どれほど似ているとしても、わたしがあなたの妹さんでないことはわかっておられるというのに、これまで会ったこともない赤の他人にどうしてそんなに関心をお持ちになるのですか?』

『愛です』と彼は言いました。『妹に抱いていた愛が、あなたに移ったのです』

わたしはずっとこの男性が悪漢だと疑っておりましたので、この愛の告白を聞いて疑念が固まってしまい、背を向けて彼のもとを離れました。

翌日、船室に立って窓から外を見ていたとき、あのフランス人の殿方(ということがわかったのです)がガード(船体の甲板外にとりつけられた外輪遮蔽部)を歩いている間に窓の所へ来られ、前の晩と同じように話し始めました。ポケットから紙片を出し、それをわたしに手渡しながらこう言うのです。

『これを受け取ってください。いつかあなたの役に立つかもしれません。それが友人からのものだということを覚えておいてください』

そしてすぐにわたしのそばを離れていきました。紙片を開いてみると、それは合衆国支店がフィラデルフィアにある銀行の、百ドル小切手だとわかりました。わたしはとっさに、女主人にそれを渡そうと思いましたが、考え直し、折を見つけてその百ドルをその見知らぬ人に返そうと決めました。

そういうわけで、その方を捜しましたが、無駄でした。そしてもう一度会うという考えをほとんどあきらめかけたときに、その方が船のガードでわたしのそばを通り過ぎ、船首のほうへ歩いて行ったのです。もう暗くなりかけていましたから、わたしは近づいて小切手を差し出しました。その方は拒絶し、『あなたに上げたのですよ――とっておきなさい』と言いました。

『欲しくありません』とわたしは申しました。

『さあ』とその方が言います。『わたしがあなたを買うことに同意したほうが良いですよ、そうすれば一緒にフランスへお連れします』

『でも今、わたしを買うことはできません』とわたしは答えたのです。『だってわたしの主人はニューオーリンズにおりますし、わたしを売るために買ったのではなく、ご自分の家族のなかに置いておくために買ったんですもの』

『あなたは自由の身になるより、今の女主人の所にとどまっていたいのですか?』

『いいえ』とわたしは言いました。
『それなら、今夜、わたしと一緒に逃げましょう。今から二時間後にはモービルに到着しますから、乗客が上陸しているときに、わたしと腕を組みなさい。そうすれば気づかれずに逃れられます。あなたをニューオーリンズへ連れてきた奴隷商人は、あなたの人柄に関する保証書と、あなたがヴァージニアで所属していた教会の牧師からの保証書をわたしに見せてくれました。これらの保証とあなたに抱く自分の愛を信じて、わたしは神の前でお約束します。可能になり次第、すぐにあなたと結婚することを』

この厳粛な約束と、すでに起こったことが結びあい、わたしはこの男性を信頼いたしました。向こう見ずな行動に見えるかもしれませんが、わたしはその場でこの人と共に行くことを決めました。わたしの女主人は船長の庇護のもとに置かれておりました。そして、蒸気船の到着は十時過ぎになる予定でしたから、他の何人かのご婦人方と一緒に朝まで船内に残るようにという申し出を受け入れていました。わたしは一番良い服を着て、顔にベールを垂らし、船をおりる用意をしておりました。たくさんの乗客に囲まれて、わたしたちは波止場に渡されたタラップを降り、すぐに岸壁でごったがえしている群衆に紛れ込みました。進んで行くと、ホテルの名前やら、国内船やヨーロッパ行きの船の出港を告げている人々に出会いました。そのなかに、ル・アーヴル[*3]行きの、ペル船長の船ユーティカ号というのがありました。
『さあ』とデヴナントさんが言いました。『これこそチャンスですよ』

その船はその夜の満潮時である十二時に出港することになっていました。そこで、乗客を捜し求めている男たちの後について行き、わたしたちはすぐに乗船しました。デヴナントさんは船長にわたしを妹だと言いました。そして航海の間じゅう、わたしたちは兄妹のふりをしておりました。十二時になるとユーティカ号は船出し、まもなくわたしたちは沖に出たのです。

モービルを離れた翌朝、船室から出てきたわたしに会うと、デヴナントさんは初めてわたしを抱きました。わたしは彼を愛していましたが、それは自分に永続的な恩恵を施してくれた人に対して抱くたぐいの愛に過ぎませんでした。心からの愛というよりは、感謝からの愛でした。わたしたちは五週間も海の上にいたのですが、航海は長いとは感じられませんでした。デヴナントさんがとっても親切にしてくれましたから。ル・アーヴルに到着してすぐわたしたちは結婚し、ダンケルクに参りました。そしてそれ以来、わたしはこの地に暮らしております」

この話が終わったときに、時計が十時を打った。夜は早めに床に就くという老人は、失礼させてもらうと言って立ち上がったが、同時にこう言い添えた。「今夜はこちらにお泊まりいただけませんか」グリーン氏は、ホテルのほうで自分が帰ってくるのを待っているだろうから、という理由で断ろうと思ったのだが、メアリの表情は彼にその招待を受け入れるようにと訴えていた。読者ももうおわかりだと思うが、老人はデヴナント夫人の亡くなった夫の父親であった。彼らが墓場で遭遇してから二週間後に、グリーン氏とデヴナント夫人は神聖なる婚姻の式で結ばれた。そして、若かりし頃に愛し合っていたジョージとメアリは、今や夫と妻になったのである。

ある有名な作家が女性について次のように述べているが、それは当たっている。「女性の全生涯は愛の歴史である。心こそ彼女の世界である。そこにこそ女性の野心が絶対の支配権を得ようとし、そこにこそ女性の貪欲《どんよく》が隠れた財宝を探しもとめるのだ。女は愛情を危険にさらす。心の全《すべ》てをかけて愛の貿易をする。そしてもし難破したら、絶望だ。心が破産したことになるのだから」[*4]。

メアリには、二度とジョージに会えないだろうと信じるあらゆる理由があった。ジョージへの愛が、最初の夫に移ることは決してなかったと告白しているとは言え、彼女がデヴナント氏と結婚したことを咎めることなど、誰にもできないだろう。しかし、ジョージ・グリーンの、メアリ以外の人とは決して結婚しないという固い決意は、愛という問題における男性の忠実さの、まさに稀なる例である。我々は、ジョージおよびメアリ・グリーン、そしてアメリカの奴隷制から逃れてきた他の多数の者たちが、ヨーロッパのどこの政府からも保護を受けられるというのに、奴隷にならなければ故国には帰れないという事実を思い出すと、自分の国を恥じて赤面せずにはいられない。

原注

＊1　バイロン卿の作品『ドン・ジュアン』(*Don Juan*, 1819-24)、第一篇より。

＊2　四世紀の処女殉教者、聖カタリナは、ルネッサンス芸術において一般に、キリストと結婚したとして表象されて

いた。

＊3　ル・アーヴルは、フランス北部の海港である。

＊4　ワシントン・アーヴィング（一七八三―一八五九）の作品『スケッチ・ブック』（*The Sketch Book*, 1819-20）のなかの「傷心」（"The Broken Heart"）より【訳者補注　ここで引用したのは吉田甲子太郎の訳（新潮文庫、二〇〇〇年）である】。

第二十九章　結び

わたしの話はもう終わりに来た。わたしは尋ねられるかもしれない。いや、きっと尋ねられるだろう。このさまざまな出来事や関連する光景は、真実にもとづいているのか、と。わたしは、そうです、と答える。わたしはこれらの光景の多くに、個人的にかかわってきたのだ。この話には、他の資料に由来するものもある。多くは、わたしと同じように、束縛の地から逃げてきた人々の口から聞いたものだ。わたしはほぼ九年近くエリー湖の上で働いていたので、逃亡奴隷の脱出を助ける機会がたくさんあったが、彼らは援助されたことのお返しとして、自分たちの受けた苦しみと不当な扱いを語り、わたしをその保管者にしたのだ。わたしは彼らの話したことを、自由に使った。ニューヨークのチャイルド夫人には、短編の一部をお借りしている。[*1] この話に登場する人物たちの幾人かを採り上げた奴隷制廃止主義の新聞雑誌も、もう一つの資料である。これらをすべて結び合わせたことで、わたしの話はでき上がったのである。こうして出典に謝辞を述べた上で、わたしは読者の注意を次の声明に導きたい。そこからご自身の結論を出すことはそれぞれにお任せする――「概算すれば、合衆国において、メソジスト派の会員の所有する奴隷の数は、二十一万九千三百六十三人、バプテスト派の会員の所有する奴隷の数は二十二万六千人、エピスコパリアン派の会員の所有する奴隷の数は八万八千人、プレスビテリアン派の会員の所有する奴隷の数は七万七千人、その他のすべての教会の会員の所有する奴隷の数は五万人、合計で六十六万三百六十三人の奴隷が、この信仰厚い民主主義共和国内のキリスト教教会の会員によって所有されているのです！」[*2]

イギリスのキリスト教徒たちが、これらの事実を熟考してくださいますように、そしてロンドンにおけるさまざまな宗派の次の年次大会で、その熟考の影響が見られ、感じられますように！　アメリカの宗教団体がこれらの集会に代表を送ることでしょう。イギリス人の気持ちを公に示してください。わたしの不幸な同胞の境遇に対する優しい悲しみの言葉で、イギリス人の同情を表してください。あなた方と共通のキリスト教精神を表明する奴隷所有者たちとは友好が保てないということを、わからせて、明確にわからせてやってください。それさえなければ美しいアメリカの盾[*3]から、こうした汚点が拭い去られるまで、神があなた方と同じ肉でお創りになられた人々の血と骨を商う人々とは、いかなるキリスト教徒の交際も続けないでください。最後に、全イギリス国民の声を大西洋を越え、ピルグリム・ファーザーズの地の至る所にくまなく聞かせ、彼らの子孫にジュビリーの年[*4]を宣言するように懇願してください。彼らは、束縛された者と自由な者を区別しないその共通の救済を尊重しているのですから。そうすれば、「大地はまさに作物を生み、神は、我々の神でさえも、我々を祝福するであろう、そして大地の果てまでことごとく神を恐れるであろう」[*5]

原注

＊1　リディア・マリア・チャイルドの作品「クァドルーンたち」（一八四二）への謝辞であるが、彼はこの作品を「一部」どころかはるかにたくさん使っている。

＊2　エドワード・S・マシューズ（一八一二―?）牧師の「アメリカにおける宗教団体と奴隷制の関係の統計上の報告」（"Statistical Account of the Connection of the Religious Bodies in America with Slavery", 1851）より。ウェールズ生まれのマシューズは、アメリカ・バプテスト・フリー宣教協会の専従講演者として働いていた。

＊3　紋章つきの盾のことであるが、評判や名誉を示す。

＊4　あらゆる奴隷が自由の身になる一年間をヨベル【訳者補注　英語では「ジュビリー」】の年という。レヴィ記二十五章より。

＊5　詩篇六十七篇、六節―七節。

解説

風呂本惇子

「我々は以下の真実を自明のこととする。すなわち、すべての人間は平等に創られていること、すべての人間は奪うことのできない一定の権利を創造主により与えられていること、それらのなかには生命、自由、幸福の追求があること……」という格調高い文章は、誰もが知るアメリカ合衆国『独立宣言』(一七七六)のなかのハイライトである。これを起草したトマス・ジェファソンの元の文では、奴隷制度を「生命と自由というもっとも聖なる権利を侵害した」ものと非難して、その制度に対する責任を「キリスト教徒である英国王」に問いただしている。だが、奴隷制に言及するこの部分は大陸議会でサウスカロライナとジョージアの代表の不満にあい、削られてしまった。前述のハイライトのなかに含まれる「一定の権利」という語句も、元の原稿では「生得の権利」であったが、変更された。ジェファソン自身は『自伝』のなかで、サウスカロライナとジョージアの代表が表明した不満に対して、北部の同胞たちも "a little tender" であったと述べている。北部も強硬な態度をとらなかったのだ。結局、発布された『独立宣言』に抱えこまれた明白な矛盾により、次の世紀の南北戦争は不可避の宿命となった。

「建国の父祖」のなかには、この矛盾を個人的に解消しようとした人々もいる。ジョージ・ワシントンを含む何人かのプランターは自分の所有する奴隷をほとんどすべて解放したし、ベンジャミン・フランクリンは奴隷制反対協会設立の先頭に立った。しかし、あの格調高い文の生みの親であるジェファソンは、もっとも多いときには二五〇人を越える奴隷を所有していながら生涯に解放したのはほんの数人だけであった。『自伝』その他の書き物では、明らかに奴隷制度の悪を指摘しているにもかかわらず。しかも第三代大統領に選出されて二期務め、大変革を率いる機会もあったというのに。この筋道の通らぬ生き方になんらかの説明をつけようとする人の多くが、彼の愛人だったと言われる混血の奴隷、サリー・ヘミングスの存在を大なり小なり考えないわけにはいかないだろう。一九九八年十一月五日号の『ネイチャー』(科学誌)に、サリーの男系子孫たちとジェファソン家の男系子孫たちのＤＮＡ鑑定の結果、サリーの末子エストンから数えて五代目の子孫にジェファソン家の遺伝子との一致が見られたという報告が載った。ＤＮＡ鑑定が行なわれたことそのものが物語るように、二人の関係は長らく巷間の噂であると同時に歴史家たちの課題でもあった。『ネイチャー』の記事以来、噂に否定的な立場を採る歴史家の学説の説得力が一度は弱まったとは言え、サリーの子供の父はジェファソンの親類の者とも考えられるとして反撃する派が現れたりして論争が続いた。ここでは、すでに旧聞のそうした諸学説の詳細について語るのではなく、ＤＮＡ鑑定のはるか以前にこの「噂」が文学の世界へ及ぼしていた影響に焦点を絞りたい。

「大統領の娘」という副題を伴って小説『クローテル』(William Wells Brown, *Clotel; or, The President's Daughter*, 1853)が現れたのは、奴隷制の真っ只中であった。これは、これまでのところ、「アメリカ黒人による最初の長編小説」と見なされている。ロバート・S・レヴィーンの編纂したベドフォード・カルチュラル・エディション(Bedford Cultural Edition, 2000)に収録されている編纂者の序文、年表、および背景的資料に依拠しつつ、別の資料も加味し、訳者自身の視点で「クローテル」の周辺を巡ってみたい。

作者ウィリアム・ウェルズ・ブラウン(一八一四―八四)は奴隷を母にケンタッキーで生まれ、所有主のヤング医師と共にミズーリに移住した。ヤングのもとで習い覚えた医療の技術は、のちのちまで活かし続けたという。父親が所有主の親類の白人であったためか、自らも奴隷であるのに奴隷商人のもとに貸し出されて、ニューオーリンズで奴隷売買の助手のような仕事をさせられたこともある。(このときの体験は『クローテル』に描きこまれている。)逃亡に成功したのは一八三四年。その前年に母親と共に逃げて捕らえられ、連れ戻されて母はニューオーリンズへ、自分はセントルイスへ売り払われたことや、二度目の逃亡の途中で親切にしてくれたクエーカー教徒ウェルズ・ブラウンの名を自らのものとした経緯が、自伝(*Narrative of William Wells Brown*, 1847)のなかで述べられている。オハイオ州北東部の港町であるクリーヴランドに逃亡後、自由黒人のエリザベス・スクーナーと結婚し、エリー湖の蒸気船上で九年間働いた。この間に、「地下鉄道」(逃亡奴隷を援護する秘密組織)によりたどりついた他の逃亡奴隷たちをひそかにカナダへ渡らせる手助けを続け、次第に奴隷制廃止運動に深くかかわってゆく。一八四三年に初めてフレデリック・ダグラスと出会い、のちに運動方針に関する意見の違いが決定的になるまで二人は互いを尊敬しあっていたと言う。そして四七年、自伝を出版。ちなみに、この自伝はアメリカでは四版を重ね、ほぼ一万部売れたという。その後イギリスでも出版され、こちらでは五版を重ねた。四九年、活発な講演活動が認められ、ブラウンはパリ国際平和会議の代表の一人に選ばれて渡欧した。翌五〇年、アメリカでは例の悪名高い逃亡奴隷法が議会を通過した。オハイオ河を越えて自由州に逃げても、追っ手に見つかれば連れ戻されるのみか、逃亡奴隷を援助した者も罪に問われることになったのだ。このような状況下で、ブラウンは帰国できずイギリスにとどまり、講演や執筆を通して奴隷制廃止運動を続けた。妻エリザベスとはすでに別れていたが、五一年には娘たち（クラリッサとジョゼフィーン）をイギリスに呼び寄せ、教師の資格を得るための教育機関で学ばせた。（補足しておくと、母親が自由黒人であったから、父親が奴隷の身分であっても娘たちは自由の身なのである。）のちに娘たちはイギリスで教職を得ている。ジョゼフィーンはアメリカで父と講演活動を共にしたこともあり、父の伝記も書いている。五二年、ロンドンで『クローテル』が出版された。小説のなかで「あの国の……」とか「あの人たち」とかいう表現があるのは、イギリスでアメリカのことを書いていたからである。そして、ブラウンがイギリスの読者を対象にして書いていたことは、「序文」からも明らかである。翌五四年、かつてやはり渡英中のフレデリック・ダグラスが自由を買い取るときに手助けしたエレン・リチャードソンが今度も援助を申し出て、ブラウンの最後の所有主イーノック・プライス(セントルイスの商人で、蒸気船所有者)から三百ポンドで解放証書を買い取ってくれ、同年帰国。その後も奴隷制廃止運動や禁酒運動に励み、生涯に十五冊以上の著作を残している。

『クローテル』は、これが出版された一八五〇年代というコンテクストのなかに置いて読む必要がある。この時期は、既出の逃亡奴隷法(一八五〇)、カンザス=ネブラスカ法(一八五四)[注1]、ドレッド・スコット判決(一八五七)[注2]等々が示すように、奴隷制は苛酷な状勢にあった。だが、対抗エネルギーもまた、日ごとに増大していた。その重要な一環であるアフリカ系アメリカ人の出版物を例にとれば、一八四五年から六一年(南北戦争開始)までの十五年間をウィリアム・L・アンドルーズが「アフリカ系アメリカ文学のルネッサンス」と呼んだのもうなずけるほどの活発さである。イギリスで出版されたものも含め、日本でよく知られたものを幾つか挙げてみよう。作者たちのなかには自由黒人もいるし、元奴隷だった者もいる。フレデリック・ダグラスの最初の自伝(一八四五、『数奇なる奴隷の半生――フレデリック・ダグラス自伝』岡田誠一訳、法政大学出版局、一九九三)、既出のブラウンの自伝(一八四七)、ブラウンの小説『クローテル』(一八五三)、ダグラスの短編小説「英雄的な奴隷」(一八五三)、ソロモン・ノーサップの(代筆者による)自伝『奴隷としての十二年間』(一八五三、邦題『それでも夜は明ける』として映画化)フランシス・ハーパーの詩集(一八五四)、ダグラスの第二自伝(一八五五)、ハリエット・ウィルスンの小説『アワ・ニグ』(一八五九)、ハリエット・ジェイコブズの自伝『ある女奴隷の人生の出来事』(一八六一、『ハリエット・ジェイコブズ自伝――女・奴隷制・アメリカ』小林憲二編訳、明石書店、二〇〇一／『ある奴隷少女に起こった出来事』堀越ゆき訳、大和書房、二〇一四)等々である。二〇〇一年に発見され、作者の身元が不明なま、H・L・ゲイツの編纂により刊行されたハナ・クラフツの小説『奴隷の女性の物語』(二〇〇二)の製作年代も、使用されている紙やインク等に関する科学的な鑑定結果と、原稿の内的証拠から、おそらく一八五七年以後六一年までの間、と推定されている。また、フランク・J・ウェブの小説『ゲーリー家の人々とその友人たち』(一八五七、『ゲーリー家の人々――アメリカ奴隷制下の自由黒人』進藤鈴子訳、彩流社、二〇一〇)も、北部における自由黒人の苦難に焦点を当てた点では異色であるが、奴隷制反対の意図は同じであり、これらの作品群に加えることができる。繰り返すようだが、ここに挙げたものは一部に過ぎない。

以上に述べた作品によく出てくる「自伝」とは、自由を獲得した元奴隷が、苦難の過去を回想する「奴隷体験記」のことである。「奴隷体験記」は早くも一八世紀から存在していたが、一つのジャンルと見なされるほど量が増えたのは、一八四〇年以降、北部の奴隷制廃止運動が活発化してからである。そこで語られる肉親との離別、苛酷な労働、無慈悲な刑罰などのなまなましい報告が、奴隷制反対の世論喚起に役立てられたのだ。奴隷は読み書きの学習を基本的には禁止されていたから、北部に逃げてきた彼らの「語り」を奴隷制廃止運動にたずさわる人々が「聞き書き」し、南北戦争終了時までに約六千もの「体験記」を残したことが確認されている。その多くはパンフレットの形態だったようだが、百余りは本の形で一九世紀末までに出版された。なお、一九三〇年代にニューディール政策の一環として組織された「連邦作家計画」

でも、当時まだ生存していた元奴隷たちの証言の「聞き書き」を仕事の一つとしていたが、当然、世論喚起という緊急の目的に合わせた一九世紀の聞き書きとは異なる特色を持っていた。『奴隷とは』(一九六八、『奴隷とは』木島始/黄寅秀共訳、岩波新書、一九七〇)の著者ジュリアス・レスターによれば、「元奴隷たちの話し方のパターンや言葉を保存する」ために、一語一語そのまま書きとめられたという。一九世紀の口述では、そのままではなく、読者に受け入れやすくするため、当時の文学基準に合わせて書き改める場合もあったと推測される。その過程で、こぼれ落ちたり、無視されたりする事象もあっただろう。それだけに、数少ない自筆のものの説得力がいっそう増すのである。ダグラスやブラウンやジェイコブズのように、自分で書く力を持っていた場合は、聞き書きでないことを示すために、必ず「彼(彼女)自身の手によるもの」とただし書きがつけられたのである。

前述の作品群は、奴隷制維持のために流布していた黒人の劣等神話を覆す生きた証拠であると同時に、いずれも奴隷解放に向けた集合的な力の形成に寄与した。言い換えれば、これらの作品はすべて奴隷解放という目標に合致するように書かれている。『クローテル』におけるブラウンの、現代の読者には違和感を覚えさせる独特の手法も、まさに当時の「目標に合致する」ためのものであった。

『クローテル』はヴァージニアを舞台とし、トマス・ジェファソンとその愛人である混血奴隷カーラーの間に生まれた二人の美しい娘クローテルとアルシーサの運命に焦点を当てた「架空の物語」である。ジェファソンが任務でワシントンへ去った後、カーラーは洗濯の特殊技能を活かして生計を立て、自分たちだけで暮らす許可を所有主グレイヴズからもらい、二人の娘を教養のあるレディのように育てる。だが母娘が奴隷の身分であることに変わりはなく、グレイヴズの没後には三人とも競売に出される。クローテルはかねてから彼女を見そめていた白人青年ホレイショ・グリーンに買われて囲われ、娘メアリを産む。母カーラーと妹アルシーサはナチェズとニューオーリンズへ別々に売られてゆく。カーラーは偽善的な牧師の経営する農園に買われ、疫病にかかって死ぬ。アルシーサはニューオーリンズで彼女の状況を知り、買い取ってくれた北部出身の医師ヘンリー・モートンの妻となってエレンとジェインを産む。しかし、北部ヴァーモント育ちのヘンリーは奴隷制下の法律に疎く、妻子を正式に解放する手続きをとっていなかったため、疫病でヘンリーもアルシーサも死んだとき、遺された娘たちは借金のかたに売られることになる。自分たちが奴隷の身分であると知らなかった色白の娘たちは、「大統領の孫娘」として高額な値をつけられ、姉は金持ちの老人に、妹は成り金の若者に買われる。姉は老人宅に着くや毒を飲んで自殺。妹のほうは、ひそかに想い合っていたフランス人青年が救出に来たものの見つかって射殺され、悲しみの余り死んでしまう。一方、メアリを産んで家庭の幸せを味わっていたクローテルにも悲劇が待っていた。ホレイショが正式に結婚した白人女性ガートルードにクローテル母娘の存在が露見し、クローテルは売られ、メアリはグリーン家の召し使いにされてガートルードの執拗ないじめに苛まれる。深南部に売られたクローテルはメアリの消息が気になり、白人男性に扮装して逃亡したが、ヴァージニアに舞い戻ったところを捕まってしまう。牢から脱出した彼女は、ワシントンのロング・ブリッジで両側から追っ手に挟まれ、ポトマック川に身を投げて落命する。父ジェファソンがかつて政務に励んだ国会議事堂の見える橋を、「大統領の娘」の最期の場とする設定である。数年後、メアリの恋人ジョージがナット・ターナーの乱に加担した咎で捕らえられ、死刑判決を受けるが、牢を訪れたメアリが彼と衣類を交換し、ジョージを女装させ逃亡させる。その後メアリはフランス人と結婚して子供もできるが夫とは死別する。そしてジョージとメアリはフランスのダンケルクで偶然再会し、ヨーロッパで幸せに暮らすという結末になっている。

ジェファソンとその奴隷の愛人の噂が、ヴァージニアにおけるジェファソンの屋敷モンティチェロ近辺だけでなく一般に広がったのは、一八〇二年のジェイムズ・T・キャレンダーによる新聞記事が原因である。このときジェファソンは否定もせずただ黙殺し続けた。キャレンダーが翌年溺死し、その翌年にジェファソンが二期目の大統領選に勝ち、問題は落着したかに見えた。この時点では、これは選挙戦を揺さぶるためのスキャンダルだったのだ。しかし、一八三八年、「ジェファソンの娘がニューオーリンズで千ドルで売られた」という噂がイギリスとアメリカの奴隷制廃止論者たちの新聞に載って火種が再燃したとき、これは奴隷制廃止運動のための強力な材となった。翌三九年、『テイツ・エディンバラ・マガジン』七月号に「ジェファソンの娘」という詩が現れた。この詩はアメリカでは、四八年にウィリアム・ロイド・ギャリソン率いる『解放者《リベレイター》』で紹介され、同年、ブラウンの編集による歌集『反奴隷制のたて琴』（***The Anti-Slavery Harp: A Collection of Songs for Anti-Slavery Meetings***）に他の多くの歌と共に収録された。したがって「噂」に触発されたこの詩が、小説『クローテル』誕生の導火線になったと推測できる。

しかし、小説の構想を具現化するプロセスが独特なのだ。一八五〇年、ブラウンはイギリスでの講演用に、何人かのイギリスの画家に頼んで奴隷制の光景を二十四枚の絵に描いてもらった。ブラウンはその各場面に関する「説明」を集めて一冊にしたもの（*A Description of William Wells Brown's Original Panoramic Views of the Scenes in the Life of An American Slave*）を出版しているが、そのうちの八枚目はニューオーリンズにおける奴隷競売の場面であり、ニューオーリンズで聞いた話を「説明」に収めている。北部からニューオーリンズへ来た医者が、下宿先で仕えてくれる白人のような容姿の女性が奴隷だと聞いて同情し、持ち主と交渉して買い取るのだが、その持ち主が実はこの女性の父親だと知る。二人は幸せに暮らしていたが共に疫病で死ぬ。北部から医者の弟が来てみると娘が二人遺されていた。医者が妻を正式に解放する手続きをとっていなかったため、娘たちは遺産の一部と見なされ、借金のかたに売られてしまう。医者の弟は姪たちを救いたかったが、高額のため手が出せない。高額なのは彼女たちが「ヴァージニア人の血を引く」から、という実際の宣伝文もこの話に添えられている。この話はすでに紹介した『クローテル』のアルシーサおよびその子供たちであるエレンとジェインの件りとほぼ同一である。つまりブラウンは「不特定」のヴァージニア人の混血の娘および孫娘の身の上話を、あの「噂」と重ねたのだ。また、実在の混血奴隷エレン・クラフトが白人男性の主人に変装し、夫ウィリアムを従者のように見せかけて夫婦で逃亡に成功したのが一八四八年、それがフレデリック・ダグラスの率いる『ノース・スター』紙に載って話題になったのが四九年のことだが、ブラウンはエレン・クラフトが実行した性と人種の二重変装を、クローテルの逃亡とジョージの逃亡に使っている。クラフト夫妻の「体験記」が『自由への一千マイルの逃走』として本の形で出版されるのは一八六〇年であるが、ブラウンは四九年、逃亡を果たしたばかりの二人に会って、四ヶ月間講演活動を共にしているから、彼らの体験を直接くわしく聞いていたのであろう。もっとも、逃亡の手段としての二重変装に感銘を受けて自分の作品に取り入れたのは、ブラウンだけではない。ストウ作『アンクル・トムの小屋』(一八五二)にも、既出のクラフツ作『奴隷の女性の物語』にも、また南北戦争後の作品だがリディア・マリア・チャイルドの『共和国のロマンス』(一八六七)にもそのモチーフが使われている。また、クローテルがポトマック川に身を投げる場面では、一八五一年に刊行されたグレイス・グリーンウッドの『詩集』(Grace Greenwood, *Poems*)のなかの「ロング・ブリッジからの跳躍——ワシントンでのある出来事」("The Leap from the Long Bridge—An Incident at Washington")という詩を取り出してきて、そっくりそのまま小説中に挿入している。その他にも、実在の牧師の説教、実在の政治家の演説の一部、当時の新聞記事などをふんだんに小説のなかに取り入れている。もちろん、奴隷であった自分自身の体験も。つまり、奴隷制廃止という目標に向けて、彼は使えるものはすべて動員して統合していくのである。そのためには少々の歴史的時間とのズレも気にしない。その実例は本文中の注(第一章の原注9、第二十三章原注4及び第二十四章原注4)でも指摘されている。言い換えると、読者は彼の「編者」のような意識を理解することを求められている。

こうした手法のうち、もっとも驚かされるのは、奴隷制廃止論者の白人女性小説家リディア・マリア・

チャイルドの「クァドルーンたち」(Lydia Maria Child, "The Quadroons")という短編小説の借用の仕方である。この短編は一八四二年に雑誌『リバティ・ベル』に掲載され、その後修正を加えて四六年に彼女の短編集『事実と虚構』(*Fact and Fiction*)に収録されたものだ。登場人物の名前こそエドワードをホレイショ、シャーロットをガートルード、ロザリーをクローテル、サリファをメアリと変えてあるが、親子三人の幸せな家庭が正妻との結婚話を機に崩壊してゆく出だしの部分などは、文章もほとんどそのままなのである。現代の感覚から言えば、「剽窃」か、「盗作」か、と言いたくなるだろう。ただし、ブラウンは結末の章ではっきり出どころを示し、チャイルドに感謝の言葉を述べている。ブラウンはチャイルドの短編を(1)今述べた出だしの部分、(2)ロザリー母娘の存在が正妻に露見する部分、(3)中年の金持ちに買われて囲われたサリファを助けに来たイギリス人の音楽教師が射殺され、サリファが嘆き狂って死ぬ部分(ここはアルシーサの娘たちの話に変えられている)の三つに分割して、自分の小説に織り込み、それによってチャイルドの短編の枠をいわば外して別の展開を加える。たとえば、エドワードに去られて悲嘆のあまり早々と死んでしまうロザリーと違って、我が子メアリとの再会を求めて必死に闘うクローテルを描き、母親奴隷の強さを印象づける。また、広げた枠のなかに農場奴隷たちの生活描写を取り込み、「トラジック・ムラータ」だけに焦点を当てた観のある元の短編の印象を払拭する。アルシーサの娘たちはサリファ同様の無残な死を迎えるが、クローテルの娘メアリは生き延びて、ナット・ターナーの乱に加わった恋人ジョージを自らの才覚で牢から脱出させる。さらにブラウンは、そのジョージに、自分は『独立宣言』を読み聞かされて反乱に加わる気になったのだ、と語らせる。

ブラウンにとって小説は、目標達成に貢献する「使命」を持つのである。したがって彼の感覚からすればテキストは常に流動的であってかまわず、完成し自立したものである必要はない。この考え方を『クローテル』の第二、第三、第四版の出現が如実に示している。第二版『ミラルダ』(*Miralda: or, The Beautiful Quadroon, A Romance of American Slavery Founded on Fact*)は週刊紙『アングロ・アフリカン』の一八六〇年十二月一日号から六一年三月十六日号にかけて掲載されている。ここでは人物の名はすべて変え、第一版のようにさまざまな素材をなまの形で取り入れていくコラージュ的な手法でなく伝統的な語りに改め、ジェファソンへの言及も一度だけになっている。第三版『クローテル』(*Clotelle: A Tale of the Southern States*, 1864)では「クローテル」の綴りを変え、ジェファソンの名をすべて除去し、第一版のジョージとメアリをジェロームとクローテルという名に変え、二人がハネムーン先のスイスでクローテル(第一版のメアリに相当)の父と遭遇して和解することになっている。第四版『クローテル』(*Clotelle; or, The Colored Heroine*, 1867)では南北戦争中とその後の章が四つ加えられ、ジェロームの戦死と、その後のクローテルの、同胞に尽くす生き方が描かれる。ブラウンの関心は、戦争に参加する黒人たちの誇り、愛国心、犠牲、といったテーマに移っており、時代のニーズに合わせていく姿勢が感じられる。余談ながら、ブラウンは一八六〇年に再婚したアンナ・エリザベス・グレイとの間に一八六二年に生まれた娘を「クローテル」と命名しているが、その綴りは第三版と第四版で使っているものである。

奴隷制の時代、奴隷の女性が被る性の搾取はいわば公然の秘密であった。若い女奴隷は白人男性にとって欲望の対象であると同時に、すでに奴隷貿易が禁止されていた一九世紀前半、アメリカ南部では奴隷人口を増やすための手段と見なされていた。異人種間混交が禁止されていたにもかかわらず、スーザン・ギルマンの言葉を借りれば、「奴隷制度が厳しければ厳しい所ほど『ムラート』が多かった」[注3]。一八五〇年代、国勢調査が初めて「ムラート」の数を数えたとき、ブラウンにゆかりのあるケンタッキー州とミズーリ州の場合、黒人奴隷の六人に一人は「ムラート」だという結果が出ている。ブラウンが第一版『クローテル』で「ジェファソンの娘」を前面に出したのは、自由と平等を標榜する国家の元首までがこのような搾取行為に連座することを痛烈に批判し、奴隷制廃止運動を推進するためだった。奴隷制が終わろうとしている時期、あるいは終了後に出た版で、もはやあえてジェファソンを持ち出そうとしなかったのは、今後のアフリカ系アメリカ人の生き方を考えるほうがブラウンにとってはより切実になっていたからではないだろうか。

こうして、「ジェファソンの娘」の噂は奴隷制廃止運動に取り込まれて一定の役割を果たしたが、娘の母である「ジェファソンの愛人」に関しては、特に光を当てられることもなく年月が過ぎた。しかし、二〇世紀後半の公民権運動以後、アフリカ系アメリカ人たちは公的記録のない自分たちの先祖の過去に対して関心を高め、その思いを反映した奴隷体験記型の歴史小説が次々に現れた。たとえば、マーガレット・ウォーカーの『ジュビリー』(一九六六)、アーネスト・J・ゲインズの『ジェーン・ピットマンの自叙伝』

（一九七一、『ミス・ジェーン・ピットマン』槙未知子訳、福音館日曜日文庫、一九七七）、ジョン・オリヴァー・キレンズの『大いなる朝』（一九七二）、アレックス・ヘイリーの『ルーツ』（一九七六、『ルーツ』上下巻、安岡章太郎／松田銑共訳、社会思想社、一九七七）等である。このあたりまでは、できるだけ史実を忠実に再現しようという姿勢が明らかである。その後に、独特の視点で過去を紡ぐ路線が登場する。現代黒人女性がテレパシーとタイム・トラベルで一九世紀の奴隷制下へはまり込んでしまうという、SF作家オクテイヴィア・バトラーの『キンドレッド』（一九七九、『キンドレッド――きずなの招喚』風呂本惇子／岡地尚弘共訳、山口書店、一九九二）、本来無関係な二つの公的記録を一つにつなぎ、大胆な想像をめぐらすシャーリー・アン・ウィリアムズの『デッサ・ローズ』（一九八六）、そしてやはり実録を使いながら、幽霊を導入し、実録の行間に埋没させられていた元奴隷たちの怨念を解き放とうとしたトニ・モリソンの『ビラヴィド』（一九八七、『ビラヴド――愛されし者』上下巻、吉田廸子訳、集英社、一九九〇）などがそれだ。

噂のサリーをジェファソンの愛人であったと想定し、自由と平等の唱導者ジェファソンが、なぜ奴隷制度廃止に積極的に立ち向かわなかったかという問いの答えを探るバーバラ・チェイス＝リボウの『サリー・ヘミングス』（一九七九、『サリー・ヘミングス――禁じられた愛の記憶』石田依子訳、大阪教育図書、二〇〇六）は、こうした流れのなかに位置づけることができよう。チェイス＝リボウはフォーン・ブローディ他歴史家の論文はもとより、ジェファソンの副大統領を務めたアーロン・バー、第六代大統領ジョン・

クインシー・アダムズら実在の政治家の日記や回想録、第二代大統領ジョン・アダムズとその妻アビゲイルの手紙、ジェファソンが家族に宛てた手紙、彼の会計簿などさまざまな史的資料に加え、サリーの息子マディソンの回想録まで使える時代の強みを生かして、過去を写実的に構築してゆく。だがその過程で「愛」に内在する所有欲に注目し、男と女の自由と隷属をめぐる永遠のテーマを織り出そうとする。(この点では、アフリカ系アメリカ人作家ではないが、スティーヴ・エリクソンの未来幻視的なシュールな作風でジェファソンとサリーを扱った『Xのアーチ』(一九九三、『Xのアーチ』柴田元幸訳、集英社、一九九六)と共通するものがある。) チェイス=リボウは、二十一歳でモンティチェロを離れ、白人社会にパスした(と弟マディソンが回想録で言及している)ハリエット・ヘミングスを主人公にした小説『大統領の娘』(*The President's Daughter*, 1994、『大統領の秘密の娘』下河辺美知子訳、作品社、二〇〇三)も著している。いわば『サリー・ヘミングス』の続編に当たるのだが、資料が皆無のハリエットの人生を創り出すのだから、自由な空想の遊びすらある。たとえば、小説のなかのハリエットは、裕福な実業家夫人となり、奴隷制廃止運動にかかわってゆくのだが、『クローテル』を読み、これが自分の伝記とされているなら、自分はポトマック川に身を投げて死んだことになっているのだ、パスを完遂したわけだ、と思わず笑みをもらしてしまう。さらに奴隷制廃止運動の集会などで作者ブラウンと顔を合わせる場面すら描きこまれている。

このような二〇世紀後半の小説を読みなれた目には、ブラウンの「編纂」的小説は奇異に映るばかりか、時折挿入される長々しい説教や一九世紀に特有のまわりくどい文体、時代的限界のあらわな観点などは受け入れにくいかもしれない。だがこのアメリカ黒人による最初の小説が、奴隷制廃止に向けた集合的努力の一環であり、奴隷制の真っ只中に生み出されたものであることを心に留めて読んでいただければ、これ自体に内在する一つの歴史資料としての価値も充分に感じとっていただけると思う。翻訳の刊行に際し、松柏社編集部の森有紀子さんの卓越した言語感覚にひとかたならずお世話になったことを申し添えたい。

なお、この小文は訳者が過去に書いた次の三点を基にしたものであることをお断りしておく。

「〝奴隷体験記〟の系譜」『世界の文学』三四号、週刊朝日百科(二〇〇〇年)。

「クローテルの周辺と、噂のサリー」『Rim・環太平洋女性学研究会会誌』城西国際大学ジェンダー・女性学研究所、第二〇号(二〇〇六年三月)。

「〝赤ん坊の取り換え〟と〝変装〟のモチーフ――ハナ・クラフツ、チャイルド、そしてトウェイン」『マーク・トウェイン　研究と批評』第五号、南雲堂(二〇〇六年四月)。

注1　カンザス＝ネブラスカ法(一八五四)　自由州と奴隷州が共に十一州ずつで保たれていた均衡を破らぬよう、ミズーリが州になったとき、マサチューセッツからメインを切り離して数を合わせて妥協し、今後新たな州ができた場合は、ミズーリ南端を境界線としてその北にあるか南にあるかで自由州か奴隷州か決まるのがミズーリ妥協

（一八二〇）であった。しかしカンザス＝ネブラスカ法では、それを決めるのは新たに州となる所の住民の意志によるとした。つまり奴隷州の増加を許す形になったのである。

注2　ドレッド・スコット判決（一八五七）　かつて自由州に住んでいたことを理由として自由の身分を要求した黒人奴隷ドレッド・スコットがミズーリで起こした訴訟に対し、裁判所が出した判決。奴隷は所有者の財産であって市民ではないから訴訟の権利はなく、財産（この場合は奴隷のこと）はこの国のどこにおいても保護されねばならぬゆえに自由州に住んでいたからといって自由身分にはならない、という内容であった。

注3　Susan Gillman, "Sure Identifiers," *Mark Twain's PUDD'NHEAD WILSON*, eds. by Gillman and F. G. Robinson. Duke Univ. Press, 1990. p. 88.

参考文献（解説の中で言及しているが、原題のないもの）

Butler, Octavia. *Kindred*, 1979.
Chase-Riboud, Barbara. *Sally Hemings: A Novel*, 1979.
______. *The President's Daughter*, 1994.
Child, Lydia Maria. *A Romance of the Republic*, 1867.
Craft, Ellen and William. *Running a Thousand Miles for Freedom; Or, The Escape of William and Ellen Craft from Slavery*, 1860.
Crafts, Hannah., ed. Henry Louis Gates Jr. *The Bondwoman's Narrative*, 2002.
Douglass, Frederick. *Narrative of the Life of Frederick Douglass, an American Slave*, 1845.

_____. "Heroic Slave", 1853.

_____. *My Bondage and My Freedom: Part I- Life as a Slave, Part II- Life as a Freeman*, 1855.

Erickson, Steve. *Arc d'X*, 1993.

Gaines, Ernest J. *The Autobiography of Miss Jane Pittman*, 1971.

Haley, Alex. *Roots: The Saga of an American Family*, 1976.

Harper, Frances. *Poems on Miscellaneous Subjects*, 1854.

Jacobs, Harriet A., ed. Lydia Marie Child. *Incidents in the Life of A Slave Girl*, 1861.

Killens, John Oliver. *Great Gittin' Up Morning: A Biography of Denmark Vesey*, 1972.

Lester, Julius. *To Be a Slave*, 1968.

Morrison, Toni. *Beloved*, 1987.

Northup, Solomon. *Twelve Years a Slave*, 1853.

Stowe, Harriet Beecher. *Uncle Tom's Cabin*, 1852.

Walker, Margaret. *Jubilee*, 1966.

Webb, Frank J. *The Garies and Their Friends*, 1857.

Williams, Sherley Anne. *Dessa Rose*, 1986.

Wilson, Harriet. *Our Nig*, 1859.

●————訳者紹介

風呂本惇子　ふろもと・あつこ
1939年生まれ。アメリカ文学研究者。
著書に『アメリカ黒人文学とフォークロア』(山口書店)、『アメリカ文学とニューオーリンズ』(編著、鷹書房弓プレス)。
訳書に『アリス・ウォーカー短篇集——愛と苦悩のとき』(共訳、山口書店)、ジャメイカ・キンケイド『アニー・ジョン』『ルーシー』(學藝書林)、アン・スティーブンソン『詩人シルヴィア・プラスの生涯』(晶文社)、ジャクリーン・ジョーンズ『愛と哀——アメリカ黒人女性労働史』(共訳、學藝書林)、マリーズ・コンデ『わたしはティチューバ——セイラムの黒人魔女』『風の巻く丘』(共訳、新水社)など多数。

亀井俊介／巽 孝之 監修
アメリカ古典大衆小説コレクション 10
クローテル 大統領の娘

Title: *Clotel; or, The President's Daughter* © 1853
Author: William Wells Brown

2015年2月25日　初版第1刷

ウィリアム・ウェルズ・ブラウン 著
風呂本惇子 訳・解説

発行者　森 信久
発行所　株式会社 松柏社
〒102-0072　東京都千代田区飯田橋1-6-1
TEL. 03-3230-4813(代表)　FAX. 03-3230-4857
郵便振替 00100-3-79095

装 画　うえむらのぶこ
装 幀　小島トシノブ

印刷・製本　中央精版印刷株式会社

ISBN978-4-7754-0039-5